TOTE BRAUCHEN KEINEN ZELTPLATZ

Annette Weber wurde 1956 in Lemgo geboren. Nach dem Lehramtsstudium arbeitete sie zunächst zwanzig Jahre als Lehrerin, war aber bereits nebenberuflich als Kinder- und Jugendbuchautorin tätig. 2002 verließ sie die Schule, um nur noch zu schreiben. Sie verfasste nun neben Kinder- und Jugendbüchern auch Romane für Erwachsene für zahlreiche Verlage. Annette Weber ist verheiratet, hat drei Söhne und fünf Enkelkinder. Sie ist außerdem Miteigentümerin und Geschäftsführerin eines Campingplatzes im Spreewald.

ANNETTE WEBER

TOTE BRAUCHEN KEINEN ZELTPLATZ

CAMPING KRIMI

emons:

Bibliografische Information der Deutschen Nationalbibliothek
Die Deutsche Nationalbibliothek verzeichnet diese Publikation in der Deutschen Nationalbibliografie; detaillierte bibliografische Daten sind im Internet über http://dnb.d-nb.de abrufbar.

MIX
Papier | Fördert gute Waldnutzung
FSC® C083411
FSC
www.fsc.org

Umschlagmotive: shutterstock.com/ju.hrozian, shutterstock.com/Polarpx
Umschlaggestaltung: Nina Schäfer
Gestaltung Innenteil: DÜDE Satz und Grafik, Odenthal
Lektorat: Dr. Marion Heister
Druck und Bindung: CPI – Clausen & Bosse, Leck
Printed in Germany 2024
ISBN 978-3-7408-1908-8
Camping Krimi
Originalausgabe

Dieser Roman wurde vermittelt durch die Textbaby Medienagentur Carsten Polzin.

Für meine Familie und alle, die das Campen lieben

PROLOG

Er beugte sich über sie und lauschte. Kein Atem war mehr zu hören. Er hielt seine Hand vor ihren Mund. Spürte keinen Hauch.

Ein Schauer kroch über seinen Rücken. Dass ihm das passiert war, konnte er selbst nicht fassen. Er hatte doch nur gegen ihren Hals gedrückt. Nicht wirklich fest. Noch nicht mal mit seiner ganzen Kraft.

War es so einfach, einen Menschen umzubringen?

Sie war in seinen Armen gestorben. Mit einem Lächeln, das sich immer mehr zu einem Erstaunen entwickelte. Dann hatte er die Angst in ihren Augen gesehen. Und die Fassungslosigkeit.

Kurz hatte er sie an sich gedrückt, hatte ihren Körper ein letztes Mal gespürt. Dann hatte er sie losgelassen. Ein leises Platschen im Wasser. Sie hatte ihm ihr schönes Gesicht zugewandt. Der Körper sank tiefer und tiefer. Das schwarze Wasser erreichte ihr Gesicht. In leisen Rinnsalen zog es über ihre Wangen, verfing sich dann in ihren Haaren und zog sie mit sich in die Tiere. Schließlich war nichts mehr zu sehen als die Schwärze des Sees.

Er schnaufte. Versuchte, die Panik zu unterdrücken, die in ihm aufstieg. Er durfte jetzt nicht die Nerven verlieren. Er brauchte Ruhe, um über alles nachzudenken.

Im Grunde war sie selbst schuld. Sie hatte seine Nerven bis zum Äußersten gereizt. Und nun war sie tot.

Er musste zur Polizei gehen.

Der Mond hing bleich über der kargen Landschaft. Spiegelte sich in den moorigen Seen. Der Wind strich sanft durch die Äste der Birken. Die Gräser wiegten sich in stiller Übereinstimmung hin und her. Von Ferne hörte er das klagende Schluchzen einer Nachtigall. Kurz wurde es lauter. Dem wehmütigen »Hui« folgte ein knarzendes »Karr«. Dann war alles wieder still.

Er spürte sein Herz schlagen. Vorsichtig sah er sich um. Er war allein. Keine weiteren Zeugen. Nur der Mond.

EINS

Am Südkreuz hatte Rieke Riemann die Großstadt hinter sich gelassen. Nun ging es die A 13 entlang über das flache Land. Der Frühling war schon so lange zu sehen. Dicke weißgelbe Weidenkätzchen hingen an den Ästen der Trauerweiden und spiegelten sich im grünen Wasser der Spree, auf den saftigen Wiesen suchten die Störche nach Mäusen, und die Erntehelfer wurden in den Gurkenfliegern über die Äcker gezogen, um die Sprösslinge für die Gurkenpflanzen zu setzen. Rieke atmete tief durch, betrachtete die Landschaft rund um sich und hatte das Gefühl, das alles noch nie so bewusst wahrgenommen zu haben wie heute.

Ein schweres Jahr lag hinter ihr. Ein tränenreiches. Eine Zeit, in der sich Hoffnung und Hoffnungslosigkeit die Hand reichten, bis die Zuversicht immer kleiner wurde und die Aussichtslosigkeit im Raum stand. Sie hatte die Hand ihres Mannes bis zuletzt gehalten. An einem warmen Sonntag im April war er gestorben. Prostatakrebs. Zu spät erkannt. Viel zu früh gestorben.

Diese schwere Zeit lag nun hinter ihr. Wenn das eingetroffen war, vor dem man sich immer gefürchtet hatte, konnte man wieder nach vorne schauen. Das hatte Wilfried immer gesagt. Ob er auch nach vorne schauen konnte, dort, wo er jetzt war? Das hätte sie gerne gewusst.

Rieke setzte den Blinker und überholte die Reihe an schweren Autos mit Wohnwagen, die sich auf der rechten Spur häuften. Pfingsten stand vor der Tür. Das war das Wochenende für die Camper.

Auch Rieke war auf dem Weg in den Campingurlaub. Auf dem Campingplatz Spreewaldtor in der Märkischen Heide, südlich des Spreewaldes, hatten sie und Wilfried einen Dauerstellplatz mit festem Wohnwagen und Holzanbau. Wilfried hatte es geliebt, seine freie Zeit dort draußen in der Einöde zu verbringen. Früher waren sie fast an jedem Wochenende da gewesen, und auch im Sommer hatte es keinen anderen Urlaub gegeben als die Einsamkeit der Märkischen Heide.

Aber nun standen andere Zeiten an. Dauercamping war nie Riekes Ding gewesen. Jetzt konnte sie sich mal an ganz neue Urlaubsformen wagen. Vielleicht an eine Busreise durch Italien. Oder endlich mal an eine Kreuzfahrt durch die Karibik.

Doch wenn Rieke versuchte, daran zu denken, wurde sie wieder traurig. Es würde eine Zeit dauern, bis sie wieder so selbstständig wurde, dass sie allein in den Urlaub fuhr. Das war das Problem einer langen Ehe. Man teilte sich die Arbeit und machte sich auf diese Weise abhängig von dem Partner. Und wenn man dann allein zurückblieb, musste man vieles wieder neu lernen.

Rieke nahm die Abfahrt Halbe/Teupitz. Der alte Blitzer an der Dorfstraße stand immer noch da. Hier war Wilfried mal mit zwanzig Stundenkilometern zu schnell geblitzt worden. Das hatte ihn damals richtig fertiggemacht. Er war ein Mann gewesen, der sich an Gesetze hielt. Dazu zählten auch Geschwindigkeitsbegrenzungen.

Da kam der Rewe-Markt in Sicht. Dort hatten sie immer noch schnell eingekauft, bevor sie die restlichen Kilometer hinter sich brachten. Brot und Milch, Grillfleisch und Gemüse. In der Märkischen Heide musste man zum Einkaufen immer weit fahren. Da war es besser, den Urlaub mit einem gut gefüllten Kühlschrank zu beginnen.

Die Gegend, durch die Rieke fuhr, war ihr so unglaublich vertraut. Und damit holten sie auch die Erinnerungen wieder ein.

Rieke seufzte leise. Ob dieser Schmerz irgendwann aufhörte? Die Zeit heilt alle Wunden, sagten die Menschen. Aber das stimmte nicht. Die Wunden blieben. Sie vernarbten nur. Einige besser, andere schlechter. Wetterfühlig blieben sie immer.

Endlich, hinter dem großen Schrebergarten begann die drei Kilometer lange Auffahrt, die zum Campingplatz führte. Sie war aufwendig gepflastert worden. Mit EU-Mitteln, die den Tourismus in der Region fördern sollten. Zwölf Millionen, munkelten die Dorfbewohner. Eine wahre Geldverschwendung. Sogar aufwendige Straßenlaternen im Zwei-Meter-Abstand beleuchteten einen Fußweg, der sich parallel zur Straße befand.

Vielleicht hatten die Laternen nach der Wende mal funktioniert. Jetzt brannte nur noch jede fünfte, und auch das war die totale Vergeudung, denn die Laternen bestanden aus echten Birnen, nicht aus LEDs.

Rieke beschleunigte nun das Tempo. Diese Auffahrt war ihre ganz persönliche Rennstrecke – jedenfalls wenn ihr niemand entgegenkam.

Drei Fahnen flatterten im Wind, die Fahne des Spreewaldcamps, die der Märkischen Heide und die Landesfahne von Brandenburg. Rieke begann, sich auf das Wiedersehen mit den anderen Dauercampern zu freuen.

Sie hielt vor der Schranke und drückte ihren Chip gegen den Schrankenscanner. Die Schranke öffnete sich. Langsam fuhr Rieke auf den Campinglatz ein. Hier traf sie auf eine neue Lebendigkeit. Kinder waren auf Rädern, Inlinern oder Skateboards unterwegs, Paare saßen Eis essend in der Sonne, und im Schwimmbad kraulten die Menschen von einer Beckenseite zur anderen.

Der gepflasterte Hauptweg führte auf einen kleinen Kreisverkehr zu, auf dem ein hoher Mast mit einem Storchennest stand. Dieser Mast war ebenfalls teuer mit EU-Mitteln angelegt worden, in der Hoffnung, dass hier eines Tages ein Storch sein Nest bauen würde. Doch die Störche hatten kein Interesse gezeigt, und so hatte der Campchef Dieter Gerke einen Plastikstorch aus Polen besorgt und in das Nest gedübelt. Außerdem war hier als höchster Punkt des Campingplatzes die WLAN-Antenne angebracht. Verglichen mit den anderen

Orten Brandenburgs hatte man dadurch auf diesem Platz einen einigermaßen geregelten Internetempfang – jedenfalls wenn man nicht gerade geplant hatte, einen Film zu streamen.

Auf der linken Seite des Hauptweges befand sich der »Marktplatz«. Er wurde von einem reetgedeckten Rezeptionsgebäude, einem kleinen Shop und einem Restaurant eingerahmt. Die Mitte des Platzes bildete eine Bühne, auf der im Sommer zahlreiche Veranstaltungen stattfanden. Auf der rechten Seite lag der Pool mit den Liegestühlen.

Jemand winkte. Rieke erkannte die Schierlings aus dem Rosenweg. Und da war ja Günther, wie so oft mit seinem Chemieklo unterwegs zum Sanitärhäuschen. Er klappte nun die Sonnengläser seiner Brille nach oben, damit er besser sehen konnte, und nickte Rieke lächelnd zu. Sofort ging es Rieke besser. Sie war nicht allein, und das tat ihr gut.

Jetzt kam der kleine Camperweg »Schwalbennest« in Sicht. Rieke verzichtete auf den Blinker und bog schwungvoll in die Straße ein. Schließlich war sie hier zu Hause.

Ihr Dauercamperdomizil sah noch genauso aus, wie sie es in Erinnerung gehabt hatte. Der Rasen war sogar gemäht, und jemand hatte gelbe und violette Stiefmütterchen gepflanzt. Ausgerechnet Stiefmütterchen. Die führten Riekes No-Go-Liste an. Doch darüber wollte sie gerne heute hinwegsehen. Schließlich wusste sie, dass jemand sie extra gepflanzt hatte, um ihr eine Freude zu machen.

Kaum öffnete Rieke die Autotür, standen Helga und Horst Weichert vor ihr, nebeneinander, als ob sie ein Gedicht aufsagen wollten.

»Ich habe mir schon gedacht, dass du heute kommst!«, rief Helga. »Nicht wahr, Horst? Das habe ich doch gesagt.«

»Das hat sie«, bestätigte ihr Mann. »Und darum haben wir schnell noch alles hergerichtet.«

Rieke wurde ganz warm ums Herz.

»Ich habe es gleich gesehen. Alles ist so ordentlich. Der Rasen gemäht, die schönen Stiefmütterchen …«

Die Lüge fiel ihr leicht. Sie sah, wie Helga strahlte. Helga war eine liebe Frau – ein bisschen übergriffig vielleicht, aber sie meinte es gut. Und das war es, was Rieke nun gebrauchen konnte. Ein bisschen mütterliche Fürsorge.

»Ich helf dir mal mit dem Tragen«, war nun Horst zu hören, und dann packte er bei den Koffern mit an und brachte sie in die Küche, die in dem Holzvorbau vor dem Wohnwagen untergebracht war.

Es war ein seltsames Gefühl, nach so langer Zeit den Wohnwagen wieder aufzuschließen. Rieke betrat ihn zögernd. Ihre beiden Nachbarn hielten sich jetzt zurück. Sie spürten offenbar, dass Rieke einen Moment Ruhe brauchte. Rieke zog die Klappkisten und Koffer in den Wohnwagen, stellte die Kisten auf den Wohnzimmertisch und zerrte die Koffer ins Schlafzimmer hinüber. Automatisch griffen ihre Hände zu, zogen den Reißverschluss des Koffers auf und kramten die Kleidung aus der Tasche. Sie öffnete die Schranktüren und verharrte einen kurzen Moment. In den Schrankfächern lag noch Kleidung. Ein paar T-Shirts, eine abgeschnittene Jeans, ein Jogginganzug in Rosa. Alles Dinge, die sie nur im Campingurlaub trug und damals hier zurückgelassen hatte. Da wusste sie noch nicht, dass sie so lange Zeit nicht wiederkommen würde.

Nachdenklich holte sie ihre Kleidungsstücke aus dem Koffer und legte sie dazu. Dann bezog sie das Bett. Eigentlich brauchte sie nur eine Seite mit Bettwäsche zu versehen, fiel ihr dabei ein, doch sie versah auch Wilfrieds Steppdecke und das Kopfkissen mit einem Bezug. Wenn es noch mal kalte Nächte gab, lag sie wenigstens warm. Dann kehrte Rieke in die Küche zurück, um die Klappkiste auszuräumen, in der sich die Lebensmittel befanden.

Plötzlich war auch Helga wieder da. Sie stand in der Tür und schaute Rieke beim Auspacken zu.

»Wie geht es dir?«, wollte sie wissen.

»Es geht«, erwiderte Rieke und schluckte. »Muss ja.«

Helga nickte und schwieg eine Weile. Sie und ihr Mann waren bei Wilfrieds Beerdigung dabei gewesen – extra aus Dresden angereist. Das hatte Rieke ihnen hoch angerechnet. Auch Margot und Dieter, die beiden Campchefs, waren gekommen. Und die Gemeinschaft der Dauercamper hatte einen Kranz gestiftet.

»Unserem Urlaubsfreund Wilfried« hatten sie auf die eine Seite der dunkelgrünen Schleife schreiben lassen, und auf der anderen stand: »Die Dauercamper aus dem Spreewaldcamp«.

Das war schon eine nette Gemeinschaft hier.

»Hast du gesehen, dass du einen neuen Nachbarn bekommen hast?«, raunte Helga ihr nun zu. Rieke konnte ihr ansehen, dass sie sich mit dieser Nachricht kaum zurückhalten konnte.

»Neuer Nachbar? Sind die Waldens nicht mehr da?«, fragte sie überrascht.

»Nee, weißt du das nicht? Die haben sich ein Wohnmobil gekauft. Die wollten in die Welt.«

»Auch nicht schlecht«, gab Rieke zu. Und ihr fiel wieder ein, dass sie über diese Alternative auch mal in Ruhe nachdenken musste.

»Dafür wohnt da jetzt ein Mann. Ein Single!«

Helga spuckte das Wort geradezu aus, und dabei schien ihre Nase noch spitzer zu werden, als sie sowieso schon war.

»Oh, ein Single! Das ist ja aufregend«, witzelte Rieke. »Aber wahrscheinlich achtzig plus und auf der Suche nach einer Pflegekraft, oder?«

»Nö. Der ist noch knackfrisch. Und auf die Suche muss er sich auch nicht machen. Der sieht richtig gut aus.«

»Okay.«

Rieke spürte Helgas großen Wunsch, sie beide miteinander bekannt zu machen. Oder vielleicht hätte sie ihren Horst gerne weitergegeben, um sich selbst diesen angeblich so knackfrischen Single zu angeln. Rieke grinste. Horst war ein lieber Mensch, aber aufregend war er nicht.

»Und was macht er so, dieser taufrische, gut aussehende Typ?«, wollte sie wissen.

Helga wusste alles haargenau. Psychologe war er. Mit eigener Praxis in Berlin. Und er hieß Michael, und mit Nachnamen irgend so einen Doppelnamen. Schelle-Kelle oder so. Oder auch Schnelle-Kolle.

»Beeindruckend«, tat Rieke interessiert.

»Du wirst ihn spätestens heute Abend kennenlernen«, erklärte Helga entschieden. »Heute ist doch Disco. Da gehen wir alle hin.«

Jetzt musste Rieke doch einmal tief durchatmen.

»Disco? Okay, klar«, sagte sie unruhig.

Das war alles doch ein bisschen viel auf einmal. Andererseits, worauf sollte sie warten? Der Tod kam doch sowieso viel zu schnell.

Den Schelle-Kelle lernte sie tatsächlich gleich kennen. Er hieß Michael Schnelle-Kolbert und stand plötzlich vor Rieke, als sie die letzte Klappkiste aus dem Auto holen wollte.

»Da treffen wir uns ja gleich«, rief er und strahlte dabei so sympathisch, dass auch Rieke lächeln musste.

Helga hatte nicht zu viel versprochen. Er sah tatsächlich gut aus – jedenfalls für sein Alter. Schneeweiße kurze Haare, die er nach hinten gekämmt hatte und die auf diese Weise seine Geheimratsecken sichtbar werden ließen. Dazu einen weißen gepflegten Vollbart. Besonders auffällig aber waren seine tiefen Lachfalten, die von den Augen bis zu den Ohren reichten. Sportlich sah er aus, mit wachem Blick aus dunkelbraunen Augen.

»Ah, Sie sind der Neue«, gab Rieke zurück und reichte ihm die Hand. »Ich bin Rieke Riemann. Wir sind … Ich bin seit zwölf Jahren hier Dauercamperin.«

An dieses »ich« musste sie sich noch gewöhnen.

»Freut mich«, sagte er. »Ich habe schon gehört, dass Sie lange nicht hier waren.«

Das war vorsichtig ausgedrückt. Rieke war sich ziemlich sicher, dass er genauso viel über sie wusste wie sie über ihn. Wenn nicht sogar noch viel mehr. Helga war schließlich eine gute Informationsquelle.

»Ja, ein Jahr lang nicht«, erklärte sie. »Mein Mann wurde sehr krank, und nun ...« Sie schluckte. »Er ist gestorben, wissen Sie?«

Ja, er wusste es. Sie konnte es ihm ansehen. Sein Blick war warm und voller Mitleid.

»Das tut mir sehr leid«, sagte er.

Jetzt hatte er die Chance, auch etwas Persönliches über sich zu erzählen. Er tat es nicht, und auch das war nicht unsympathisch. Rieke mochte Menschen nicht, die zu schnell zu viel über sich preisgaben.

»Richten Sie sich erst mal ein«, sagte er. »Wir sehen uns ja sicherlich jetzt häufiger.«

»Ja, bestimmt«, antwortete Rieke.

Sie platzierte das Foto von Wilfried auf der Anrichte neben dem Fernseher. Liebevoll strichen ihre Finger den schmalen Holzrahmen nach. Es war ein schönes Bild von ihm. Nachdenklich saß er am Fenster des Gartenhauses, den Kopf auf den rechten Arm gestützt, den Blick nach innen gerichtet. Damals wusste er schon von seiner Krankheit. Er wusste nur noch nicht, wie aussichtslos die Lebensprognose war.

»Jetzt bist du wenigstens dabei«, sagte sie zu ihm. »Wäre schön, wenn du mir ein paar Tipps gibst, wie es jetzt weitergehen soll.«

Komm erst mal an, schienen seine Augen zu sagen. Das war ein guter Vorschlag. Rieke ließ sich neben seinem Bild auf den Stuhl fallen, legte ihre Hände in den Schoß und atmete tief durch.

Nach dem Auspacken drehte Rieke eine große Runde über den Campingplatz und meldete ihr Zurückkommen in der

Rezeption. Der Campchef strahlte, als er sie sah, und seine Frau kam sogar extra hinter dem Tresen hervor, um sie in den Arm zu nehmen.

»Willkommen zurück«, sagte sie.

Anschließend begrüßte Rieke die anderen Dauercamper, trank sogar ein Likörchen mit Günther und notierte sich den Veranstaltungsplan für das Maiwochenende. Der Campingplatz hatte wieder ein schönes Programm auf die Beine gestellt. Es begann mit dem Tanz in den Mai mit DJ Hagen, ein paar Tage später ein Bingoabend mit Anja. Auch die Wassergymnastik mit Nicole fand wieder statt. Rieke beschloss, sich nichts entgehen zu lassen.

Anschließend kaufte sie sich ein Eis, schlenderte dann zum Waldrand hinüber. Der Campingplatz wurde auf der einen Seite vom Wald eingerahmt. Rieke verließ den Platz durch das kleine Seitentörchen und machte sich auf den Weg durch den Wald zum See. Es tat gut, allein zu sein.

Am Strandbad am See tollten die Kinder im Wasser und in der Sonne, Eltern lagen auf den Handtüchern und redeten miteinander, bräunten und langweilten sich. Rieke beschloss, weiter am See entlangzugehen und sich eine andere Stelle zum Baden zu suchen. Das war nicht so einfach. Der See war bis auf wenige Stellen vom Schilf eingeschlossen. Endlich fand sie einen Platz, an dem das Schilf niedergetreten war. Offenbar benutzten Angler diesen Bereich, um an den See zu kommen und ihre Angelhaken ungestört auszuwerfen. Einen kurzen Moment überlegte Rieke, ob sie es wagen konnte, nackt zu schwimmen. Das hatte sie früher manchmal gemacht, wenn niemand am See gewesen war, in der Nachsaison zum Beispiel, oder auch mal nachts.

Hastig schaute Rieke von dieser Stelle zum Strand hinüber. Wenn sie sich duckte und sich im Schilf auszog, war sie für die Badenden nicht zu sehen. Überhaupt paddelten die meisten Gäste am Strand im kniehohen Wasser herum. Kaum jemand schwamm weiter auf den See hinaus. Das war ihre Chance.

Hastig zog Rieke sich aus, legte die Kleidung auf einen Haufen und watete ins Wasser. Sie holte tief Luft und warf sich dann so schnell wie möglich in den See, sodass hoffentlich niemand erkennen konnte, dass sie keine Kleidung anhatte. Dann schwamm sie mit kräftigen Stößen auf die Mitte des Sees zu. Das Wasser war kühl und frisch. Es so direkt auf der Haut zu spüren, war ein erregendes Gefühl.

Als Rieke weit genug vom Ufer fort war, legte sie sich auf den Rücken und ließ sich treiben. Herrlich, mal wieder etwas ganz Unkonventionelles zu tun: Nackt zu baden, und die anderen in sicherer Entfernung zu wissen, war auf alle Fälle eine mutige Entscheidung.

Das Seewasser war seicht. Es wehte kaum Wind, und so bildeten sich keine Wellen. Es war das perfekte Wetter, um bis auf die andere Seite zu schwimmen. Rieke drehte sich wieder auf den Bauch und kraulte langsam weiter. Sie war eine gute Schwimmerin.

In der Mitte des Sees kam plötzlich diese Erinnerung wieder. Damals in dem Feriencamp an der Talsperre im Sauerland, wo sie als Zehntklässlerin ihren Urlaub verbracht hatte. Sie war mit ihrer Freundin Silke schwimmen gewesen. Ganz weit raus waren sie gekrault. Und dann hatte etwas ihren Körper gestreift. Wie ein Blatt. Oder ein Fisch. Und dann hatten sie diese Wasserleiche gesehen. Grüne Haut. Lange Haare. Ein schreckliches Erlebnis. Die Ertrunkene war schon lange vermisst worden. Nun war sie gefunden.

Nicht daran denken, dachte Rieke. Doch das war leichter gedacht als getan. Sie erinnerte sich an diesen furchtbaren Schrei, den Silke ausgestoßen hatte. Dann hatte auch sie gebrüllt, wie eine Verrückte. Die beiden hatten sich auf den Bauch geworfen und waren wie die Irren ans Ufer gekrault, immer in Gedanken an die Tote, die sich nur wenige Meter hinter ihnen befand.

Rieke schluckte. Was für eine schreckliche Erinnerung, ausgerechnet jetzt, wo sie Entspannung suchte!

Sie drehte sich wieder auf den Bauch und zog mit kräftigen Zügen durch das Wasser.

Auf der anderen Seeseite befand sich das Schloss, links daneben ein altes Gut. Das Wasserschloss duckte sich im Sommer mit seinem wuchtigen Wohnturm und dem runden Treppenturm hinter die dicken Eichen und Erlen, nur die grüne Turmspitze war zu erkennen. Auch das Gut wurde erst im Herbst wieder sichtbar. Jetzt verschmolz es mit seinen Efeuranken und dem wilden Wein ebenfalls mit dem Grün des Parks. Rieke wusste aber, dass die beiden Gebäude ehrwürdig und gleichzeitig auch sehr romantisch aussahen. Beide Bauwerke grenzten mit ihren Parkanlagen direkt an den See. An dieser Stelle gab es besonders viele Seerosen, die sich zu einem grünen Teppich zusammengeschlossen hatten. Schon von Weitem konnte Rieke ihre rosa, orangen und roten Blüten erkennen. Das war eine Pracht, für die es sich lohnte, auf die andere Seeseite geschwommen zu sein. Beeindruckt tastete sie sich näher an die Blüten heran.

Plötzlich spürte Rieke etwas unter sich. Etwas, das nicht zu ihr gehörte, streifte ihr Bein. Für einen Moment hielt Rieke die Luft an. Das Herz schlug ihr bis zum Hals. Sofort hatte sie das Gesicht dieser Wasserleiche wieder vor sich, dieses aufgequollene grünliche Gesicht und die dunklen Flecken, die langen wirren Haare. Ihre Muskeln spannten sich an. Sie spürte, wie sich ein Krampf in der Wade ankündigte. Bloß das nicht! Sie musste jetzt ganz ruhig bleiben! Sie musste!

Rieke atmete tief ein und aus und versuchte, zur alten Ruhe zurückzufinden. Es ist nur ein Fisch, sagte sie sich immer wieder. Hier im See gab es Karpfen, Aale und große Welse. Auch einen Hecht hatten sie schon aus dem Wasser gezogen.

Und trotzdem – die Panik blieb.

Rieke wagte nicht, unter sich zu fassen, erst recht traute sie sich nicht, danach zu tauchen. Hastig bewegte sie sich weiter in die Richtung des Ufers und geriet dabei tiefer in den Seerosenteppich hinein. Da! Etwas Kaltes legte sich plötzlich auf ihre Schulter. Wie eine Hand fühlte es sich an. Finger gruben sich in ihre Haut. Rieke schrie auf, vergaß vor Schreck zu schwimmen. Sie versank wie ein Stein und geriet dabei zu tief unter die Wasseroberfläche. Sie schluckte algiges Seewasser.

Erschrocken paddelte sie mit Armen und Beinen, tauchte wieder auf und schnappte nach Luft. Das Ufer war nur wenige Meter entfernt. Wenn bloß die Seerosen nicht so dicht wüchsen! Es war unmöglich, durch sie hindurchzuschwimmen. Dieses unbekannte Etwas hatte sich jetzt von ihrer Schulter gelöst und war nach ihrem Tauchgang im Wasser zurückgeblieben.

Aber die Panik hatte Rieke nun gepackt. Keine Minute wollte sie hier im Wasser verbringen. Jetzt spürte sie Boden unter den Füßen, stellte sich auf den weichen modrigen Ufergrund und versuchte, sich einen Weg durch die Seerosen zu bahnen.

»Ich glaub es nicht!«, hörte sie plötzlich eine Stimme.

Hinter der immergrünen Thujahecke, die die Terrasse des alten Gutshauses zum See hin abschirmte, kam ein Mann hervor. Die schwarze Brille gab ihm ein strenges, die grau-grüne hornbeknopfte Lodenjacke ein adeliges Aussehen. Besonders beeindruckend aber wirkte der schwergewichtige braunschwarze Rottweiler, der hinter ihm auftauchte.

Rieke wurde schlagartig bewusst, dass sie ziemlich nackt war. Schutzlos fühlte sie sich. Und ausgeliefert. So schnell wie möglich tauchte sie wieder zwischen die Seerosen. Dabei konnte sie spüren, wie ihr Körper von einer Gänsehaut überzogen wurde. Hoffentlich grabschte die Leiche kein weiteres Mal zu.

»Was machen Sie hier?«, fuhr der Mann sie an.

Wonach sieht es denn aus?, lag Rieke auf der Zunge, aber sie unterdrückte den Kommentar.

Der Gutsherr und sein Wachhund traten nun näher ans Ufer. Das verstärkte Riekes Panik.

»Wie kommen Sie überhaupt hierher? Das hier ist Privatgelände.«

»Ich habe Ihr Gelände nicht betreten«, gab Rieke nun zurück. »Ich bin doch im Wasser.«

Und das gehört Ihnen nicht, dachte sie, sagte es aber nicht.

»Wie kommen Sie dann hierher?«

»Von der anderen Seeseite«, versuchte sie so höflich wie möglich zu erklären. Ihr Körper schlotterte. Das Wasser erschien ihr plötzlich eiskalt.

»Wagen Sie es bloß nicht, meinen Garten zu betreten«, fauchte er weiter. »Sonst hetze ich meinen Hund auf Sie.«

Rieke warf einen Blick auf den Rottweiler, der sie seinerseits mit den Augen verfolgte. Unter diesen Umständen musste man nicht lange überlegen. Wenn man vor die Alternative gestellt wurde, sich von einem Hund zerfleischen oder sich von einer Leiche berühren zu lassen, war die Leiche wahrscheinlich das kleinere Übel.

»Keine Angst«, rief sie. »Solche Menschen wie Sie möchte ich gar nicht kennenlernen.«

Das schien er genauso zu sehen.

»Schönen Tag noch«, zischte er.

»Sie mich auch!«, gab Rieke zurück.

Dann stieß sie sich vom Grund ab, tauchte durch die Seerosen hindurch, ohne dabei die Augen zu öffnen, und kam erst wieder an die Wasseroberfläche, als sie die Pflanzen hinter sich gelassen hatte. Dabei zitterte sie am ganzen Körper. Der Strand auf der anderen Seeseite sah so klein aus. Die Strecke zurück erschien ihr unglaublich lang. Immer wieder fühlte sie unter sich. Doch die Leiche schien sie nicht zu verfolgen.

Rieke war so aufgeregt, dass sie beinahe die Stelle nicht wiedergefunden hätte, an der sie ihre Kleidung abgelegt hatte. Hastig kletterte sie an Land, ging dann barfuß über den piksenden Schilfboden. Im See zu schwimmen war ein spontaner Entschluss gewesen, darum hatte sie kein Handtuch mitgenommen.

Das rächte sich jetzt. Sie wusste nämlich nicht, womit sie

sich abtrocknen sollte. Schließlich nahm sie einen Strumpf, wischte sich damit die Tropfen ab. Ihre Haut war noch nass, als sie in Unterwäsche, T-Shirt und Jeans schlüpfte. Die Kleidung klebte an ihrem Körper. Eklig fühlte sich das an. Rieke beeilte sich, zum Campingplatz zurückzukehren.

Die Sonne versank bereits blutrot hinter dem Wald, als Rieke das Metalltor aufdrückte, das sie auf den Campingplatz zurückführte. Eine Rauchwolke lag über dem Platz. Es roch nach Bratwurst und Steak. Rieke beeilte sich, zu ihrer behüteten Dauercampersiedlung zu kommen.

Als sie den Weg entlang Richtung Schwalbennest hastete, fiel ihr ein altes Wohnmobil auf. Es stand auf dem Zeltplatz Rehwiese direkt am Zaun. Das Wohnmobil war ein alter VW-T3-Kastenwagen, wie sie und Wilfried ihn früher gefahren waren, als sie zu einer Fahrt zum Nordkap aufgebrochen waren. Der untere Teil des Fahrzeugs war in einem scheußlichen Braun-Gelb gehalten, der obere Teil des Bullis war weiß. Stilecht wie aus den Siebzigern. Wilfried hatte damals die Sitze ausgebaut und durch eine kleine Küche und ein Bett ersetzt. Sie hatten in dem Wagen nicht stehen können, aber das war nicht so wichtig gewesen. Sie hatten sowieso den halben Urlaub im Bett verbracht. Rieke bildete sich ein, sich sogar an den Geruch des Wagens zu erinnern – eine Kombination aus Öl und Patschuliduft, das sie damals ständig auf ihre Handgelenke geträufelt hatte.

Schlagartig war Riekes Panik verschwunden. Die Vergangenheit hatte sie eingeholt. Lächelnd trat sie ein bisschen näher an den Wagen heran und versuchte, einen Blick durch das Fenster zu erhaschen. Plötzlich sprang jemand auf den Fahrersitz und knurrte leise. Ein Hund mit hellem Fell und dicken Locken schaute aus dem Fenster. Er tauschte einen langen Blick mit ihr. Dann bellte er.

»Entschuldigung«, beeilte sich Rieke zu sagen. »Keine Angst. Ich tue dir nichts. Ich gucke nur.«

Doch der Hund fand das offenbar nicht so lustig. Er schien genauso schlecht gelaunt zu sein wie der Rottweiler. Heute hatte Rieke kein Glück bei Hunden.

»Ich bin schon weg«, murmelte sie und machte, dass sie zu ihrem Platz zurückkam.

ZWEI

Der Abend wurde dann aber doch zu Riekes Überraschung noch richtig schön. Viele Dauercamper trafen sich an ihrem großen Stammtisch in Siggis Restaurant auf dem Campingplatz, ließen sich »Pommes Schnitzel rot-weiß« servieren und tranken Spreewälder Pils – alternativ Rotkäppchen-Sekt. Günther gab eine Runde Spreewaldbitter aus. Rieke merkte, wie sie sich allmählich besser fühlte.

Jetzt gelang es ihr sogar, ihre Schwimmgeschichte zum Besten zu geben. Dass sie nackt im See herumgekrault war, weckte das Interesse aller. Da konnte die Disco-Musik noch so laut sein. Spätestens bei dem Wort »nackt« hatte sie die Aufmerksamkeit der anderen Dauercamper auf sich gezogen.

»Ihr glaubt nicht, was für einen Schrecken ich gekriegt habe, als plötzlich etwas an meiner Schulter klebte. Ich habe echt gedacht, das ist eine Leiche.«

»Wäre nicht die erste Wasserleiche, die da herumschwimmt«, meinte Helga. »Wisst ihr noch, da gab es doch mal einen Arzt aus Berlin. Der hat seine Frau im See entsorgt.«

»War der nicht sogar Chirurg und hatte ihre Arme und Beine abgetrennt?«

»Und auch den Kopf, oder?«

»Nee, jetzt übertreibst du aber.«

»So hat es in der Zeitung gestanden.«

»Aber nur in der Bild-Zeitung, oder?«

Rieke erschauderte. Die nächsten Schwimmzüge würde sie im Schwimmbad auf dem Campingplatz machen. Das schwor sie sich.

»Wer ist eigentlich der Typ, der da in dem Gutshaus neben dem Schloss wohnt?«, wollte sie wissen. »Der ist ja nicht so besonders charmant.«

»Das ist so 'ne Wessi-Schrappe«, wusste Horst zu erzählen.

»Gregor Enker heißt der. Hat das Gutshaus für einen Euro gekriegt und macht jetzt einen auf adelig und dicke Hose.«

»Typisch! Und hat wahrscheinlich nur Schulden auf der hohen Kante.«

Rieke vermied zu sagen, dass sie auch Wessi war. Das kam in dieser Runde nicht so gut an.

»Sympathisch sieht jedenfalls anders aus«, stellte sie fest. »Der und sein Rottweiler nehmen sich nichts.«

Sie spürte, dass dieser Psychologe – dieser Schnelle-Helle – sie nachdenklich betrachtete.

»Und dann schwimmst du ganz alleine nackt durch den See?«, wollte er wissen.

Helga und Horst prusteten vor Lachen.

»Was meinste, was die Rieke alles so macht? Die macht sogar beim Strip-Poker mit. Einmal haben wir sie bis auf den Schlüpfer ausgezogen«, tönte Friedrich.

Rieke wäre am liebsten im Boden versunken. Dieser Abend beim Pokern gehörte nicht zu ihren Lieblingserinnerungen. Verlegen schielte sie zu dem Psychologen hinüber. Seine Augen warfen ein strahlendes Lächeln zurück.

»Alt wie ein Baum möchte ich werden«, spielte DJ Hagen. Hagen stand auf Ostrock.

»Tanzt du mal?«, fragte Michael.

Sie waren also schon beim Du.

»Ich weiß nicht«, gab Rieke irritiert zurück.

»Also dann! Darf ich bitten?«

Er stand auf und streckte ihr seine Arme entgegen. Unsicher folgte ihm Rieke zur Mitte des gepflasterten Marktplatzes. Michael nahm nun ihre Hand, sie legte die andere auf seine Schulter.

Wilfried hatte nie getanzt. Darum hatte sie wenig Übung darin. Doch entweder merkte Michael das nicht, oder es störte ihn nicht. Er war auf alle Fälle tanzsicher, wusste offenbar, um welchen Rhythmus es sich handelte, setzte im rechten Moment ein und führte sie durch Schritte und Drehungen. Rieke war überrascht, wie viel Spaß ihr das machte.

Der Abend verging wie im Flug. Als der Wirt nach dem dritten Spreewaldbitter das Ende der Veranstaltung einläutete und DJ Hagen ein letztes Mal »Über sieben Brücken musst du gehn« spielte, war Rieke bewusst, dass sie sich schon lange nicht mehr so lebendig gefühlt hatte. Arm in Arm wankten alle zurück zu ihren Wohnwagen. »Atemlos durch die Nacht«, sangen sie dabei.

»Kommst du noch auf einen Absacker rüber?«, wollte Helga wissen.

Doch da wusste Rieke, dass das schnell unglücklich enden konnte, und winkte ab. Sie war die Erste der Gruppe, die im Bett verschwand.

Am nächsten Morgen war sie froh, dem Alkohol am Abend vorher rechtzeitig entkommen zu sein. Sie hatte tief und ruhig geschlafen. Eine Weile lag sie bewegungslos im Bett auf dem Rücken, beide Hände fest an die Brust gedrückt, und dachte nach. Ein langer Sommer lag vor ihr – ein erster Spreewaldurlaub ohne Wilfried. Und doch hatte sie nicht mehr das Gefühl, ins Bodenlose zu fallen. Ihre Freunde waren hier und würden auf sie achtgeben. Es tat ihr auch gut, so viel unberührte Natur um sich zu haben. Noch war die Zeit für Kreuzfahrten durch die Karibik nicht gekommen, aber ein Sommer in der Märkischen Heide konnte auch erste Wunden heilen. Sie streckte sich, entschied sich dann, eine Runde durch den Wald zu walken. Die frische Luft würde ihr guttun, dachte sie. Aber wenn sie ehrlich war, ließ sie auch diese Wasserleiche nicht los. Egal, ob es sie gegeben hatte oder nicht.

Rieke schnappte ihre Badeschlappen, hüllte sich in ihren großen roten Morgenmantel und ging zum Sanitärhäuschen hinüber. Offenbar war sie die Erste. Sie setzte ihre Duschhaube auf, damit die Haare trocken blieben, dann duschte sie lange und heiß. Anschließend frühstückte sie, ebenfalls im roten Morgenmantel, zog sich danach ihren Trainingsanzug und die Sportschuhe an, schnappte sich ihre Walkingstöcke und marschierte los. Rechts, links, die Walkingstöcke versetzt, wie sie es im Volkshochschulkurs gelernt hatte. An dem weißgelben T3 hielt sie kurz an. Von innen war ein leises Fiepen zu hören. Dem Hund, dem sie gestern begegnet war, schien es nicht besonders gut zu gehen. Ob er die ganze Nacht über allein im Wagen geblieben war? Der Wagen sah unverändert aus. Die Jalousien über dem Seitenfenster waren immer noch heruntergezogen.

Unsicher ging Rieke auf den Wagen zu.

»Hee, wer weint denn so?«, fragte sie mitleidig.

Der Reißverschluss des Nachbarzeltes wurde hochgezogen, und eine junge Frau schaute verschlafen heraus.

»Da sind Sie ja endlich«, zickte die junge Frau sie an. »Ihr Hund hat die ganze Nacht gejault. Wir haben kein Auge zugemacht.«

»Das ist gar nicht mein Hund«, verteidigte Rieke sich. »Ich wundere mich nur, dass er immer noch jammert. Ich habe ihn nämlich auch gestern Abend gehört.«

Nun kam die junge Frau vollständig aus dem Zelt. Ihr Blick wurde freundlicher.

»Entschuldigung. Das wusste ich nicht.« Sie fuhr sich durch das verschlafene Gesicht. »Ich weiß eigentlich gar nicht, wer zu dem Hund gehört. Ich habe hier noch gar keinen gesehen. Nur den Hund habe ich gehört.«

»Und wie lange sind Sie schon da?«, fragte Rieke beunruhigt.

»Seit gestern Nachmittag.«

»Ist der Hund schon so lange alleine?«

Die junge Frau zuckte die Achseln. »Keine Ahnung.«

Rieke zögerte einen Moment, dann machte sie einen unsicheren Schritt auf die Tür zu und klopfte daran.

»Hallo?«

Der Hund bellte laut. Eine menschliche Antwort kam nicht.

Rieke drehte sich zu der Nachbarin um. Die sah nachdenklich aus.

»Keiner da, was?«, meinte sie.

Das war Rieke nun auch klar. Mit einem Blick erkannte sie, dass der Wagen nicht verriegelt war. Aber sie wagte nicht, die Tür zu öffnen.

»Ich melde das mal bei Dieter«, beschloss Rieke und stapfte mit ihren Walkingstöcken zur Rezeption hinüber.

Doch ihr wurde sofort bewusst, dass das eine schlechte Idee war. Eine Menschenschlange stand an, um Brötchen zu holen. Rieke warf einen kurzen Blick durch die Scheibe der Rezeption und sah, dass Dieter und Margot voll im Stress waren. Für einen winselnden Hund war jetzt keine Zeit.

Nachdenklich kehrte Rieke zum Bulli zurück und verharrte einen Augenblick an der Tür. Noch einmal klopfte sie, aber als sich niemand meldete, zog sie am Türgriff. Dann trat sie einen Schritt zurück. Ein bellender Hund erwartete sie. Sie starrten einander ängstlich an.

Es war ein hübscher Hund, kniehoch vielleicht, mit weißbraunem Fell, schwarzen Schlappohren und wachen braunen Augen. Seine Nase war gesprenkelt, als wenn er Sommersprossen hätte. Es war wohl ein Mischlingshund, irgendwas zwischen Terrier und Berner Sennenhund, jedenfalls einer mit einem freundlichen Charakter, denn sonst hätte er geknurrt oder sie gebissen.

Jetzt dagegen sprang der Hund ins Freie und jagte davon.

Mitleidig sah ihm Rieke nach, wie er an einer Pfütze stehen blieb und wie ein Verdurstender schlürfte. Dann rannte er weiter zu einem Baum, hockte sich hin und pinkelte lange.

»Hallo«, sagte Rieke nun unsicher und blickte in den Innenraum.

Der Bulli sah anders aus, als sie erwartet hatte. Es gab nur ein schmales Bett am rückwärtigen Fenster, auf dem eine Steppdecke und ein Kopfkissen lagen, die mit bunter Bettwäsche bezogen waren. Die Steppdecke war zurückgeschlagen, jemand schien das Bett gerade erst verlassen zu haben. Daneben auf der kleinen Eckbank lag eine Leggins mit kurzen

Beinen, daneben ein rosa T-Shirt mit weißen Adidas-Streifen. Frauenkleidung. Vielleicht hatte sich jemand kurz vor dem Weggehen noch umgezogen. Am seitlichen Fenster befand sich eine kleine Küchenzeile mit Herd, Spüle und Kühlschrank. Eine Pfanne lag auf dem Boden. Offensichtlich hatte jemand noch Essen zubereitet, bevor er gegangen war. Es roch nach Bratkartoffeln. Wenn es Reste gegeben hatte, hatte der Hund sie gefressen und die Pfanne anschließend ausgeschleckt.

Rieke zögerte einen Moment, betrat dann den Campingbulli. Dabei hatte sie ein schlechtes Gewissen. Sie befand sich immerhin in einem Bereich, der jemand anderem gehörte, und es war nicht ihre Art, herumzuschnüffeln. Aber aus irgendeinem Grund beunruhigte sie die Situation. Es sah aus, als wenn jemand nicht beabsichtigt hätte, so lange fortzubleiben. Eventuell war dieser Jemand verunglückt. Beim Schwimmen vielleicht ertrunken.

Wieder musste Rieke an die Hand auf ihrer Schulter denken, und die Panik packte sie erneut.

»Haben Sie was gefunden?«, fragte eine Stimme hinter ihr.

Rieke zuckte zusammen und fuhr herum. Es war die junge Frau aus dem Zelt. Rieke atmete tief durch. Sie war in letzter Zeit so schreckhaft.

»Nein, hier ist keiner«, sagte sie. »Man hat den Eindruck, dass jemand nur kurz weggegangen ist. Ich glaube, in der Pfanne waren noch Essenreste.«

»Und gebrauchtes Geschirr steht auch noch da«, fiel der Frau auf.

Gemeinsam blickten sie sich um.

»Hoffentlich ist dem Besitzer nichts passiert«, murmelte Rieke beunruhigt.

»Auf alle Fälle sollten wir den Hund versorgen«, überlegte die Frau. »Er scheint ja eine längere Zeit schon nichts mehr zu fressen bekommen zu haben.«

»Seltsam, oder?«

»Ein bisschen unheimlich sogar.«

Rieke spürte, wie ihr ein Schauer über den Rücken lief. Sie musste hier raus, wollte ja sowieso für den Hund sorgen. Ein kleiner Spaziergang würde ihr guttun, und dem Hund auch.

Rieke fand eine Leine an der Tür. Sie trat damit nach draußen und suchte nach dem Hund. Er stand am Törchen zum Wald und schaute schwanzwedelnd in Richtung der Bäume. Rieke lockte ihn zu sich. Er kam tatsächlich vertrauensvoll angelaufen und ließ sich die Leine umlegen.

»Dann wollen wir dir erst mal etwas zu fressen holen«, schlug Rieke vor.

Im Campingshop gab es Hundefutter. Rieke kaufte eine große Tüte Trockenfutter. Dann meldete sie Dieter und Margot, dass die Besitzer des Bullis an der Rehwiese offenbar den Hund unversorgt gelassen hatten. Die beiden registrierten es ein wenig angestrengt und versicherten ihr, dass sie sich um die Angelegenheit kümmern wollten, wenn es die Zeit hergab. Rieke bot an, ihnen die Arbeit erst mal abzunehmen und den Hund in der Zwischenzeit zu sich zu nehmen. Das Angebot schien die Campchefs zu erleichtern. Ein herrenloser Hund hätte den Pfingststress bestimmt zum Überlaufen gebracht.

Dann machte sie sich mit ihrem neuen vierbeinigen Begleiter auf den Weg zur Dauercampersiedlung. Horst und Helga saßen draußen an ihrem Gartentisch und frühstückten.

»Was ist denn mit dir los? Bist du jetzt auf den Hund gekommen?«, wollte Helga wissen.

Rieke winkte ab. »Nur leihweise. Da vorne steht ein T3, so ein altes Ding aus den Siebzigern. Die haben ihren Hund die ganze Zeit allein gelassen. Er hat so gefiept, und jetzt habe ich ihn rausgeholt.«

»Der Ärmste. Was manche ihren Tieren antun!«

»Wer weiß, ob sie das verschuldet haben. Sah fast so aus, als wenn sie irgendwie davon abgehalten wurden, zum Auto zurückzukehren.«

»Wie meinste das?«, wollte Horst wissen, aber Rieke zuckte die Achseln. Sie wusste es ja selbst nicht.

Rieke betrat ihren Wohnwagen, holte zwei kleine Plastikschüsseln, füllte die eine mit Wasser, die andere mit Hundefutter. Der Hund schaute ihr interessiert dabei zu. Rieke ließ ihn nun von der Leine los, und er stürzte sich auf das Futter.

»Der hat aber schon lange nichts mehr zu fressen gekriegt«, stellte Helga mitleidig fest. Sie sah sich den Hund genauer an. »Eine Hündin«, stellte sie fest. »Ich glaube, ich kenne sie und auch die Besitzerin. Die war einige Male im Schwalbennest und hat überlegt, den letzten Dauerstellplatz an der Ecke zu nehmen. Erinnerst du dich nicht auch an sie, Horst?«

Horst dachte nach. Dabei legte sich seine Stirn in Falten.

»So 'ne junge Blonde? Lange Beine und so?«

»Worauf du immer achtest.« Helga verdrehte die Augen. »Schön war sie jedenfalls. Passte gar nicht zu ihr, Dauercamperin zu werden. Die wirkte eher so, als wenn sie noch in die Welt wollte.«

Auch Helga sah nun sehr nachdenklich aus.

Jetzt schaute auch Michael über seinen Gartenzaun.

»Guten Morgen«, grüßte er.

Das Hundemädchen sah kurz vom Fressen auf, knurrte dann und bellte.

Michael lachte. »Reg dich nicht auf, ich fress dir nichts weg.« Er sah Rieke an. »Gehört der dir?«

Erneut musste Rieke die Geschichte erzählen. Michael hörte aufmerksam zu. Wieder dieser Psychologenblick.

»Kannst du dich an die junge Frau erinnern, die hier Dauercamperin werden wollte? Die mit den hellen Augen und den langen blonden Haaren?«, wollte Helga wissen.

»Horst meinte, die hätte sogar lange Beine gehabt«, fügte Rieke spöttisch hinzu.

Michael schüttelte den Kopf. »Diese Schönheit ist leider an mir vorübergegangen«, seufzte er. Und dann zwinkerte er Rieke fröhlich zu.

DREI

Rieke war etwas unglücklich über diese Entwicklung mit dem Hund. Sie hatte keine Erfahrung mit Haustieren, hatte eigentlich sogar ziemlich Respekt vor ihnen. Nun saß dieses wuschelige weibliche Etwas bei ihr und hoffte, dass sich das Leben gut für sie entwickelte. Das Trockenfutter war gefressen, das Hundemädchen streckte sich nun zu einem Schläfchen aus.

Nachdenklich betrachtete Rieke das Tier. Als sie aufschaute, sah sie den Campchef Dieter auf seinem Roller zum Schwalbennest einbiegen. Er hielt direkt auf sie zu. Die Hündin sprang erschrocken auf und bellte. Jetzt verteidigte sie sie also schon. Das war Rieke überhaupt nicht recht, denn dann fühlte sie sich umso mehr zu weiteren Verpflichtungen genötigt.

»Ah, ick seh schon, du has den Hund ers ma rausjeholt«, stellte Dieter erleichtert fest. »Ick hab mir inzwischen um dit Auto jekümmert. Dit jehört eener Silvana Steins.«

Dieter erinnerte sich an die schöne junge Frau. Er redete zwar nicht über die langen Beine, aber bei der Begeisterung, die in seiner Stimme mitschwang, ahnte Rieke, dass er sie bemerkt hatte.

»Dit war so 'n junges Ding«, fiel ihm stattdessen ein. »Aba sympathisch, dit kann ick sagen. Hat ihr jut jefallen bei uns. Die hat sogar nach em Dauerstellplatz jekiekt.«

Das ergab alles keinen Sinn. Wenn es jemandem hier gefiel, warum sollte er verschwinden und auch noch seinen Hund zurücklassen? Es wurde immer wahrscheinlicher, dass der Camperin ein Unglück passiert war. Rieke musste sofort wieder an die kalte Hand im See denken.

»Weißt du, ob die junge Frau noch schwimmen war?«, fragte sie.

Dieters Blick wurde sofort wachsam. »Warum fragste? Globste, die is tot, oda wat?«

»Möglich wäre es, oder?«

Dieter nahm für einen kurzen Moment seine blaue Kappe ab, die er immer verkehrt herum auf dem Kopf trug, kratzte sich an der Schläfe und setzte sie wieder auf.

»Det wär aba jetz die Krönung«, meinte er. »Wir ham Pfingsten jenuch zu tun.«

Rieke winkte ab. »Ich kümmere mich erst mal um den Hund«, hörte sie sich gerade sagen. »Dann habt ihr ein Problem weniger.«

Der Hund schien das verstanden zu haben, denn er streckte sich wieder behaglich auf seinem Sonnenplatz aus.

»Aber wenn sich bis Pfingsten keiner gemeldet hat, sollten wir die Polizei anrufen.«

Dieter sah erleichtert aus, dass dieser Stress nicht noch zu seinem Pfingststress dazu kam.

»Dit machn wa so«, erwiderte er vergnügt. »Also danke dann. Wir sehn uns.«

»Alles gut«, gab Rieke zurück.

Aber das war nur so eine Floskel. Sie hatte nämlich im Moment das Gefühl, dass gar nichts gut war. Die Sorge um die unbekannte Camperin bedrückte sie, und Verantwortung für einen Hund übernommen zu haben, machte ihr auch zu schaffen. Doch ehe sich Rieke versah, winkte Dieter ihr zu und war auch schon wieder davongedüst. Seufzend streichelte sie das Fell des wuscheligen Hundes.

»Mal gucken, wie wir das hinkriegen«, murmelte sie.

Hunde brauchten Bewegung, so viel wusste Rieke. Das war etwas, was sie mit dem Hund gemeinsam hatte. Also schnappte sie sich die Leine und befestigte sie an dem Hundehalsband mit Hund.

»Komm, Paula«, sagte sie und machte sich auf den Weg Richtung Wald. Der Name war ihr spontan eingefallen. Er gefiel ihr. Das Hundemädchen fühlte sich zwar nicht angesprochen, aber irgendwann würde sie sich schon an den Namen gewöhnen.

Unterwegs traf Rieke auf Badegäste, die ebenfalls auf dem Weg zum See waren. Es waren Kinder mit Sandspielzeug, Männer mit Campingstühlen und Luftmatratzen, Frauen mit großen Umhängetaschen. Eine Pilgerbewegung zum Strand hatte eingesetzt. Sie waren langsam. Die Sonne und die Gelassenheit des Urlaubs hatten sie träge gemacht. Rieke beeilte sich, an den großen Gruppen vorbeizukommen.

Als sie am See angekommen war, war es mit ihrer Ziellosigkeit vorbei. Sie wusste plötzlich genau, wohin sie wollte. Zur anderen Seeseite, wo die Seerosen so schön blühten und wo eventuell etwas im Wasser lag, was man sich vorsichtshalber ein zweites Mal anschauen sollte. Nur noch einmal genau hingucken, das hatte sich Rieke vorgenommen. Diese kalte Hand konnte sie einfach nicht vergessen.

Es dauerte eine Weile, bis sie den See halb umrundet hatte. Dann aber sah sie die Seerosen in schönen Pastellfarben blühen. Direkt am See lag das alte Gutshaus mit der Thujahecke rund um die Holzterrasse, auf der sich zwei Liegestühle, zwei Holzstühle und ein Tisch befanden. Der Teil des Sees, an dem die Seerosen besonders schön blühten, gehörte offensichtlich zum Privatbereich des Gutes. Eine Bruchsteinmauer von bestimmt einem Meter Höhe fasste das Grundstück ein.

Das ärgerte Rieke sehr, denn von außerhalb der Mauer konnte sie die Stelle nicht einsehen, an der sie die kalte Hand gespürt hatte. So nah wie möglich ging sie nun an den See heran, zog sich schließlich an der Mauer hoch und beugte sich so weit wie möglich über das Grundstück des Gutsbesitzers. Dabei kniff sie die Augen zusammen und starrte auf den See. Sie bildete sich ein, etwas Helles unter einem Seerosenblatt zu erkennen. Aber das konnte auch die Spiegelung einer Wolke sein.

In dem Moment hörte sie, wie Autotüren knallten. Dann

wurde ein Motor gezündet. Rieke sprang schnell von der Mauer und landete wieder neben Paula. Die sah sie überrascht an und bellte einmal kurz.

Rieke schaute in Richtung des Eingangstors. Ein großer schwarzer SUV fuhr vom Hof. Der Gutsbesitzer schien sich also aus dem Staub gemacht zu haben. Die Luft war offensichtlich rein. Blieb nur zu hoffen, dass der Typ auch seinen unfreundlichen Rottweiler mitgenommen hatte.

»Okay, ich glaube, wir können uns die Stelle noch mal genauer angucken!«, rief Rieke dem Hund zu. »Warte hier auf mich, ja? Ich hole dich nach.«

Paula stellte die Ohren auf und den Kopf schief. Dann starrte sie hinter Rieke her. Die zog sie sich erneut an der Mauer hoch. Oben angekommen, rutschte sie eine Weile auf dem Bauch herum … Himmel, tat das weh … schwang dann das eine Bein darüber und zog das andere nach. Anschließend ließ sie sich langsam auf das Grundstück hinuntergleiten. Es hatte Zeiten in ihrem Leben gegeben, in denen das elegant ausgesehen hatte. Jetzt war Rieke froh, dass sie niemand beobachtete. Die Zeiten der Klimmzüge und des elastischen Springens waren jedenfalls definitiv vorbei.

Die Hündin auf der anderen Seite der Mauer jaulte. Sie mochte es offenbar nicht, dass Rieke ihren Blicken entschwunden war. Rieke ging bis zum Ende der Mauer, hielt sich an der Ecke fest, beugte sich zu dem Hund herum und lockte ihn.

»Paula, komm!«

Paula zögerte keine Minute, sprang in den See, paddelte durch die Seerosen hindurch und landete neben Rieke auf dem Grundstück des Gutsbesitzers.

»Gut gemacht!«, lobte Rieke und streichelte das Hundemädchen.

Ein bisschen mulmig war ihr schon. Sie war noch nie in das Privateigentum eines fremden Menschen eingedrungen, und nun war es ihr gleich zweimal passiert: einmal in dem fremden Wohnmobil und nun hier. Aber es ließ sich leider nicht vermeiden. Wenn es darum ging, eine Wasserleiche aufzuspüren, durfte man nicht zimperlich und gesetzestreu sein. Okay, Wilfried hätte das sicherlich nicht gut gefunden, aber er hatte das jetzt nicht mehr zu entscheiden. Für diese Entscheidung war sie allein verantwortlich.

Unruhig und mit klopfendem Herzen sah Rieke sich um. Die Luft war rein. Jedenfalls auf den ersten Blick. Nur keine Zeit verlieren. Mit schnellen Schritten ging sie zum See hinüber, suchte die Stelle, an der sie einen Tag zuvor aus den Seerosen aufgetaucht war, und starrte auf dieses helle Stückchen Irgendwas zwischen den Wasserpflanzen. Paula machte es ihr nach. Nebeneinander standen sie da und schauten auf die Wasserspiegelung. Plötzlich legte sich eine Hand auf Riekes Schulter. Sie zuckte zusammen und schrie für einen Moment laut und hysterisch auf. Sofort bellte Paula wie wild. Als Rieke herumgefahren war, sah sie diesen Mann vor sich stehen – diesen Gutsherren-Adelsverschnitt –, diesmal mit Wachsjacke und Schiebermütze in englisch-kariertem Retro-Look. Gott sei Dank schien er ohne Rottweiler unterwegs zu sein.

»Kann ich Ihnen helfen?«, fragte er.

Rieke konnte den Spott aus seiner Stimme heraushören. Sie stand immer noch unter Totalschock. Atemlos keuchte sie kurz, hustete dann.

»Entschuldigung, ich dachte …«

Sie brach ab. Um ein Haar hätte sie »… dass Sie weggefahren sind« gesagt. Aber sie beherrschte sich schnell und biss sich auf die Lippen. Er betrachtete sie nun neugierig.

»Sie scheinen es auf mein Grundstück abgesehen zu haben!«

»Ja. Nein! Ich wollte nur … Es sind diese Seerosen. Sie sind … so ungewöhnlich, und ich … ich würde sie gerne fotografieren.«

Puh. Was für eine geniale Ausrede. Rieke war eigentlich nicht gut in so etwas. Dass ihr das so spontan eingefallen war, dafür hätte sie sich am liebsten auf die Schulter geklopft. Er musterte sie von oben bis unten. Sein Blick war diesmal gnädiger.

»Dann machen Sie es, in Gottes Namen!«, erwiderte er nachsichtig.

Das ließ sich Rieke nicht zweimal sagen. Sie zog ihr Handy aus der Jackentasche und stellte sich in Position. Paula blieb gehorsam an ihrer Seite.

»Was für ungewöhnliche Pflanzen«, murmelte Rieke dabei immer wieder. »Diese Farbtöne. Und dazu diese Wasserspiegelungen.«

Der Wessi-Gutsherr machte keine Anstalten, ihr in Sachen Höflichkeit entgegenzukommen. Im Gegenteil, er trat ungeduldig von einem Bein auf das andere.

»Haben Sie es jetzt?«

»Gleich.«

Rieke zoomte die Stelle heran, an der sich diese seltsame Wasserspiegelung befand. Sie sah tatsächlich ziemlich merkwürdig aus. Wie ein Daumen und zwei Finger. Rieke spürte, wie eine Gänsehaut über ihren Körper kroch. Bildete sie es sich ein, oder war dieser Gutsherr näher an sie herangetreten? Ihr wurde erst jetzt bewusst, dass sie ziemlich allein mit ihm war. Und Paula würde sicherlich keine Hilfe sein, wenn er sie erdrosselte und neben der Leiche im See platzierte. Ängstlich sah sie sich nach ihm um.

Er schien ihre Unsicherheit zu spüren.

»Was ist?«, fragte er nun irritiert. »Soll ich noch ein Foto von Ihnen vor den Seerosen machen?«

Rieke atmete tief durch. »Würden Sie das tun?«

Er nickte genervt. Rieke reichte ihm ihr Handy und passte auf, dass sie ihn dabei möglichst wenig berührte. Dann stellte sie sich vor den See.

»Und der Hund? Soll der auch drauf?«

»Das wäre perfekt – wenn es Ihnen nichts ausmacht!«

Sie rief Paula neben sich. Dann lächelte sie den Gutsherren so charmant wie möglich an, und er machte einige Aufnahmen.

Anschließend reichte er ihr das Handy zurück. Einen Moment standen sie nun nebeneinander und schauten auf das Wasser. Von hier aus konnte man zu dem Strand des Campingplatzes blicken. Ob die Badegäste wohl sehen können, wenn ich umgebracht werde?, fragte sich Rieke. Sie bezweifelte allerdings, dass sie aus dieser Entfernung etwas erkennen konnten.

»Und jetzt? Haben Sie alles, was Sie brauchen?«, fragte er ungeduldig.

Das war sicherlich ein Zeichen, dass sie verschwinden sollte. Aber das wollte Rieke noch nicht, jedenfalls nicht, bevor sie geklärt hatte, was da im See unter den Seerosen schwamm. Jetzt oder nie, dachte sie und holte tief Luft.

»Ich frage mich, was das da vorne ist«, wagte sie nun zu sagen und zeigte auf diese weißen Finger.

»Das da?« Er trat nun neben sie – viel zu dicht. Sie konnte seinen Atem an ihrer Schläfe spüren. Das war ein unangenehmes Gefühl.

»Sieht aus wie eine Hand«, flüsterte Rieke tonlos.

Nun lachte er laut. »Eine Hand? Sie haben ja eine wilde Phantasie! Das wird irgendein Müll sein. Hier wird so viel Plastik angeschwemmt, glauben Sie mir. Alles vom Strand da drüben.«

»Müll? Meinen Sie?«

Jetzt sah er auf sie herunter. Rieke vermied es, ihn anzuschauen, aber sie spürte seinen herablassenden Blick.

»Glauben Sie etwa, da liegt eine Leiche?«, fragte er und lachte.

»Sieht ein bisschen so aus«, flüsterte Rieke.

Nun lachte er noch lauter. »'ne Leiche? Hier in diesem brandenburgischen Kaff? Das wäre ja mal was!«

Wenn er lachte, hörte er sich tatsächlich sympathisch an.

»Wenn Sie wollen, hole ich eine Harke und ziehe es raus.«

»Echt? Das wäre toll.«

Rieke spürte das Blut in ihren Ohren rauschen. Der Mann gab ein Grunzen von sich. Dann ging er zur Terrasse und kehrte mit einer Harke zurück. Der Stiel war lang genug, und die Harke reichte bis zwischen die Seerosen. Rieke hielt die Luft an.

»Ja, das ist es!«, rief sie. »Sie haben es!«

Langsam zog er die Harke aus dem Wasser und hob sie hoch in die Luft. Ein Stück Frischhaltefolie hing an den Zinken. Es bewegte sich im Wind wie eine durchsichtige Fahne.

»Wasserleiche«, murmelte er. »Wohl zu viel ›Tatort‹ geguckt, oder was?«

Rieke antwortete nicht.

VIER

Natürlich konnte man ein Hundeleben nicht mit einem Menschenleben vergleichen. Aber in einer Sache waren Hunde Menschen überlegen: Sie waren unersättlich, wenn es um das Spazierengehen ging. Jedenfalls wenn man Paula mit Wilfried verglich (was ja eigentlich moralisch verwerflich war!). Paula hatte nach der Runde zum See noch lange nicht genug. Das kam auch Riekes Bewegungsdrang entgegen. Gerade nach dieser unheimlichen Begegnung brauchte sie ein bisschen Zeit, um das alles zu verarbeiten.

Die Landschaft der Märkischen Heide bestand überwiegend aus Sandboden, auf dem Heide, Gräser, Krüppelkiefern und Birken wuchsen. Einsam war es hier. Angeblich konnte man laut Reiseführer kilometerweit ungestört spazieren gehen und Rad fahren, ohne dass einem ein weiterer Mensch begegnete, und Rieke hatte oft das Gefühl, dass sie tatsächlich die Einzige war, die das machte. Oft wanderte sie stundenlang durch die Gegend, begegnete Füchsen und Rehen, einmal sogar einem Wolf. Der hatte sie mit gelben Augen nachdenklich angeschaut, und Rieke hatte verwirrt zurückgestarrt. Das muss doch ein Hund sein, hatte sie gedacht. Erst als er sich umdrehte und davonrannte, war ihr klar gewesen, dass sie einem Wolf begegnet war.

Aber das war der einzige Störfall in dieser einzigartigen stillen Landschaft gewesen, in der man nichts weiter hörte als den eigenen Herzschlag, und wenn einem mal ein Mensch entgegenkam, betrachtete man einander mit einer gewissen Ängstlichkeit und grüßte respektvoll. Die große Stille konnte sogar etwas Bedrohliches haben.

Rieke hatte stets ihr Handy dabei. Brandenburg bestand zwar nach wie vor aus zahlreichen Funklöchern, aber hin und wieder erwischte man doch eine Stelle, an der man mit der Welt verbunden war. Auch wenn statistisch gesehen die meisten Verbrechen in bewohnten Gebieten stattfinden und nicht im Wald, fühlte sich Rieke doch sicherer, wenn sie irgendwann Kontakt zur Außenwelt herstellen konnte.

Paula schien die Einsamkeit zu gefallen. Sie zog Rieke weiter in das große Naturschutzgebiet hinein, das nördlich des Campingplatzes lag. Hier wurde das Gras allmählich feuchter, kleine Tümpel bildeten sich. Das Teufelsluch begann. Es war ein großes moorartiges Feuchtgebiet, das von einem Kiefernforst umgeben war. Leider kannte sich Rieke nicht besonders gut mit Blumen und Bäumen aus, sie wusste aber, dass hier besondere Pflanzen wuchsen. Auch seltene Vögel und Schmetterlinge gab es hier. Jetzt sah Rieke sogar einen Eisvogel vor sich auf einer Birke sitzen. Sie brauchte einen Moment, bis sie ihn erkannte. Die orangefarbene Unterseite seines Gefieders tarnte ihn geschickt. Dann aber fielen ihr die schillernden blauen Flügel und der lange Schnabel auf.

Auch Paula starrte fasziniert in die Richtung. Dann bellte sie kurz.

»Psst!«, machte Rieke erschrocken.

Aber der Eisvogel hatte sie schon entdeckt. Mit seinen schwarzen Knopfaugen warf er einen misstrauischen Blick in ihre Richtung. Dann spannte er seine glitzernden Flügel aus und flog davon.

Wieder bellte Paula.

»Psst!«, zischte Rieke noch einmal.

Doch Paula ließ sich nicht beirren. Sie kläffte erneut, knurrte dann und machte einen Satz vorwärts. Rieke zog erschrocken an der Leine.

»Was ist denn?«, fragte sie unwirsch.

Aber dann stockte ihr der Atem. Eine Hand – eine weiße Hand – ragte aus dem Moorloch. Rieke blieb wie angewurzelt stehen und starrte in die Richtung. Nicht schon wieder, dachte sie.

Die Hand winkte ihr zu, ein königliches Winken aus der

Tiefe des Teufelsluches. Im ersten Moment war Rieke fasziniert. Staunend blickte sie auf die edle Bewegung. Beinahe hätte sie sogar zurückgewinkt. Dann aber überkam sie die Panik derartig schnell und heftig, dass sie aufschrie. Es gab tatsächlich jemanden, der aus der Tiefe des Moores zu ihr heraufwinkte. Der Wassermann fiel ihr ein, eine sorbische Sagengestalt aus den Geschichten der Niederlausitz. Aber war seine Haut nicht grün?

Schweiß trat Rieke auf die Stirn. Jetzt war es so weit! Jetzt war sie bereits derartig traumatisiert, dass sie nur noch von Tod, Leichen und abgetrennten weißen Händen umgeben war.

Ich werde verrückt, dachte sie.

Paula hatte aufgehört zu bellen, blieb aber unruhig. Immer wieder zog sie an der Leine und versuchte, zu der winkenden Hand hinüberzugelangen.

»Paula! Bei Fuß!«, schrie Rieke sie an.

Und obwohl Paula wahrscheinlich ganz anders hieß und Rieke auch nicht die Bezugsperson war, der sie gehorchen musste, hörte sie nun aufs Wort. Sie bellte jetzt nicht mehr, sie zog auch nicht mehr an der Leine. Stattdessen aber begann sie, furchtbar zu winseln. Das war schlimmer als das Bellen vorher.

Rieke spürte, wie sich ihr gesamter Körper mit einer Gänsehaut überzog. Ängstlich starrte sie zunächst auf die Hündin, dann auf das Körperteil. Ob die Hand an einem Körper befestigt war? Lag dort unten im Teufelsluch tatsächlich eine menschliche Leiche?

Auf alle Fälle musste sie nachschauen und sich absichern, bevor sie die Polizei rief und sich im schlimmsten Fall so lächerlich machte wie eben bei Herrn von und zu Landadel. Rieke schloss einen kurzen Moment die Augen und versuchte sich zu sammeln. Dann sah sie wieder Richtung Teufelsluch. Die Hand konnte durchaus erneut eine optische Täuschung sein. Eine durchsichtige Plastiktüte, ein Stück Frischhaltefolie. Auf alle Fälle sollte sie sich nicht so irritieren lassen.

»Na gut, gucken wir uns das mal genauer an.« Rieke fasste

die Leine fester. »Aber du bleibst hier bei Fuß, okay? Ich habe keine Lust, dich nachher aus so einem Sumpf zu fischen.«

Es beruhigte Rieke, ihre eigene Stimme zu hören. Mit Paula an ihrer Seite fühlte sie sich mutiger. Schritt für Schritt tasteten die beiden sich an das weiße Körperteil heran. Je näher sie kamen, umso klarer wurde Rieke, dass es sich nicht um ein einzelnes abgetrenntes Körperteil handelte. An der Hand hing ein Arm, und an dem Arm …

Rieke war nun an der Stelle angekommen, an der der Arm winkte. Ein Stofffetzen des Ärmels hatte sich in einer Astgabel verfangen. Das hatte dazu geführt, dass die Hand aus dem Boden ragte. Ein sanfter Wind pustete dagegen, und genau in diesem Rhythmus bewegte sich das Körperteil ebenfalls.

Rieke fröstelte. Schritt für Schritt tastete sie sich mit Paula voran. Und je näher sie kam, umso deutlicher wurde ihr bewusst, dass sie keine traumatische Erscheinung hatte. Dort im Luch lag jemand.

Jetzt hatte sie den Körper erreicht. Halb ragte er aus der moorigen Erde. Er war weiblich, wie es Rieke erschien. Und bekleidet. Der Kopf hatte sich nach hinten gelegt. Auch wenn das Gesicht mit Schlamm bedeckt war, waren die Gesichtszüge gut zu erkennen. Die Tote hatte die Augen geschlossen, den Mund geöffnet wie zu einem Schrei. Lange schlammverklebte Haare rahmten das Gesicht ein. Der Unterkörper und die Beine waren im Moorboden versunken.

Rieke musste an ein Museum in Schleswig-Holstein denken, wo sie sich Moorleichen angeschaut hatte. Sie waren sehr alt gewesen, Funde aus der Eiszeit, und doch waren sie gut erhalten gewesen. Moor mumifizierte. Daran erinnerte sie sich jetzt.

Rieke warf erneut einen Blick auf die Tote. Dieses Luch war leider kein Museum. Das hier war live. Reales analoges Leben hinter dem Campingplatz.

Plötzlich überkam sie ein wahnsinniges Frösteln. Sie spürte, wie ihr der Brechreiz die Kehle hinaufstieg. Die Übelkeit ließ sie sich schütteln. Sie würgte. Dann musste sie sich übergeben. Paula blieb tapfer an ihrer Seite und sah ihr mit einem gewissen Erstaunen beim Erbrechen zu. Still stand sie neben ihr und betrachtete sie mit einer Mischung aus Neugierde und Mitleid, wie Rieke schien. Rieke hatte das Gefühl, sich die letzten Magenreste, die Innereien und Knochen aus dem Körper zu kotzen. Danach fühlte sie sich grenzenlos erschöpft. Sie musste hier weg, das spürte sie dringend. Aber ihre Beine waren zu schwach, um sich zu bewegen.

Ihr Handy fiel ihr wieder ein. Welche Nummer hatte die Polizei noch mal? Die 110 oder die 112? Das verwechselte sie immer. Und hatte sie hier überhaupt Empfang?

Mit zitternden Händen berührte sie die Tastatur. Dann lauschte sie dem Freizeichen.

»Polizeidienststelle Groß Leuthen. Was kann ich für Sie tun?«

Der Mann klang freundlich und ruhig. Wahrscheinlich erwartete er nun eine Anzeige wegen Diebstahls oder Sachbeschädigung.

»Ich habe eine Leiche gefunden!«, sagte Rieke. Dabei hörte sie sich selbst zu. Was sie sagte, klang so verrückt.

»Eine Leiche?«, fragte der Polizist. Er klang verwundert. »Wo sind Sie denn?«

»Am Teufelsluch«, erklärte Rieke.

Der Polizist fragte noch einige Dinge, aber Rieke war nicht mehr in der Lage, zu antworten. Die Hand hatte nämlich jetzt wieder angefangen zu winken.

»Bitte kommen Sie«, flüsterte sie. »Sonst drehe ich hier durch.«

Spätestens jetzt wurde dem Mann offenbar bewusst, dass er seine Befragung an Ort und Stelle fortsetzen musste.

»Bleiben Sie, wo Sie sind!«, ordnete er an. »Wir sind in zehn Minuten da.«

»Zehn Minuten? Das kann ich nicht aushalten«, wollte Rieke antworten, aber der Polizist hatte bereits aufgelegt.

Ratlos stand Rieke da und wusste nicht, was sie machen sollte. Die Welt drehte sich um sie, wurde riesengroß und dann wieder ganz eng. Sie schwitzte und fror gleichzeitig. Sie wollte wegrennen und blieb doch wie erstarrt stehen. Und immer noch winkte diese Hand im Wind. Und immer noch war keine Hilfe in Sicht. Dabei musste die Polizei doch längst da sein.

In ihrer Panik griff Rieke erneut nach dem Handy. Mit zitternden Händen ging sie die Adressliste durch. An Helgas Namen blieb sie hängen. Die musste ihr helfen.

»Rieke?«, hörte Rieke Helgas verwunderte, aber doch liebevolle Stimme. »Was ist? Warum bist du nicht bei der Wassergymnastik?«

»Helga?« Rieke schrie fast. »Ich bin im Wald. Am Teufelsluch! Hier liegt eine Leiche!«

»Was sagst du?«, schrie Helga nun. »Das stimmt doch nicht, oder?«

In dem Moment hörte Rieke Polizeisirenen. Jetzt kam Rettung von allen Seiten.

»Doch, es stimmt«, flüsterte sie tonlos. »Kannst du kommen? Ich kriege bestimmt gleich einen Anfall!«

»Ich bin unterwegs!«, rief Helga. Dann klickte sie das Gespräch weg.

Das war alles, was Rieke mit letzter Kraft zustande brachte. Mehr ging nicht! Erschöpft ließ sie sich auf einem Baumstumpf nieder und bewegte sich nicht mehr. Paula legte sich zu ihren Füßen. Auch sie schien das alles nicht mehr zu begreifen.

Rieke sah zu, wie der Polizeiwagen einen Weg durch den Wald suchte. Immer wieder setzte er auf. Dann schien es kein Vorankommen mehr zu geben. Der Wagen hielt an, und zwei Polizeibeamte, ein Mann und eine Frau, stiegen aus.

»Hallo? Ist hier jemand?«, rief die Frau.

Rieke stand auf. Ihre Beine zitterten.

»Ja, hier!«, flüsterte sie mit letzter Kraft.

Und dann winkte sie – genau wie die Leiche. Paula bellte dazu.

Die Polizisten teilten sich auf. Die Frau rannte zu ihr herüber, der Mann wählte den schlammigen Weg zum Teufelsluch, wo sich die Hand unermüdlich bewegte.

»Sind Sie okay?«, fragte die Polizistin beunruhigt und legte liebevoll ihren Arm um Rieke.

»Ich hatte schon bessere Zeiten«, murmelte Rieke.

»Kann ich Sie einen Moment allein lassen?«

Die Polizistin sah tatsächlich besorgt aus. Sie war noch jung, und sie hatte so ein freundliches und offenes Gesicht.

»Das können Sie«, sagte Rieke tapfer. »Es wäre nur gut, wenn Sie mich wieder hinsetzen. Ich weiß nämlich nicht, ob ich noch lange stehen kann.«

Die Polizistin hielt sie fest und achtete darauf, dass Rieke sicher saß. Dann zog sie ihre blaue Uniformjacke aus und legte sie Rieke um die Schultern.

»Ich benachrichtige gleich jemanden vom Psychologischen Dienst«, erklärte sie.

»Das ist nicht nötig«, erklärte Rieke. »Ich habe eine Freundin angerufen. Die kommt gleich.«

Es kamen weitere Polizeiwagen angefahren. Auch zivile Fahrzeuge mit Blaulicht auf dem Dach waren dabei. Absperrbänder wurden gespannt. Immer wieder beugten sich Polizisten über diesen Frauenkörper im Teufelsluch. Hin und wieder sah man sich auch nach Rieke um. Dann steckten die Polizisten ihre Nasen zusammen und besprachen etwas. Vielleicht überlegten sie, ob sie mit dem Mord in einem Zusammenhang stand.

Rieke dachte daran, dass sie vielleicht nach einem Alibi zur Tatzeit gefragt würde. Aber sie konnte sich im Moment an nichts erinnern, was vor dem Leichenfund passiert war. Als ob die Gegenwart jede Vergangenheit ausgelöscht hätte.

»Da sind wir!«, hörte Rieke endlich eine vertraute Stimme neben sich.

Jetzt standen Helga und Horst vor ihr. Paula bellte kurz

auf, dann aber erkannte sie die beiden und sprang an ihnen hoch. Helga streichelte sie.

»Ist ja gut. Ist ja gut.« Sie wandte sich an Rieke. »Um Gottes willen. Du machst aber auch immer verrückte Sachen!«, regte sie sich auf. »Man darf nicht so viel an Krimis denken. Sonst steckt man mittendrin!«

»Ich kann doch nichts dafür«, jammerte Rieke.

»Weiß ich doch!« Helga umarmte sie und setzte sich zu ihr auf den Baumstamm.

Horst blieb stehen und starrte zum Teufelsluch hinüber. »Diese Hand da, ist das die Leiche?«

Rieke gab ein Grunzen von sich. Sie schaute nun auch wieder in die Richtung. Zwei Polizisten hatten eine weiße Plane auf der Wiese ausgebreitet. Anschließend stiegen sie vorsichtig in den moorigen Tümpel. Sie schafften es nicht, den schwarzen Körper herauszuziehen. Noch zwei weitere Polizisten mussten zu Hilfe kommen, schließlich hoben sie die Moorleiche aus der Tiefe und schleppten sie zur Plane hinüber. Der Arm mit dieser Hand schleifte über das Gras. Rieke wandte den Blick ab.

»Ich kotze gleich«, flüsterte Helga.

»Ich hab schon«, gab Rieke zurück.

Als sie wieder hinschaute, hatten sie die Leiche auf die weiße Plane gebettet. Nun zogen sie den Reißverschluss zu. Rieke fiel erst jetzt auf, dass sich auch ein Leichenwagen unter den Fahrzeugen befand. Ein grauer Metallsarg wurde aus dem Auto geholt und die Leiche dort hineingelegt.

»Wie im ›Tatort‹«, stellte Horst fest.

»Entschuldigung. Könnten wir Ihnen ein paar Fragen stellen?«

Die Frau von der Kripo war vorsichtig und rücksichtsvoll. Sofort rückte Helga etwas näher an Rieke heran, als wenn sie sie beschützen wollte.

»Können Sie«, sagte Rieke leise.

Jetzt wollten die Frau und ihr Kollege alles noch mal genau

wissen. Wann sie losgegangen war, welchen Weg sie genommen hatte, ob ihr irgendetwas Verdächtiges aufgefallen war, wie sie die Leiche vorgefunden hatte und natürlich auch, ob sie irgendetwas am Tatort verändert hätte. Rieke beantwortete alle Fragen so ruhig und gefasst wie möglich. Aber es kostete sie viel Kraft.

»Auf unserem Campingplatz ist eine Frau verschwunden«, berichtete Horst dann, der zwar am wenigsten über die Sache wusste, aber endlich auch mal etwas erzählen wollte. Das interessierte die Kripo natürlich auch, und Rieke berichtete über den weiß-gelben T3 und den Hund, der nun an ihrer Seite war. Die Frau fragte, der Mann machte sich Notizen.

»Danke, Sie haben uns sehr geholfen«, sagte er dann. Seine Kollegin betrachtete Rieke mitleidig.

»Wir bringen Sie jetzt zum Campingplatz zurück, oder?«, überlegte sie.

Helga strich Rieke über den Arm. »Brauchen Sie nicht«, meinte sie mütterlich. »Wir kümmern uns schon um sie.«

»Brauchen Sie vielleicht jemanden vom Psychologischen Dienst?«, wollte der Mann wissen.

Jetzt antwortete Horst. »Nicht nötig. Wir haben einen Psychologen auf dem Platz.«

»Vielleicht lassen Sie die Frau Riemann auch mal antworten!«, fuhr die Kriminalbeamtin Horst an.

Jetzt musste Rieke lächeln. »Es ist so, wie sie es sagen«, erklärte sie. »Ich brauche keine Hilfe. Horst und Helga sind ja da. Und der Psychologe auch.« Sie strich Paula über den Kopf. »Und die passt auch auf mich auf.«

FÜNF

Horst und Helga hatten Rieke zum Abendessen eingeladen. Da ging es ihr, gemessen an den Umständen, die hinter ihr lagen, noch ganz gut. Aber als sie abends wieder allein war, kam der Schock zurück. Es fing damit an, dass sie im Dunkeln allein vom Sanitärhäuschen ins Schwalbennest zurückgehen musste. Spätestens aber in ihrem Wohnwagen fühlte sie die Panik erneut in sich aufsteigen.

Rieke begann zu zittern und bekam ihre Glieder nicht wieder unter Kontrolle. Im Gegenteil, mit jedem Zittern drang ein seltsamer Laut aus ihrer Kehle. Sie schnatterte wie die Gänse ihres Großvaters beim Gang über die Wiese. Paula beobachtete sie verwirrt.

»Wird schon wieder«, flüsterte Rieke. »Ist gleich vorbei.«

Sie wankte zum Kühlschrank, zog eine Tafel Schokolade heraus und brach ein Stück ab. Vielleicht half Zucker. Sie bildete sich ein, das mal gelesen zu haben.

Plötzlich klopfte es an der Tür. Rieke brach der Schweiß aus. Paula bellte, rannte zur Tür und begann im selben Moment, mit dem Schwanz zu wedeln. Dann kann es nicht so schlimm sein, dachte Rieke.

»Ja?«, fragte sie.

Jemand drückte die Klinke herunter. Jetzt erst fiel Rieke ein, dass sie abgeschlossen hatte. Das hatten sie eigentlich nie gemacht. Sie schloss auf und steckte ihren Kopf durch den Spalt zwischen Türrahmen und Tür. Vor ihr stand Michael. Er sah besorgt aus.

»Alles okay mit dir?«

Rieke atmete einmal tief durch.

»Geht so.«

Michael musterte sie kritisch. »Darf ich reinkommen?«, fragte er dann.

Rieke öffnete nun die Tür weit.

»Natürlich«, sagte sie. Schlagartig wurde ihr bewusst, dass sie schon im Schlafmodus war: Sie trug Leggins und T-Shirt, keine Strümpfe, keinen BH.

»Ich wollte eigentlich ins Bett gehen.«

Sie lachte. Es sollte lässig klingen, aber sie hörte selbst, wie gequetscht ihre Stimme klang.

»Helga hat erzählt, dass du eine Leiche gefunden hast.« Er sah sie wachsam an. »Ich kann mir vorstellen, dass du einen Schock hast. Leichen sieht man ja nicht alle Tage.«

Rieke nickte und schluckte. Am liebsten hätte sie geweint.

»Ich weiß auch nicht, was ich habe«, murmelte sie leise. »Aber ich zittere schrecklich. Richtig schnatterig ist mir.«

Sie setzte sich nun in einen Sessel und hielt eine Hand mit der anderen fest. Trotzdem musste Michael nur einen kurzen Blick darauf werfen, dann war ihm klar, wie es um sie stand.

»Darf ich mal deinen Puls fühlen?«

»Klar«, sagte Rieke und streckte ihm ihren Arm hin.

Er schaute auf seine Uhr, blickte dann vor sich hin, als wenn er die Schläge zählen würde. Seine Hand war warm. Die Berührung tat Rieke gut. Das Ergebnis seiner Diagnose teilte er ihr nicht mit. Aber er gab Anordnungen.

»Setz dich auf das Sofa«, schlug er vor. »Die Beine mit hoch!«

Rieke gehorchte. Er nahm nun ihre Decke und legte sie über ihren Körper.

»Keine Angst. Das ist ganz normal«, beruhigte er sie. »Du hattest ein belastendes Erlebnis, und dein Körper reagiert mit Panik und dem Wunsch nach Flucht.« Er lächelte sie an. »Hast du einen Schnaps?«

Im ersten Moment schüttelte Rieke den Kopf. Dann fiel ihr die Flasche Rum wieder ein, die im Küchenschrank stand. Sie brauchte sie manchmal beim Kuchenbacken, manchmal sogar für einen Grog.

»Tut es Rum auch?«

Er lachte und nickte. »Alles, was die Gefäße weitet.«

Ein paar Minuten später saß Rieke auf dem Sofa, ein Glas Rum in der Hand und stürzte ihn herunter.

»Ich bleibe so lange hier, bis es dir besser geht«, sicherte ihr Michael zu. Da trank sie sogar noch einen zweiten.

Draußen wurde es dunkel. Rieke machte kein Licht. Es tat gut, mit Michael im dunklen Zimmer zu sitzen. Eine Weile schwiegen sie. Dann begann Rieke zu erzählen. Von der Hand, die sie zuerst im See gespürt hatte. Von ihrem Besuch beim Gutsherrn und von den Fotos, die sie dort gemacht hatte. Von ihrem Spaziergang weiter zum Teufelsluch. Und von dem, was dann folgte.

Mehrmals brach ihre Stimme ab. Michael ließ ihr Zeit. Er fragte nicht nach. Er drängte nicht. Er hörte einfach nur zu.

Irgendwann ging es Rieke besser. Sie fühlte sich hundemüde.

»Ich glaube, ich muss jetzt schlafen.«

Michael nickte.

»Ich bleibe noch, bis du eingeschlafen bist.«

Darüber war Rieke froh. Sie kuschelte sich in ihr Bett und zog die Decke bis zum Kinn. Und dann war sie tatsächlich schnell eingeschlafen.

Am nächsten Morgen war die Polizei da. Die Beamten erregten großes Aufsehen auf dem Campingplatz. Die Geschichte mit der Toten im Teufelsluch hatte sich schneller herumgesprochen als jede Facebook-Nachricht. Dafür hatte Helga gesorgt.

Rieke hatte sich gerade zum Frühstück an ihren Gartentisch gesetzt und Milch in ihr Müsli gegossen, da sah sie die Polizeiwagen ins Schwalbennest einbiegen. Paula bellte. Rieke rief sie zu sich. Gemeinsam warteten sie, bis die beiden Polizisten ausgestiegen waren. Sie kamen nun auf sie zu.

»Hallo, Frau Riemann. Erinnern Sie sich an uns? Wir waren gestern auch am Teufelsluch.«

Rieke rieb sich die Stirn. Sie konnte sich nur dunkel an die eine Polizistin erinnern, die sie auf den Baumstumpf gesetzt hatte.

»Ich bin Ronny Lehmann, das ist meine Kollegin Mandy Rehberg. Wir sind von der Kripo«, stellte sich der Mann vor. Er hatte eine beeindruckende Körpergröße. »Dürfen wir Ihnen ein paar Fragen stellen?«

»Natürlich«, beeilte sich Rieke zu sagen.

Jetzt sah sie Helgas Kopf hinter der Blumenampel auftauchen.

»Gehören Sie auch dazu?«, wollte der Kriminalbeamte wissen.

»Wir sind Nachbarn.«

»Dann kommen Sie doch ebenfalls her!«

Das ließ sich Helga nicht zweimal sagen. Auch Horst setzte sich auf dem freien Gartenstuhl neben sie.

»Michael, komm doch auch rüber«, rief Helga nun. Offensichtlich schien Michael in der Nähe zu sein. »Die Kripo hat ein paar Fragen an uns. Du musst dir aber deinen Gartenstuhl mitbringen.«

Nun saßen sie zu sechst um den Tisch. Rieke wagte einen kurzen Blick zu Michael hinüber. Er war gestern tatsächlich so lange bei ihr geblieben, bis sie eingeschlafen war. Sie hatte tief und fest geschlafen, und als sie morgens aufgewacht war, war er nicht mehr da gewesen. Wie lieb, dass er so fürsorglich für sie gesorgt hatte. Jetzt schaute er ebenfalls zu ihr, und die Lachfältchen um seine Augen vertieften sich.

»Wir haben inzwischen ein Foto der jungen Frau.« Ronny Lehmann zog ein Handy aus seiner Jackentasche. Dann zeigte er es Rieke. Sie zögerte, einen Blick darauf zu werfen. Sie fürchtete sich vor dem Anblick dieser schwarzen Leiche mit dem offenen Mund.

Doch die Tote war gewaschen worden und sah einigermaßen normal aus, wenn man das von einer Leiche sagen konnte. Sie hatte zwar immer noch den Mund geöffnet, aber er sah jetzt nicht mehr so schrecklich aus. Eher ein bisschen staunend.

»Ich kenne sie nicht«, sagte Rieke. »Aber die anderen vielleicht. Sie wollte hier im Schwalbennest …«

»Ja, das ist sie«, trötete Helga. »Die war hier bei uns, nicht, Horst? Die hat sich hier den letzten Dauerstellplatz angeguckt. Dieter hat auch ihren Namen gesagt. Irgendwie einen schicken Vornamen, weißt du noch, Horst?«

»Silvana Steins. Ich erinnere mich auch«, meldete sich Horst.

»Und Sie?«, wollte die Polizistin wissen und schaute Micheal prüfend an. »Kennen Sie sie auch?«

Er zuckte die Achseln.

»Die anderen meinten, dass sie hier gewesen wäre, aber ich erinnere mich nicht. Ich bin noch nicht so lange Dauercamper. Am Anfang waren das alles zu viele Eindrücke. Da habe ich so viele neue Gesichter kennengelernt. Vielleicht habe ich sie gesehen, aber ich erinnere mich nicht.«

Die Polizistin nickte und notierte sich etwas.

»Ich war an ihrem Bulli«, bekannte Rieke nun. »Hab die Tür aufgemacht und reingeguckt. Aber ich habe nichts angefasst. Also, wenn Sie meine Fingerabdrücke an der Türklinke finden … Ich habe nur ihren Hund befreit.«

Alle Blicke wandten sich nun Paula zu, die es sich unter dem Tisch gemütlich gemacht hatte.

»Wir haben versucht, die Familie zu benachrichtigen«, berichtete Ronny Lehmann. »Aber da gibt es wohl niemanden mehr.«

»Hat sie keine Eltern oder Geschwister?«, fragte Rieke erschrocken.

»Sie wohnte mit Freunden zusammen. Die sagten, es würde niemanden geben. Aber wir recherchieren das nachher noch einmal gründlich.«

Keine Eltern. Irgendwie erleichterte Rieke der Gedanke sogar. Dann gab es wenigstens keine verzweifelte Mutter, die weinend zusammenbrach, oder einen Vater, der schrie und gegen die Wand schlug. Aber es gab sicherlich Freunde, vielleicht einen Partner. Ach, der Tod war immer schrecklich, besonders wenn das Ende gewaltsam gekommen war.

»Es kommt nachher jemand raus und holt vielleicht den Hund ab«, fuhr Lehmann fort. »Das Auto können wir aber noch nicht rausgeben. Das muss noch auf Fingerabdrücke untersucht werden.« Er wandte sich wieder den Campern zu. »Wissen Sie, ob sie Besuch hatte? Irgendwas Auffälliges?«

»Ich habe sie mal im Shop getroffen«, erinnerte sich Horst. »Aber ich weiß nicht, was sie gekauft hat.«

»Wie ist sie denn da ins Teufelsluch geraten?«, wagte Rieke zu fragen. »Hat sie sich verlaufen? Oder hat sie jemand da reingeschubst?«

»Tut mir leid, dazu dürfen wir keine Auskunft geben.«

»Hatte sie einen Partner? Eine feste Freundin?«

»Kein Kommentar. Tut uns leid.«

Rieke konnte das nur zu gut verstehen. Im Grunde wollte sie ja auch gar nichts über die Frau erfahren. Es war gut, wenn sie ihre Beziehung zu ihr in Distanz hielt. So konnte sie den frühen Tod einer jungen Frau besser verkraften.

Die Polizisten fragten noch einiges. Ob irgendwem irgendetwas aufgefallen war. Ob die Frau einen ängstlichen oder nervösen Eindruck gemacht hatte. Ob sich irgendjemand in ihrer Nähe aufgehalten hatte …

Aber im Grunde konnte niemand etwas Konkretes sagen. Und Rieke schon gar nicht. Aber wenn man von den Fragen auf das Geschehen schließen konnte, schienen sich die Polizisten nicht nur damit zu beschäftigen, ob die junge Frau allein in das Moorloch gefallen war. Sie hatten offensichtlich auch den Verdacht, es könnte sie jemand dort hineingeworfen haben. Und wenn das so war, saß das Thema Mord plötzlich mit am Gartentisch.

Das war ein unheimliches Gefühl. Einen Mord in so einer friedlichen und fröhlichen Umgebung konnte man sich nicht vorstellen.

Als die Polizisten gegangen waren, saßen Horst, Helga und Michael noch eine Weile unter Riekes Markise. Das Schicksal der Toten bewegte alle mehr, als Rieke lieb war. Die wollte diese Begegnung am liebsten vergessen. Michael schien ihr anzusehen, dass es ihr nicht gut ging.

»Lasst uns doch mal von etwas anderem reden«, schlug er vor. »Was kann man hier im Spreewald Schönes unternehmen? Habt ihr eine Idee?«

Rieke griff das neue Thema dankbar auf.

»Hier macht man immer eine Kahnfahrt«, fiel ihr ein. Dann verzog sie das Gesicht. »Aber wie ich mich kenne, finde ich sofort wieder eine Wasserleiche in der Spree.«

Michael lachte. »Zeit, dich von diesen traumatischen Vorstellungen zu erlösen«, sagte er. »Also los! Wo macht man die schönste Kahnfahrt?«

»In Lübbenau«, erklärte Rieke. »Und von da zu dem kleinen Spreewaldort Lehde.«

»Die Fahrt kommt in jedem Spreewaldkrimi vor«, wusste Helga zu berichten. »Da gibt es also wirklich jede Menge Leichen.«

Horst und Helga verzichteten darauf, mitzukommen. Sie gehörten eher zu der Sorte Dauercamper, die auf ihrer Scholle saßen und Haus und Garten pflegten. Rieke konnte sich aber auch vorstellen, dass Helga entschieden hatte, sie mit Michael allein zu lassen. Vielleicht hatte sie sogar mitgekriegt, dass Michael gestern noch lange bei ihr gewesen war.

Sie nahmen Riekes kleine silberne A-Klasse. Michael setzte sich auf den Beifahrersitz und streckte die Beine aus.

»Nett, dass du mich fährst.«

Rieke hatte Paula schweren Herzens zurückgelassen. Sie wusste nicht, wie der Hund auf das Kahnfahren reagierte. Immerhin gab es zahlreiche Enten auf der Spree.

Als sie am Rezeptionsgebäude vorbei auf die Schranke zufuhren, konnte Rieke sehen, dass die Polizisten bei Dieter und

Margot waren. Die Befragung ging also weiter. Hoffentlich fanden sie den Täter.

Langsam fuhr Rieke die lange Auffahrt hinunter, ließ dann das Dorf Groß Leuthen hinter sich.

»Was ist eigentlich aus der Wasserleiche geworden, die dich im See berührt hat?«, begann Michael plötzlich. Dabei hatten sie doch abgemacht, nicht mehr über Tote zu sprechen.

»Ich bin noch mal zu der Stelle gegangen«, berichtete Rieke nun. »Aber da war nichts.«

»Bist du sicher? Du hattest ja damals ganz schön Panik.«

Rieke nickte. Dann berichtete sie von ihrer erneuten Begegnung mit dem Gutsherrn. »Der tauchte plötzlich wieder hinter mir auf. Ich bin fast vor Schreck ins Wasser gefallen«, erzählte sie. »Aber er war ganz nett. Hat sogar ein Foto von Paula und mir an den Seerosen gemacht.«

»Und hast du etwas Verdächtiges bemerkt?«

Wieder nickte Rieke. »Da gab es etwas, das komisch aussah«, gab sie zu. »Aber der selbst ernannte Adelige hat es mit einer Harke aus dem Wasser gefischt. Es war ein Stück Frischhaltefolie.«

Michael musterte sie nun von der Seite.

»Es ist schon merkwürdig, dass du eine Hand im See gespürt hast. Und dann taucht tatsächlich eine Hand auf. Allerdings an einer ganz anderen Stelle.«

Rieke zuckte die Achseln. »Es gibt halt schreckliche Zufälle«, meinte sie.

»Wir Psychologen sprechen auch von *self fulfilling prophecy*. Du warst dir sicher, dass sich irgendwo in der Gegend eine Leiche befinden muss. Überall hast du Hände gespürt und gesehen. Und dann ist sie ganz plötzlich tatsächlich aufgetaucht, wenn auch an einem ganz anderen Ort«, diagnostizierte er. Jetzt war er ganz der Psychologe.

»Aber das war doch jetzt was völlig anderes«, meinte Rieke. »Ich hatte doch keine magische Vorhersage. Es war einfach ein schrecklicher Zufall.«

»Zufall – Zufall«, brummte Michael. »Den gibt es doch gar nicht. Ich könnte mir eher vorstellen, dass der feine Gutsherr die Leiche umgebettet hat, nachdem er gemerkt hat, dass du sie gesehen hast«, überlegte er weiter.

Rieke drehte sich ruckartig zu ihm um.

»Jetzt redest du plötzlich auch von Mord!«, rief sie. »Wie kommst du denn darauf? Vielleicht ist sie doch ganz von allein ins Moorloch gefallen.«

»Natürlich kann das sein«, erwiderte Michael. »Vielleicht hat sie vorher ein paar Spreewaldbitter getrunken und ist dann noch mal durch den Wald gegangen.«

»Ohne ihren Hund?« Rieke kam das komisch vor.

»Kann doch sein.«

Dieser grau melierte Gutsherr ging Rieke nicht aus dem Kopf. Sie hatte ihn nicht gemocht, und die arrogante Art, wie er ihr gegenüber aufgetreten war, ärgerte sie immer noch.

»Vielleicht hatte sie auch eine Verabredung mit einem Adeligen«, sagte Michael.

Riekes Kopf flog zu ihm herum.

»Meinst du, er war der Mörder?«, wollte sie wissen.

Michael schmunzelte. »Wäre nicht der erste Adelige, der einen Mord begeht.«

Rieke musste lächeln. Den Typen für ein paar Jahre hinter Gitter zu bringen, wäre ihr eine ganz persönliche Genugtuung.

SECHS

Am Fährhafen von Lübbenau boxte wie immer der Papst. Es gab Dillgurken, Senfgurken und Gewürzgurken zu kaufen, außerdem kleine Püppchen in sorbischer Tracht, Spreewaldbitter, Gurkenschnaps, Gurkenbier, Gurkeneis und alles, was man sonst so im Leben nicht brauchte.

Michael bahnte sich einen Weg an den Verkaufsständen entlang, durch die Menschenmassen bis zur Spree, und Rieke folgte ihm. An den Spreefließen warteten die Kahnfahrer vor ihren Kähnen auf ihre Gäste und boten Fahrten zu dem kleinen Dorf Lehde an, das von Spreefließen umgeben war und in dem sich die Einwohner angeblich mit dem flachen Spreewaldboot fortbewegten, statt mit dem Auto oder mit dem Rad zu fahren. Allerdings vermieden die Kahnfahrer gerne zu erzählen, dass es in Lehde kaum noch Einheimische gab.

Die Touristen machten in den kleinen Holzhäusern Urlaub und genossen die seltsame Atmosphäre. Außerdem bot das Dorf die Kulisse für alle Spreewaldkrimis, die es im Fernsehen zu sehen gab – mystische und schauerliche Serien, in denen tatsächlich jede Menge Leichen aus der Spree auftauchten.

Rieke seufzte. Vielleicht hätte sie doch besser einen Shoppingausflug nach Cottbus machen sollen. Aber da drehte sich Michael schon nach ihr um.

»Eine Stunde Rundfahrt nach Lehde? Reicht das?«

Rieke nickte.

»Ich lad dich ein.«

Er kaufte zwei Tickets, und der Kahnfahrer wies ihnen zwei Plätze direkt am Bug des Kahns zu.

»Wenn es eine Leiche gibt, sehe ich sie jedenfalls als Erste«, murmelte Rieke.

Michael lachte. »Ich sehe nur Enten.«

Als alle Sitzplätze belegt waren, stieg der Kahnfahrer mit seinem langen Paddel – Rudel nannte man es – in den Kahn und »stakte« los, wie es in der Fährmannsprache hieß. Die Fließe der Spree waren flach, sodass das Rudel bis auf den Grund des Flusses stieß und den Kahn auf diese Weise vorwärtsbewegte. Der Fährmann stand dabei hinten auf dem Kahn und lenkte ihn vom Hafen aus durch die Fließe. Dabei redete er unaufhörlich.

Viele Kähne kamen ihnen entgegen. Die Fährmänner grüßten einander kollegial. Mit den Touristen, die mit Paddelbooten unterwegs waren, gingen sie allerdings rücksichtsloser um. Wenn die Anfänger Probleme mit dem Kanufahren hatten, ihre Paddel in unterschiedlichem Tempo ins Wasser tauchten und sich darum wild auf der Spree zu drehen begannen, konnte es schon mal sein, dass sie von den Kahnfahrern so bedrängt wurden, dass sie sich am Flussufer wiederfanden. Die Spreefließe in Lübbenau gehörten den Kahnfahrern, da waren sie sich einig.

Doch obwohl viele Gäste auf den Spreearmen unterwegs waren, entspannte die Fahrt enorm. Die leisen Bewegungen auf dem Wasser, das Gleiten des Bootes durch die wunderschöne Natur und die hohen Bäume, die sich grün im Wasser spiegelten, übten eine große Faszination auf alle Bootsfahrer aus.

Rieke spürte, wie sie wieder tiefer atmen konnte.

Sie zog ihr Handy aus der Tasche und fotografierte die kleinen Spreewaldhäuschen und die Kähne, die überall in den Nebenarmen lagen. Dann fotografierte sie auch Michael, der lächelnd zu ihr herüberschaute.

»Ich fotografiere so gut wie nie«, teilte er ihr mit. »Ich versuche immer, die Situation in meinem Herzen zu behalten.«

»Das ist auch eine schöne Idee«, gab Rieke zu und steckte das Handy wieder ein.

»Der Wassermann ist hier in der Spree überall anzutreffen«,

berichtete der Fährmann, während er seinen Rudel langsam durch das Wasser zog. »Menschen, die sich zu nah an das Ufer wagen, zieht er zu sich hinunter in die Tiefe.«

»In die Tiefe«, bemerkte jemand, der hinter Rieke saß spöttisch. »Mehr als fünfzig Zentimeter können das aber nicht sein.«

Jetzt lachten alle, bis auf Rieke. Tote im Wasser, das war etwas, über das sie sich nicht amüsieren konnte.

»Die Körper werden schnell mit Schlamm überzogen«, erzählte der Fährmann gnadenlos weiter. »Sodass sie nie wieder gefunden werden.« Jetzt ließ er seine Stimme tiefer erklingen. Rieke spürte, wie sich ihr Körper mit einer Gänsehaut überzog. »Man erzählt sich auch, dass der Wassermann ihre Seelen in Tontöpfen gefangen hält.«

Rieke bemerkte, dass Michael sie besorgt anschaute. Sie schluckte. Dann drehte sie sich zu dem Kahnfahrer um.

»Findet man den Wassermann auch an den Moorlöchern?«, wollte sie wissen.

»Ja, genau«, rief eine Touristin. »Da ist doch gerade eine Leiche gefunden worden. Oben am Teufelsluch. Vielleicht war das der Wassermann.«

»Das kann gut sein.« Der Fährmann lachte jetzt ebenfalls. »An den Luchen ist er auch zu finden. Überall da, wo es Wasser gibt.«

»Vielleicht ist die Tote aber auch von selbst in das Luch geraten und dann tiefer und tiefer gesunken«, überlegte Rieke weiter. »Wie der Knabe im Moor bei Annette von Droste-Hülshoff.«

Ruhig stakte der Fährmann weiter durch das Wasser.

»Nein«, sagte er dann. »Das kann nicht passieren. Man kann zwar im Moor versinken, aber nur bis zur Hüfte. Dass einen das Moor mit Haut und Haaren verschlingt, ist nur eine Sage. In Wirklichkeit passiert das nicht.«

»Natürlich passiert das!«, regte sich nun ein älterer Mann auf. »Denken Sie doch mal an den Hund von Baskerville.«

»Genau«, ergänzte eine Frau. »Da versinkt Sir Hugo von Baskerville im Moor von Dartmoor.«

Der Fährmann lachte. »Sherlock Holmes hat eben nicht gut genug recherchiert«, meinte er, während er seinen Kahn an der kleinen Poststation vorbeigleiten ließ. »Bei YouTube kann man sich angucken, wie es wirklich ist. Man kann zwar im Moor versinken, aber nur bis zu einem gewissen Punkt. Der Oberkörper bleibt draußen.«

»Das kommt durch den Wasserauftrieb«, mischte sich nun ein anderer Mann ein. Er sah Einstein nicht unähnlich – ein echter Klischeephysiker mit weißem Haarkranz. »Dazu kommt die Dichte der Pflanzenreste.«

»Man versinkt also gar nicht im Moor!«, rief die Frau empört. »Dann habe ich mich als Kind umsonst gegruselt. Ich war von dem Film richtig traumatisiert. Alles also ein Fake?«

»Na, so ein richtiger Fake nicht«, übernahm der Wissenschaftler wieder. »Es ist schwer, aus dem Moor herauszukommen. Man muss den Körper in die Waagrechte bringen. Das ist nicht so leicht. Man muss den Oberkörper hin und her schwingen. Das kostet viel Kraft.«

»Das Moor saugt einen fest, wie ein Vakuum.«

»Das kennt man ja auch aus dem Watt an der Nordsee.«

Das Thema schien alle zu interessieren.

»Vor allem ist das Moor eiskalt«, fuhr der Fährmann fort. »Wenn man da stecken bleibt, stirbt man eher an Unterkühlung, als dass man versinkt.«

»Ist die Frau am Teufelsluch dann an Unterkühlung gestorben?«, rief Rieke erschrocken und drehte sich dabei zu dem Fährmann herum.

Nun richteten sich alle Blicke auf sie. Neugierig waren sie, und auch verwundert.

»Jetzt, mitten im Sommer? Das wird wohl eher ein Mord gewesen sein«, entgegnete der Fährmann ungerührt.

Mord? In Riekes Ohren rauschte das Blut. Sie weigerte sich, diese Möglichkeit als Tatsache zu akzeptieren.

»Aber vielleicht hat sie mehrere Tage im Moor gesteckt und ist dann vor Erschöpfung umgefallen«, überlegte sie weiter.

Nun lachten einige Touristen.

»So einsam ist es nun auch nicht in Brandenburg.«

»Die hatte doch genug zu trinken. Und bis man verhungert ist, vergehen einige Monate.«

»Außerdem hatte sie sicherlich ein Handy dabei.«

»Aber da oben ist bestimmt ein Funkloch.«

Nun beteiligten sich alle an den Spekulationen. Diese Tote hatte einen großen Unterhaltungswert.

Rieke drehte sich wieder nach vorne und starrte auf das Wasser. Mord! Das Wort spukte durch ihren Kopf und ließ sie nicht mehr los. Sie dachte an den adeligen Mr. Wichtig, die Seerosen und die leblose Hand im See. Vielleicht hatte der Gutsherr tatsächlich seine Tote umgebettet, hatte sie erst im See ertränkt und später im Teufelsluch versenkt. Aber das ergäbe irgendwie auch keinen Sinn.

Wer war diese Tote? Warum war sie auf dem Campingplatz gelandet? Was hatte sie am Teufelsluch gemacht? Und wer hatte ein Interesse daran gehabt, sie umzubringen?

»Rieke?«, rief Michael und zeigte auf einen Baum. »Hast du den Biber da vorne gesehen? Der sitzt auf der kleinen Insel und lässt sich die Sonne auf den Bauch scheinen.«

Er lachte. Wieder mischte sich der Fährmann ein.

»Das ist kein Biber«, erklärte er. »Das ist eine Nutria. Die wurden früher auf einer Pelztierfarm gehalten und sind alle in die Freiheit entkommen. Jetzt lassen sie sich von den Touristen aushalten. Mit Pizza und Pasta werden sie gefüttert und werden täglich dicker und frecher.«

Rieke sah der Nutria zu, wie sie sich eine Nuss schmecken ließ. Sie kannte diese possierlichen Tierchen, die überall im Spreewald anzutreffen waren und immer mehr zur Plage wurden. Sie hatte schon zahlreiche Fotos von ihnen gemacht.

Vor einem Restaurant hielt der Kahnfahrer an. Rieke lud Michael zu Kartoffeln mit Leinöl und Quark ein.

»Was macht einen Spreewälder stark? Kartoffeln, Leinöl und Quark«, zitierte sie dabei eine alte sorbische Lebensweisheit.

Als sie wieder auf dem Campingplatz ankamen, drehte Rieke noch eine Runde durch den Shop, der gemeinsam mit der Rezeption im Eingangsbereich untergebracht war. Michael begleitete sie, wartete aber vor der Tür auf sie und gönnte sich ein Eis. Während Rieke an den Regalen vorbeispazierte und Hundefutter, eine Dose Ravioli und eine Flasche Rotwein in ihren Einkaufskorb legte, hörte sie eine wütende Stimme in der Rezeption.

»Hören Sie! Der Camper gehört mir. Ich habe ein Recht darauf, da reinzugehen.«

»Is leider nüscht!«, hörte Rieke Dieter sagen. »Die Polizei hat dit alles verplombt. Spurensicherung.«

»Das kann man doch nicht machen!«, rief der Mann. »Silvana hat sich meinen T3 einfach genommen. Die hat sich immer alles unter den Nagel gerissen, was sie kriegen konnte.«

»Hörn Se mal uf, so pampich zu sein!«, regte sich Dieter auf. »Da kann ick doch nüscht für. Ick mach hier nua meenen Job.«

Jetzt beeilte sich Rieke, hinter den Regalen hervorzuschauen. Am Tresen der Rezeption lehnte ein junger Mann und redete auf Dieter ein. Der Mann sah irgendwie ziemlich fertig aus – sehr blass, mit tiefen Augenringen, dazu ein schmales Gesicht, das durch den Sidecut-Haarschnitt und den Ziegenbart noch langgezogener wirkte. Er trug eine Jeans und ein hellblaues kurzärmliges Hemd, wodurch die Tattoos an Armen und Händen sichtbar wurden. Sogar am Hals war er tätowiert.

»Hallo!«, mischte sich Rieke nun ein.

Verärgert wandte sich der junge Mann ihr zu. Er sagte zwar nichts, aber Rieke konnte ihm ansehen, dass er am liebsten »Was wollen Sie denn?« gesagt hätte.

»Sind Sie … Also kennen Sie die Frau, die im Teufelsluch …«

»Ich bin ihr Partner«, giftete er.

Rieke war überrascht, dass er wenig Trauer zeigt. Nur Wut.

»Ihr Partner?«, wunderte sich Dieter. »Ick dachte, die wär Single.«

Der Mann schnalzte wütend mit der Zunge. »Ich will in den Camper. Ich habe ein Recht dazu! Kapiern Sie?«

»Det müssen Se mit die Polizei klärn«, winkte Dieter ab.

»Ich habe den Hund der Toten aufgenommen«, berichtete Rieke weiter. »Wollen Sie sich den nicht abholen? Der freut sich bestimmt, wenn er wieder nach Hause kommt.«

Doch daran schien der Mann kein Interesse zu haben. Er wandte sich ab.

»Jetzt nicht«, knurrte er. »Es gibt Wichtigeres zu tun.«

Rieke musste wohl etwas irritiert geguckt haben, denn der Mann fügte kurze Zeit später hinzu: »Ich komme nachher mal rum. Sind Sie hier auf dem Platz?«

»Ja. Im Schwalbennest. Ich bin Dauercamperin.«

Der Mann knurrte etwas. Rieke verstand das Wort »nachher« und nickte.

»Dann ist gut. Danke!«, sagte sie so freundlich wie möglich.

Sie spürte Erleichterung gepaart mit einem kleinen Fünkchen Traurigkeit. Der Hund hatte ihr geholfen, ihre erste Panik zu überstehen. Hoffentlich kam er in gute Hände. Gleichzeitig wunderte sie es, dass dieser Typ so wütend war. Immerhin war seine Partnerin gestorben, ermordet vielleicht sogar, und er stand hier und beharrte auf dem Camper. Das war schon seltsam. Ziemlich wenig Empathie für jemanden, der gerade seine Liebste verloren hatte.

Als Rieke in der Schlange zwischen den anderen stand, hörte sie, wie der Typ weiter mit Dieter verhandelte.

»Ich bleibe ein paar Tage hier. Wo kann ich mich hinstellen?«

»Tut mia leid. Pfingsten sind wa voll«, klärte Dieter ihn auf.

»Dann stell ich mich neben den Camper. Da ist Platz genug.«

»Ham Se denn 'n Zelt?«, fragte Dieter höflich.
»Ich schlafe in meinem Auto.«
»Dit ham wa aba nich so jerne.«
»Kann Ihnen doch egal sein!«

Es roch nach Streit. Von diesem Mann schien große Aggressivität auszugehen. Rieke konnte Dieter ansehen, dass er nur mit Mühe ruhig blieb. Er tat ihr leid. Eine Leiche zu Pfingsten passte nun wirklich nicht in diesen unendlichen Campingstress an den Feiertagen.

Schon jetzt hatte sich hinter dem Mann eine lange Schlange gebildet. Dieter winkte den Typen zur Seite, um die Einkäufe der anderen abzukassieren. Rieke war endlich an der Reihe, ließ alles auf ihr Gastkonto schreiben und verließ den Laden.

Mit dem Einkauf unter dem Arm kehrte sie zu Michael zurück, der sein Eis inzwischen aufgegessen hatte. Gemeinsam machten sie sich auf den Weg zurück zum Schwalbennest. Der T3 stand immer noch auf der kleinen Straße Rehwiese. Mit einem Blick konnte Rieke erkennen, dass man eine Kette mit einem Vorhängeschloss um die Türgriffe gemacht hatte. Anschließend waren sie mit einer Plombe versehen worden. An den Seitenfenstern waren die Rollos heruntergelassen. Das sah irgendwie bedrohlich aus.

Am Heckfenster war eine Gardine von zwei Seiten zugezogen worden und ließ nur einen kleinen Spalt in der Mitte frei. Rieke konnte einen Blick in das Innere des Wagens erhaschen. Das Erste, was ihr auffiel, war eine schwarze Kamera, die an einem Garderobenhaken neben einer dunkelblauen Softshelljacke hing. Sie sah so ähnlich aus wie die Spiegelreflexkamera, die Rieke besaß, eine schwarze Lumix Panasonic. Zuerst wollte sie Michael darauf aufmerksam machen, dann aber bemerkte sie, dass der Typ aus der Rezeption neben ihr aufgetaucht war.

»Haben die echt den Wagen verplombt!«, rief er wütend. Und dann rüttelte er an der Tür.

Verwundert blieb Rieke stehen.

»Vorsicht! Sie können da jetzt wirklich nicht rein!«, rief sie erschrocken.

»Was geht dich denn das an!«, fauchte der Typ.

»Wie bitte?«, fragte Michael irritiert.

Er fand es offensichtlich respektlos, wie der Sidecut-Typ mit ihr redete. Rieke ging es nicht anders. Also, wenn das der Partner dieser unbekannten Toten war, wurde Rieke mit einem Schlag klar, hatte diese Silvana entweder großes Pech gehabt oder in Sachen Partnerschaft einen schlechten Geschmack.

Wieder rüttelte der Mann an der Tür wie ein Besessener. Michael und Rieke schauten ihm irritiert dabei zu. Dann fasste Rieke Michael unter den Arm.

»Was geht uns das an«, raunte sie ihm ins Ohr.

Michael nickte und ging mit ihr weiter. Rieke beeilte sich, wegzukommen. Sie wollte nicht Zeugin werden, wenn der Typ sich Zugang zu dem Campingbulli verschaffte.

Paula freute sich, sie wiederzusehen. Sie lief auf sie zu und wedelte mit dem Schwanz. Rieke streichelte die Hündin liebevoll, bereitete ihr dann ein schönes Essen zu – zum Trost, dass sie so lange allein hatte bleiben müssen.

Als Paula bellte, sah Rieke von ihrer Rätselzeitung auf. Der tätowierte Typ bog in den Schwalbenweg ein und sah sich suchend um. Jetzt hatte er Paula und sie entdeckt und kam auf sie zu.

Paula wedelte begeistert, und er streichelte sie kurz.

»Na, du hast es dir ja gemütlich gemacht, oder?«

Er setzte sich zu Rieke, ohne dass sie ihm das angeboten hatte. Paula überlegte einen Moment, entschied sich dann aber, sich zu Rieke zu legen. Rieke musterte den jungen Mann nachdenklich. Dass es Menschen gab, die so wenig Trauer zeigten? Wenn sie daran dachte, wie sie gelitten hatte, als Wilfried gestorben war …

»Möchten Sie einen Kaffee?«, fragte sie.

Er nickte, und sie ging zum Wohnwagen, um zwei Tassen Kaffee fertig zu machen. Als sie wieder herauskam, sah sie, wie er sich zu Paula gebeugt hatte, um sie zu streicheln. Jetzt sah er doch traurig aus.

»Ich heiße übrigens Ulrike Riemann«, stellte sie sich vor.

Er murmelte etwas, das sich nach »Jadon König« anhörte, und Rieke fand, dass der bescheuerte Name zu ihm passte.

»Ich habe gehört, dass Sie sie gefunden haben«, sagte er nun.

Rieke nickte und setzte sich. »Das war ein furchtbarer Schock für mich«, sagte sie leise.

»Kann ich mir denken.« Seine Hand fuhr weiter durch Paulas Fell.

Sein Gesicht verzog sich. Richtig traurig sah er nun aus.

»Waren Sie miteinander verheiratet?«, fragte Rieke unsicher.

Jetzt blickte er sie böse an.

»Mit Silvana? Quatsch«, meinte er. »Wie kommen Sie denn darauf?«

»Sie sagten doch ...«

»Wir sind Partner. Kommilitonen und Geschäftspartner. Wir studieren zusammen ...«

Das hätte sie ihm nicht zugetraut.

»Studieren? Echt?«

»Kunst und Kunstgeschichte. Und wir wohnen zusammen in einer WG.«

Er bemerkte wohl, dass Rieke überrascht aussah.

»Wir sind Partner, weil wir in derselben Galerie ausstellen. Kunert-Galerie, Berlin-Köpenick. Kennen Sie die?«

»Nein«, erwiderte Rieke irritiert.

Berlin-Köpenick kannte sie überhaupt nicht. Der Stadtteil lag ja fast am Ende der Welt. Sie musterte die Tattoos des Mannes aufmerksamer. Vielleicht fielen die ja auch in die Kategorie Kunst. Auch er sah sie nun länger an.

»Wo ist sie gestorben?«, fragte er plötzlich.

Rieke sah, dass er schluckte. Nun wurde auch sie traurig.

»In der Nähe des Campingplatzes gibt es eine moorige Gegend. Das Teufelsluch nennen sie es«, erzählte Rieke. »Da hat sie gelegen. Sie war fast versunken.«

Einen Moment saß er da wie versteinert. Dabei starrte er vor sich hin, als wenn er das Bild von Silvana vor den Augen hätte. Auch Rieke musste an diese winkende Hand denken, und die Panik erfasste sie erneut.

»Wie ist sie da reingeraten?«, fragte er plötzlich.

Rieke dachte an den Fährmann und an seine Schilderung, dass man nicht einfach so in einem Moor versinken kann. Dass man zwar im Morast stecken bleiben konnte, aber dass man nicht so tief versank, dass man unterging. Und dass diese Tatsache vielleicht der Hinweis darauf war, dass man die junge Frau ermordet hatte.

»Ich weiß nicht, was sie da am Teufelsluch gemacht hat. Ich kannte sie ja gar nicht«, sagte sie. »Aber die anderen hatten sie vorher hier auf dem Campingplatz gesehen. Sie meinten, sie hätte hier Dauercamperin werden wollen.«

Jetzt wurden die Augen des Typen groß.

»Dauercamperin? Das ist ja Quatsch!«, meinte er. »Wie soll sie denn hier hinkommen? Sie hatte ja noch nicht mal ein Auto.« Er lachte. »Dauercamper. Mit Gartenzwergen und Stiefmütterchen, oder was?«

»Nicht alle Dauercamper sind so«, verteidigte Rieke sich und hoffte, dass er die Stiefmütterchen nicht bemerkte.

»Trotzdem. So etwas würde sie niemals machen.«

»Wie können Sie so sicher sein?«

»Dazu ist sie nicht der Typ.«

Er schien ihren Tod noch nicht akzeptiert zu haben.

»Was für ein Typ war sie denn?«, fragte sie nach.

Dieser Jadon nagte an seiner Unterlippe. Dann wickelte er seinen Ziegenbart um den Zeigefinger.

»Anstrengend. So spontan und flippig. Immer auf der Suche nach einem warmen Plätzchen.«

Er griff jetzt in seine Tasche und suchte mit fahrigen Händen nach Zigaretten. Dann zündete er sich eine an und rauchte hastig und nervös.

Rieke musterte ihn nachdenklich. Sie hatte so viele Fragen, aber sie wagte nicht, sie zu stellen. Rieke konnte sich vorstellen, dass er ziemlich sauer werden konnte. Immer noch grübelte er vor sich hin, während er den Rauch tief inhalierte. Er hatte etwas Ruheloses an sich.

»Ich versteh das alles nicht«, murmelte er. »Warum war sie hier? Was wollte sie auf diesem Platz? Und was hat sie da oben an dieser Stelle gemacht?«

»Das kann ich Ihnen leider auch nicht sagen.«

Er sah nun kurz auf, schaute Rieke durchdringend an. Bestimmt war er sich sicher, dass sie ihn anlog.

»Was sagt denn die Kripo? Wie ist sie gestorben?«

»Das weiß ich leider auch nicht«, gab Rieke zurück. »Das sagen sie ja nicht mir. Aber vielleicht hätten Sie ein Recht dazu, das zu erfahren.«

Er brummte etwas, strich sich dann erneut über den Ziegenbart. Hektisch sog er die letzten Züge der Zigarette ein. Dann war sie aufgeraucht. Er warf sie auf den Boden und trat sie aus. Auch in dieser Bewegung war seine Wut zu spüren.

»Glauben Sie, sie ist in dieses Moorloch gefallen?«, fragte der Typ nun weiter. »Ich meine, kann man da reingeraten? So ganz aus Versehen?«

Rieke holte tief Luft. »Man kann wohl nicht einfach so in einem Moorloch versinken«, sagte sie. »Jedenfalls nicht mit Haut und Haaren. Das hat mir vorhin ein Kahnfahrer erzählt. Es sei denn, sie ist da reingefallen, weil sie ohnmächtig geworden ist.«

»Ohnmächtig?«

»Na ja, ich weiß nicht. Vielleicht war sie ja krank. Oder sie fühlte sich an dem Tag schwindelig oder so.«

»Sie war kerngesund. Sie hat auch nicht gesoffen oder gekifft!«, zischte er Rieke nun an, als wenn sie schuld daran wäre, dass seine Partnerin gestorben war.

»Dann weiß ich es leider auch nicht«, gab Rieke zurück. Und ganz leise sagte sie dann: »Vielleicht hat sie ja jemand ermordet und dort versenkt.«

Jetzt sah dieser Jadon König plötzlich wach und aufmerksam aus. Gleichzeitig hatte er seine Augenbrauen misstrauisch zusammengezogen.

»Ermordet? Wer soll das denn gemacht haben?«

Rieke holte tief Luft. »Lieber Herr Jadon, oder wie immer Sie heißen. Wie gesagt, ich kannte sie nicht. Ich habe sie dort nur gefunden und mich dabei zu Tode erschreckt. Ob sie jemand ermordet hat, ob sie Feinde hatte und was sie da oben am Teufelsluch gemacht hat, das müssten Sie besser wissen als ich. Sie sind doch ihr Partner.«

»Gewesen«, hätte sie gerne hinzugefügt, aber sie unterdrückte es in letzter Minute.

Er sah sie jetzt wieder so durchdringend an.

»Vielleicht hat sie da oben was fotografiert«, knurrte er. »Sie machte immer und überall Fotos. Die hat sie oft in ihre Bilder eingearbeitet.«

»Das wäre ja schon mal eine Erklärung. Dann ist sie vielleicht zu nah an das Moor heran und dann in dem Sumpf stecken geblieben …«

»Ich denke, man kann darin nicht versinken.«

»Ja, ich weiß.«

Sie drehten sich miteinander im Kreis. Und warum? Das Wort Mord stand plötzlich wieder im Raum. Sie wussten es beide. Wieder strich sich dieser Jadon über den Bart.

»Ob sie Feinde hatte?«, wiederholte er plötzlich leise ihre Frage. »Keine Ahnung. Vielleicht. Sie konnte schon wahnsinnig nervig sein.«

»Aber deshalb bringt man doch niemanden um«, wunderte sich Rieke.

Er lachte nun. Es war ein kurzes hartes Lachen.

»Sie kannten sie ja nicht«, zitierte er nun ihr Argument. »Sie wissen ja gar nicht, wie nervig sie sein konnte.«

»Dann erklären Sie es mir«, bat Rieke ihn.

Er zögerte einen Moment. Dann stand er auf.

»Ich gehe mal zurück«, sagte er. »Danke für den Kaffee.«

Paula sprang nun ebenfalls auf. Doch er beachtete sie nicht. Als er sich umdrehte, um zu gehen, hielt Rieke ihn auf.

»Nehmen Sie den Hund nicht mit?«, fragte sie erschrocken.

Wieder fuhr er sich über seinen Bart.

»Ich kann sie jetzt nicht gebrauchen«, brummte er. »Am besten ist es, wenn sie in unsere WG zurückkommt. Silvanas Freundin kümmert sich bestimmt um sie.« Jetzt fixierte er Rieke mit seinen blassgrünen Augen. »Ich kann sie jetzt aber nicht mitnehmen. Ich will noch zu 'nem Kumpel nach Cottbus. Hätten Sie Zeit, sie nach Köpenick zu bringen?«

Zeit hatte Rieke mehr als genug. Sie hatte nur eigentlich nicht so viel Lust, wieder Richtung Berlin zu fahren. Berlin-Hellersdorf war der Ort, in dem sie mehr als vierzig Jahre lebte, und von dort war sie gerade erst losgefahren, um Urlaub zu machen. Aber es interessierte sie, mehr über die Tote zu erfahren.

»Das kann ich machen«, willigte sie ein. Dann beugte sie sich zu Paula und streichelte sie. »Wie heißt der Hund überhaupt?«

»Curie«, antwortete er. »Sie war Silvanas Liebling. Ihr Kinderersatz, verstehen Sie?«

Auch das klang nicht besonders freundlich.

»In Ordnung, dann bringe ich sie morgen zurück«, schlug Rieke vor. »Geben Sie mir Ihre Adresse? Und die Telefonnummer von der Freundin? Dann kann ich mich ankündigen.«

Jadon knurrte etwas, das fast wie ein Dankeschön klang. Jedenfalls wenn man es wohlwollend interpretierte. Dann zog er sein Handy aus der Tasche. In der Handyhülle hatte er zu Riekes großer Überraschung eine Visitenkarte. Die reichte er ihr. Rieke betrachtete sie interessiert. »King Jadon«, stand darauf. »Galerie Müggelheimer Damm 33. Privat Pablo-Neruda-Straße 24b«. Es folgte eine Telefonnummer.

Die Visitenkarte sah sehr schrill aus. Bunt, schräg, moderne Kunst halt.

»Danke«, sagte Rieke. »Dann melde ich mich dort.«

Sie fand, dass diese einsame Leiche im Teufelsluch es verdient hatte, dass man sich um ihre Angelegenheiten kümmerte. Und ihrer Meinung nach war es auch gut, wenn man ihren Mörder fand. Jedenfalls wenn es wirklich einen gab.

SIEBEN

Pablo-Neruda-Straße, Berlin-Köpenick. Rieke hatte Silvanas Freundin Viola Kramer erreicht und ihr Kommen angekündigt. Schon am Telefon hatte sie Violas große Betroffenheit gespürt.

»Ich freue mich auf Sie«, hatte sie gesagt und dabei geschluchzt. »Und auf Curie auch.«

Rieke war froh, dass Paula, die ja nun Curie hieß, offensichtlich wirklich zu einem Menschen kam, der sie gerne hatte. Sie hatte den Hund selbst lieb gewonnen, und es fiel ihr gar nicht so leicht, ihn wieder abzugeben. Ganz besonders nicht, als sich Curie als gute Beifahrerin entpuppte, die nicht über ihren Fahrstil meckerte und sogar ruhig blieb, als sich Rieke einmal falsch eingeordnet hatte. Erst als sie in die Pablo-Neruda-Straße einbog und nach der richtigen Hausnummer suchte, hob die Hündin den Kopf und schaute interessiert aus dem Fenster.

Köpenick sah auf den ersten Blick hübsch aus. Viel Wasser und kleine Siedlungshäuschen. In der Pablo-Neruda-Straße begannen allerdings die Wohnblocks, weiße lieblose Klötze mit gelben Balkons, einer wie der andere. Rieke blinkte und bog auf eine holperige Betonfläche ab, die einen Parkplatz darstellte. Immerhin lag er vor einer großen Grünanlage. Curie würde hier vielleicht die Chance haben, Gassi zu gehen. Als Hund in so einem Wohnblock zu leben, musste genauso ungemütlich sein wie für Menschen.

Curie stieg aus dem Auto und wusste offenbar sofort, dass sie angekommen war. Sie hob die Nase und bellte kurz. Rieke rief sie zu sich und leinte sie an. Dann ließ sie sich von dem Hund führen. Curie zog sie zu der breiten Hauptstraße, und nachdem sie den Fußgängerüberweg überquert hatten, drängte sie sie nach links. Schließlich blieb sie vor einer weißen Haustür mit undurchsichtiger Pickelglasoptik stehen. Nummer 24b. Curie lag richtig.

Rieke las sich durch die zahlreichen Klingelschilder und wusste gar nicht genau, nach welchem Namen sie suchen sollte. Einige Schilder waren in Druckschrift getippt, andere waren handschriftlich angefertigt, wieder andere waren durchgestrichen und durch andere Namen ersetzt.

»Steins, König, Kramer« fand Rieke schließlich, wobei der Name Steins später mit Handschrift hinzugefügt worden war. Sie klingelte und spürte gleichzeitig, wie aufgeregt sie war. Curie starrte unablässig auf die Tür und wedelte mit dem Schwanz. Wie unglücklich sie wohl sein würde, wenn sie sah, dass ihr Silvana nicht öffnete.

Als Rieke daran dachte, wurde sie selbst wieder sehr traurig. So ein junges Leben war so plötzlich ausgelöscht worden. Was für ein schreckliches Schicksal.

»Ja?«

Eine Frauenstimme klang durch die Sprechanlage.

Rieke stellte sich auf die Zehenspitzen und hielt ihren Mund nah an den Lautsprecher.

»Ulrike Riemann hier«, rief sie. »Wir sind verabredet.«

Der Türsummer ertönte. Rieke stieß die Tür auf und betrat das Treppenhaus. Dann sah sie sich suchend um. Im Hausflur war es überraschend aufgeräumt. Kein Kinderwagen, kein Rollator, keine Schuhe.

Das war in ihrem Mehrfamilienhaus in Hellersdorf anders. Da begann das Chaos schon auf dem ersten Treppenabsatz. Jeder Mieter versuchte, sich seine Wohnung dadurch zu erweitern, dass er schon mal seine Schuhe auf dem hauseigenen Flur entsorgte. Wilfried hatte früher versucht, dagegen anzugehen, hatte es aber schließlich aufgegeben und sich dem Chaos gefügt. Hier in diesem Mietshaus hätte er sich sicherlich wohler gefühlt.

Rieke suchte nach dem Fahrstuhl, aber Curie kannte sich aus und zog sie in die Richtung. Der Fahrstuhl öffnete sich nach ihrem Knopfdruck sofort. Curie und sie betraten ihn. Auch im Fahrstuhl war alles gut organisiert, und sie fand schnell heraus, dass sich die Wohnung im vierten Stock des Hauses befand. Sie drückte auf die Vier und ließ sich nach oben transportieren. Als sich die Fahrstuhltür erneut öffnete, traf ihr Blick auf eine junge Frau, die an einer Wohnungstür lehnte und auf sie zu warten schien.

»Frau Kramer?«, fragte Rieke, aber die Frau beachtete sie gar nicht.

»Curie!«, rief sie und klatschte in die Hände.

Curie bellte begeistert und zerrte an der Leine. Rieke ließ sie los, und der Hund rannte auf die junge Frau zu, sprang an ihr hoch und ließ sich umarmen. Rieke spürte einen Anflug von Eifersucht und Wehmut zugleich. Tiere waren letztendlich doch treulose Verräter. Ein bisschen mehr Dankbarkeit hätte sie sich schon gewünscht.

Aber die junge Frau blickte sie nun an, während ihre Hand weiterhin durch das Fell des Hundes fuhr. Sie lächelte ein bisschen gequält und reichte Rieke die Hand.

»Sie müssen Frau Riemann sein. Ich bin Viola Kramer.«

»Ich freue mich, dass wir uns kennenlernen«, sagte Rieke und schüttelte ihre Hand.

Warm und verschwitzt fühlte sie sich an. Rieke konnte sehen, dass die Mundwinkel der Frau zuckten. Da musste sie ebenfalls schlucken.

»Traurig nur, dass wir uns unter diesen Umständen kennenlernen.«

Ein Schatten fiel über Viola Kramers Gesicht. »Kommen Sie doch herein«, sagte sie.

Rieke überließ Curie den Vortritt, folgte ihr dann. Curie stürmte sofort schwanzwedelnd durch die Wohnung und blieb vor einer Zimmertür stehen. Nun bewegte sich ihr Schwanz so wild, dass er gegen die Holztür schlug. Das war sicherlich das Zimmer der Toten. Riekes Kehle wurde eng. Auch Viola sah nun sehr bedrückt aus.

»Sie ist nicht da, Curie«, sagte sie leise. »Und sie kommt auch nicht mehr«, fügte sie noch leiser hinzu.

Wie zum Beweis öffnete sie die Zimmertür. Curie sprang geradezu in den Raum, und auch Rieke trat näher, um einen Blick hineinzuwerfen. Das Erste, was ihr auffiel, war eine Staffelei am Fenster, auf der ein großes Bild stand. Es war erst in einer Bleistiftskizze entworfen. Augen, Münder und Haare waren darauf in wildem Durcheinander skizziert worden.

An der Wand des Zimmers stand ein Bett. Die Bettdecke lag unordentlich darauf, als wenn jemand hastig aufgebrochen wäre. Außerdem gab es zwei Sessel vom Design-Sperrmüll, einen Schreibtisch mit Monitor, einige Zimmerpflanzen und Regale mit Büchern.

Curie rannte zu einem Hundenapf und schleckte daraus. Er war leer. Dann sah sich die Hündin unruhig im Zimmer um, ließ sich anschließend zwischen den Sperrmüllsesseln auf einem kleinen bunten Teppich fallen und blickte Rieke mit heraushängender Zunge an. Sie war angekommen.

»Die wird ganz schön daran zu knacken haben, dass Silvana nicht mehr da ist«, sagte Viola leise. Dann brach ihre Stimme. »Ich kann das selbst gar nicht glauben«, flüsterte sie. »Wer macht denn so was?«

Rieke musste ebenfalls schlucken. »Ich weiß es auch nicht«, sagte sie.

Viola kämpfte mit den Tränen. »Es ist unglaublich. Einfach nur schrecklich. Warum war sie auf einem Campingplatz? Sie hat doch nie was mit Camping am Hut gehabt.«

»Aber der Bulli. Das war doch ein Wohnmobil.«

»Der gehört Jadon. Sie hat ihn einfach genommen.« Viola räusperte sich. »Sie und Jadon waren manchmal damit unterwegs – zu Kunstmärkten oder auch zum Trödel.« Sie bemühte sich, die Fassung wiederzuerlangen. »Wollen Sie vielleicht einen Kaffee oder so?«

Rieke nahm das Angebot dankbar an. Sie ließ sich von Viola in die Küche führen und setzte sich dort auf einen der drei

Stühle, die an einem kleinen Tisch standen. Nach kurzer Zeit ließ sich auch Curie wieder blicken und legte sich unter den Tisch. Sie sah jetzt genauso bedrückt aus wie Viola.

Viola beschäftigte sich mit der Kaffeemaschine, aber Rieke konnte ihr ansehen, dass sie leise vor sich hin weinte. Ihre Schultern zuckten. Ihre Bewegungen waren fahrig und ungenau.

»Erzählen Sie mir von ihr«, sagte Rieke leise. »Wer war sie? Sie sah so schön aus. Blond. Lange Haare, der Traum aller Männer, nicht wahr?«

Viola sah sich nun um und lächelte, während die Tränen über ihr Gesicht liefen.

»Ja, das war sie. Ein echtes Model. Tolle Figur, schönes Gesicht … Die hatte es ganz leicht, Freundschaften zu schließen.«

Rieke beobachtete Viola, wie sie Tassen voll mit dampfendem Kaffee aus der Maschine zog. Viola machte eher den Eindruck einer Angestellten im städtischen Dienst – jedenfalls wenn man an eine Klischee-Angestellte dachte: etwas mollig, dunkle Haare, Brille, Pagenschnitt, ein bisschen bieder, aber verlässlich. Das schien ja eine merkwürdige Wohngemeinschaftskonstellation zu sein.

»Wollen Sie Milch?«, fragte Viola.

Rieke nickte. »Gerne, wenn Sie haben.«

Viola reichte ihr die Tasse Kaffee und stellte eine Milchtüte auf den Tisch. Dann setzte sie sich zu ihr. Die beiden Frauen betrachteten einander nachdenklich.

»Studieren Sie auch Kunst?«, wollte Rieke wissen.

Das hätte nicht dem Klischee entsprochen. Viola verneinte.

»Ich arbeite bei einer Krankenkasse«, erklärte sie. »Im Moment habe ich Urlaub.« Sie schluckte wieder. »Den hatte ich mir aber auch anders vorgestellt.« Sie fuhr sich über die Stirn, als wenn sie Kopfschmerzen hätte. »Jetzt muss ich wohl auch noch eine Beerdigung organisieren.«

»Wieso Sie?«, fragte Rieke erschrocken. »Hat die Tote …

ich meine, Frau Steins – ich habe schon gehört, dass sie keine Eltern hatte. Aber es wird doch jemanden geben, oder?«

Viola sah traurig aus. »Ihre Mutter ist früh gestorben, und der Vater ...« Sie räusperte sich.

Rieke lauschte gespannt.

»Der Vater war Silvanas großes Problem«, fuhr sie fort. »Sie war ständig auf der Suche nach ihm.«

Rieke verstand nichts, aber sie hielt es für besser, nicht nachzufragen. Sie konnte Viola ansehen, dass sie weitererzählen würde.

»Ihre Mutter hat ihr den Vater vorenthalten. Sie hat immer gesagt, dass sie ihr verraten wird, wer er ist, wenn sie volljährig ist. Aber dann ist sie tödlich verunglückt und hat das Geheimnis mit ins Grab genommen.«

»Dann war Silvana noch gar nicht volljährig, als die Mutter starb?«, fragte Rieke erschrocken.

Viola schüttelte den Kopf. »Sie war siebzehn. Wir waren in einer Klasse. Ich erinnere mich zu gut, wie schrecklich das damals war. Sie ... sie stand völlig neben sich. Wir alle! Die ganze Klasse war bei der Beerdigung. Ich hab direkt neben ihr am Grab gestanden, damit sie nicht so alleine war. Sie war starr vor Trauer. Kreideweiß und unbewegt. Das Bild kriegt man nie mehr aus dem Kopf.« Wieder liefen Viola die Tränen. »Wie kommt es bloß, dass es manche Menschen so hart im Leben trifft? Keine Mutter. Kein Vater. Und nun ... das.«

Rieke nickte und dachte an Wilfried. Auch sie hatte es hart getroffen, aber neben Silvanas Schicksal konnte sie fast dankbar sein, dass es ihr so viel besser ging.

»Sie hat während der Schulzeit bei uns gewohnt. Dann ist sie eine Weile durch die Welt getingelt, hat in Paris und Rom studiert. Und seit einem halben Jahr wohnte sie bei Jadon und mir. Sie brauchte einen warmen Platz, und wir hatten ein Zimmer frei. Berlin wird ja täglich unerschwinglicher.«

»Sind Sie ein Paar, Jadon und Sie?«, fragte Rieke vorsichtig. Auch das erschien ihr seltsam.

Viola winkte ab. »Nein, um Himmels willen. Wir sind eine Zweckgemeinschaft. Wir haben uns auf einer Ausstellung kennengelernt. Jadon stellt manchmal in der Galerie Kunert am Müggelheimer Damm aus. Er suchte eine Wohnung in der Nähe, und dann haben wir uns zusammengetan. Später kam dann Silvana dazu.«

»Und die Tote und Jadon waren auch kein Paar?«

Rieke fiel auf, dass sie schon richtig kriminalistisch fragte.

»Nein, auch nicht. Jadon ist total chaotisch. Wenn er bekifft ist – und das ist er oft –, kann er richtig aggressiv werden.«

Rieke nickte. Das war ihr auch schon aufgefallen.

»Immerhin, Jadon kann auch anders. Er hat sich lieb um Silvana gekümmert. Er hat sie dem Galeristen Kunert vorgestellt, und der hat auch Silvana mit in seine Galerie aufgenommen. Er hat ihr sogar einen Raum zur Verfügung gestellt. Sie malte ja ziemlich großflächig und brauchte viel Platz.«

»Das klingt sehr nett«, sagte Rieke.

Viola nickte. »Ich glaube, Jadon war tatsächlich in Silvana verknallt. Aber die wollte nichts von ihm. Die stand nicht auf solche Männer wie ihn. ›Kindergarten‹, hat sie immer dazu gesagt. Dabei war sie oft selbst ziemlich naiv.«

»Auf welche Männer stand sie denn?«, wollte Rieke wissen.

»Auf echte Oldies«, gab Viola zurück und schnaubte verächtlich. »›Gentlemen‹ hat sie sie genannt. Männer, die was in der Welt darstellen. Guter Geschmack, gute Manieren und natürlich Kohle.« Sie seufzte leise. »Die sind ja an jeder Straßenecke zu haben. Die warten nur darauf, ihre Alte abzuschieben und sich was Aufregenderes fürs Bett zu suchen.«

»Das klingt nicht sehr freundlich.«

Viola seufzte. »Ach, was weiß ich. Sie war halt traumatisiert wegen der Sache mit ihrem Vater. Ständig sah sie in jedem Mann ihren Erzeuger. Sie behauptete immer, sie hätte Informationen aus den Tagebüchern ihrer Mutter zusammengetragen. Aber ich war mir nie sicher, ob die Geschichte stimmt.« Viola dachte nach. »Jedenfalls hat sie ständig überlegt, wer er sein könnte. Dann fing sie an, diese Männer aufzuspüren und Kontakt zu ihnen aufzunehmen. Sie verliebte sich manchmal sogar in sie.«

»Aber sie hat ihren Vater nicht gefunden?«

Viola zuckte die Achseln. »Ich weiß es nicht. Ich glaube nicht. Wir haben es aufgegeben zu fragen. Wenn das Thema auf ihren Vater kam, konnte sie nicht aufhören zu reden. Sie war so fanatisch mit ihrer Suche. Das war echt krank.«

Das klang alles nicht wirklich gut. Rieke betrachtete Viola nachdenklich.

»Meinen Sie, sie ist bei der Vatersuche auf einen Mann getroffen, der sie später umgebracht hat?«, wollte sie wissen. »Bei der Suche nach dem reichsten Sugardaddy macht man sich ja auch nicht nur Freunde.«

»Einen Mörder? Ist sie denn ermordet worden?«, rief Viola entsetzt.

Rieke fühlte sich ratlos. »Das weiß ich leider nicht«, sagte sie. »Aber die Kriminalpolizei ermittelt, und ich fürchte, es sieht ein bisschen so aus, als wenn sie nicht von allein in das Moorloch gefallen wäre.«

Viola sah nun richtig schockiert aus. »Das wäre ja furchtbar«, stammelte sie. Dann dachte sie nach. »Ich würde mich allerdings auch nicht wundern«, gab sie zu. »Sie stellte einigen Männern manchmal so penetrant nach. Ich könnte verstehen, wenn da jemand die Nerven verloren hat.« Wieder überlegte sie. »Und diese Sugardaddys haben ja bestimmt auch Familien. Ehefrauen und Kinder. Da hat sie sich sicherlich auch Feinde gemacht.«

Rieke dachte nach. »Ich habe eine Freundin, die als Kind adoptiert wurde«, berichtete sie. »Für die war die Suche nach den Eltern auch ein Lebensthema. Sie wollte unbedingt wissen, wer sie wirklich war und was sie von ihnen geerbt hatte. Von wem sie die dunklen Augen hatte. Und von wem die Segelohren. Es ist eine Frage der Identität, nicht wahr?«

Viola nickte nachdenklich. »Ja, wenn man selbst ganz normale Eltern hat, wünscht man sich oft, man hätte andere. Aber wenn man nicht weiß, woher man kommt, scheint es einen auch nicht loszulassen. Silvana hat sich jedenfalls zu dem Vaterthema psychologische Hilfe gesucht. Danach ging es ihr wirklich besser. Ich hatte sogar das Gefühl, dass sie zum ersten Mal Ruhe fand.«

Rieke nickte. Es war erstaunlich, wie intensiv das Gespräch geworden war, obwohl sie einander doch erst einige Minuten kannten.

»Wenn sie tatsächlich ermordet wurde, hätten Sie eine Idee, wer das getan haben könnte?«, wagte Rieke schließlich zu fragen. »Wenn Sie doch den Bulli des Freundes genommen hat und ganz plötzlich aufgebrochen ist, sieht es ein bisschen nach Flucht aus, oder?«

Nun wurden Violas Augen ganz wach. »Meinen Sie?«

»Könnte es sein?«, fragte Rieke weiter.

Viola dachte nach. »Ich weiß nicht«, sagte sie schließlich. »Sie hat mir nie viel von ihren Beziehungen erzählt. Ich weiß aber, dass sie sich immer sehr intensiv einließ. Sie war dann manchmal tagelang unterwegs, um sich mit jemandem zu treffen. Curie ist dann immer ein bisschen vereinsamt, und ich habe es übernommen, mit ihr rauszugehen.«

»Aber Sie haben niemanden kennengelernt?«

Viola nahm einen Schluck Kaffee. Dann seufzte sie leise. »Ich bin mir sicher, dass mich die Polizei das auch fragen wird«, meinte sie. »Ich müsste mal nachdenken. Sie hat mir nie jemanden vorgestellt. Aber wenn ich mit ihr zu einer Vernissage gegangen bin, konnte ich schon sehen, dass sie viel Aufmerksamkeit bekam. In diesen Kunstkreisen gibt es ja viele Menschen mit Geld und Geltungsbedürfnis.« Sie winkte ab. »Aber das war nicht meine Welt. Ich habe mich zwischen denen nie wohlgefühlt und bin an den Abenden immer schnell nach Hause … Silvana dagegen machte die Nächte durch, und Jadon auch. Und mittendrin auch der Kunert, dieser Galerist. Ein anstrengender Typ, der sich ziemlich wichtig nahm.«

Rieke verspürte plötzlich den großen Wunsch, sich ein paar Namen aufzuschreiben. Aber das hätte jetzt komisch ausgesehen. Wie ein Kind mit einem Detektivheft.

Kunert – Galerist, versuchte sie sich zu merken. Und insgeheim nahm sie sich vor, mal wieder eine Kunstausstellung zu besuchen. Obwohl Kunst – erst recht moderne Kunst – überhaupt nicht ihr Ding war.

»Hat sie in den letzten Tagen verändert gewirkt?«, fragte Rieke und kam sich nun wie eine Privatdetektivin vor.

In dem Moment klackte die Wohnungstür. Curie sprang auf, wedelte und bellte.

»Silvana, bist du es?«, rief Viola. Dann verzog sich ihr Gesicht schmerzvoll. »Nein, sie kann es ja gar nicht sein«, flüsterte sie.

Rieke und sie blickten nun in Richtung Flur, auf dem Jadon König erschienen war. Er wirkte fahrig und gleichzeitig wütend. Jetzt stolperte er über ein paar Schuhe – Turnschuhe in Frauengröße – und trat sie wütend weg.

Curie bellte lauter.

»Halt die Klappe, Curie!«, fluchte Jadon. Dann kam er in die Küche. Sein Blick fiel auf Rieke, und er sah noch wütender aus.

»Was machen Sie denn hier?«

Rieke rutschte unruhig auf dem Stuhl hin und her. »Ich habe den Hund nach Hause gebracht. Sie haben mir doch gesagt, dass ich das machen soll.«

Jadon fluchte leise. Er schien sich nicht mehr daran erinnern zu können. Es war ihm aber offensichtlich sowieso egal.

»Hast du schon gehört, Viola? Sie haben Silly umgebracht. Mann, das ist so scheiße!«, schrie er. »Erwürgt und ins Moor geworfen wie einen nassen Sack.« Er blieb nun stehen und schlug mit der flachen Hand gegen einen Küchenschrank. »Wer macht so was? Sag es mir, Viola!«

»Woher soll ich das wissen?«, gab Viola zurück. Sie flüsterte fast. Ihr Gesicht war weiß wie die Wand.

»Wenn ich den erwische, mach ich den fertig«, zischte Jadon nun. »Ich dreh ihm den Hals um und schneide ihm die Eier ab. Ganz bestimmt. Das mache ich.«

Nun gab er einen Laut von sich, der wie das Jaulen eines Hundes klang. Dann schlug er mit der Faust gegen den Küchenschrank. Durch den Schlag begann das Porzellan im Schrank zu klirren. Curie kroch ängstlich an Rieke heran. Die streckte die Hand aus und streichelte die Hündin.

»Erwürgt? Woher wissen Sie das?«, rief Rieke erschrocken.

»Die Kripo war auf dem Campingplatz. Die haben alle und jeden gefragt. Bei mir waren sie besonders lange.«

Jetzt trat er gegen den Küchenschrank. Er stand völlig neben sich.

Erwürgt und ins Moor geworfen, spukte es durch Riekes Kopf. Irgendwie hatte sie das geahnt.

»Fahr dich doch mal runter, Jadon!«, machte ihn Viola an. »Wir sind doch auch total fertig.«

Aber Jadon fuhr sich nicht runter. Im Gegenteil. Er wurde nur noch wütender.

»Und jetzt sind sie auch noch hinter mir her!«, schrie er und raufte sich die Haare. »Ausgerechnet ich. Ich kann keiner Fliege was zuleide tun.«

Das konnte Rieke allerdings nicht bestätigen, aber sie sagte nichts dazu.

Er trat zum Fenster und schaute hinaus.

»Ich wette, die Bullen kommen gleich«, stöhnte er. »Die wollten mich vorhin schon festnehmen.« Gehetzt blickte er sich um.

»Warum wollten sie Sie denn festnehmen?«, versuchte Rieke ihn mit ruhigen Fragen zu besänftigen.

Er sah sie nun an. Rieke erschrak, weil er so fertig aussah. Sein Gesicht war kreidebleich, der Hals gerötet. Die Tattoos traten auf diese Weise dunkel hervor. Er hatte sich einen Stacheldraht um den Hals tätowieren lassen. Wie pervers das war!

»Jemand hat die Plombe am Auto aufgeknackt«, schrie er. »Und jetzt behaupten die Bullen, dass ich das gewesen bin.«

»Welche Plombe?«, wunderte sich Viola.

Rieke dagegen wusste sofort, wovon er redete. Und sie hatte auch das Bild vor Augen, wie er wütend an der Autotür zerrte und behauptete, dass das Auto ihm gehöre und er ein Recht darauf hätte, es betreten zu dürfen. Das hatten sicherlich auch noch andere gesehen. Schließlich war der Campingplatz voller Gäste.

»Ich war das aber nicht!«, schrie Jadon weiter. »Ich war im Wald. An diesem Moorsee.« Er lehnte sich nun an den Schrank und schlug die Hände vor die Augen. »Ich wollte die Stelle sehen, an der sie gelegen hatte«, flüsterte er nun fast tonlos. »Sie ist tot, Mann«, murmelte er. »Sie ist echt tot.«

Jetzt schwiegen alle. Von draußen hörte man eine Kirchturmuhr schlagen. Es war fünf Uhr.

ACHT

Plötzlich klingelte es. Alle zuckten zusammen. Curie bellte. Jadon war der Erste, der sich bewegte.

»Scheiße, Mann. Das sind die Bullen! Was mache ich?« Er rannte zum Wohnzimmer hinüber. »Scheiße, Scheiße!«, hörte Rieke ihn fluchen.

Da klopfte es schon hart gegen die Wohnungstür.

»Herr König? Machen Sie auf! Wir wissen, dass Sie da sind!«

Riekes Herz schlug bis zum Hals. Das alles war so irreal. Sie hatte das Gefühl, in einem schlechten »Tatort«-Krimi gelandet zu sein und eine Statistenrolle ergattert zu haben.

Wieder schlug jemand gegen die Tür. Etwas rumorte im Schloss.

»Machen Sie auf, sonst müssen wir sie eintreten!«

Das klang jetzt doch ziemlich real.

»Mach nicht auf!«, schrie Jadon.

»Ich komme schon!«, rief Viola.

Rieke hielt es nicht mehr aus. Sie sprang auf und lief ins Wohnzimmer zu Jadon hinüber.

»Herr König. Jadon! Seien Sie doch vernünftig«, versuchte sie ihn zu beruhigen. »Wenn Sie doch gar nichts gemacht haben …«

Weiter kam sie nicht, denn in dem Moment stürmte jemand die Wohnung. Curie bellte wie verrückt. Ehe Rieke sich versah, standen drei Polizisten im Zimmer. Rieke erkannte Ronny Lehmann – und diese junge Frau Mandy und noch einen weiteren, den sie nicht kannte. Ronny Lehmann und Mandy hielten eine Waffe in der Hand.

»Herr König, wir müssen Sie festnehmen. Sie stehen in dem Verdacht, ein Beweisobjekt wissentlich zerstört zu haben. Sie haben die Plombe an dem Bulli …«

»Ich war das nicht, verdammt noch mal!«, brüllte Jadon

so laut, dass Riekes Körper mit einer Gänsehaut überzogen wurde. Sie sah die Panik, die in Jadon aufstieg. Spürte seine Angst. Es roch nach Gefahr.

Rieke starrte auf die Waffen der Polizisten. Noch nie hatte sie einen echten Revolver gesehen. Oder war das eine Pistole? Rieke kannte nur die Holzgewehre eines Schützenvereins.

Plötzlich spürte sie einen Arm vor ihrem Hals. Dann sah sie ein Brotmesser unter ihrem Kinn.

»Wenn Sie mir zu nahekommen, bringe ich sie um!«, schrie Jadon direkt in ihr Ohr.

Rieke hielt die Luft an. Sie war sich sicher, dass ihr Herz nicht mehr schlug. Jetzt spürte sie einen scharfen Gegenstand an ihrer Kehle. Das war so unglaublich, so schrecklich und auch so irreal, dass sie einen Moment damit beschäftigt war, die Dinge einzuordnen. Alles ging so schnell.

»Herr König, bitte beruhigen Sie sich! Legen Sie das Messer weg«, sagte nun Ronny Lehmann sehr langsam.

Er hob die Hände, auch die Hand, in der er die Waffe hielt. Mandy hielt sich ebenfalls zurück. Das war offensichtlich eine Genugtuung für Jadon, denn die Klinge seines Messers drückte jetzt härter gegen Riekes Kehle. Sie konnte aber schon spüren, dass er mit der stumpfen Seite gegen ihre Haut drückte. Trotzdem beruhigte sie das nicht. Sie wusste, wie schnell sich die Dinge ändern konnten.

»Legen Sie die Waffen weg!«, schrie Jadon nun. »Los! Auf den Boden mit den Waffen!«

Er schleuderte Rieke herum, damit er die drei Polizisten besser im Blick behielt. Dann zog er Rieke ein Stück rückwärts. In seinem Arm gefangen, machte sie ein paar ungeschickte Schritte nach hinten und kam sich dabei vor wie ein Käfer, der auf dem Rücken gelandet war.

»Herr König! Kommen Sie doch zu sich! Wohin wollen Sie denn fliehen?«, fragte die Polizistin.

Jadon schien sich seiner aussichtlosen Position bewusst zu werden, und das machte ihn noch panischer. Rieke spürte

Schweißperlen auf der Stirn. Sie wagte nicht, den Kopf zu bewegen.

»Mann, Jadon, hast du sie nicht mehr alle?«, hörte sie nun Violas Stimme. »Bist du nun völlig abgedreht, oder was? Wenn du jetzt einen Mord begehst, wirst du deines Lebens nicht mehr froh!«

Und ich auch nicht, dachte Rieke unglücklich.

Jadon lockerte seinen Griff. Er schien selbst zu merken, in welche aussichtslose Lage er sich manövriert hatte.

»Halt die Klappe!«

»Hören Sie, Herr König, wir können doch alles in Ruhe klären«, versuchte es Ronny Lehmann auf die freundliche Tour. »Wir wollen einfach mit Ihnen reden. Aber lassen Sie erst mal Frau Riemann los!«

Der Griff löste sich. Das Messer lag nun fast auf ihrer Brust. Jadon schien mehr als verunsichert. Er wollte etwas antworten und holte gerade Luft, doch da sprangen zwei Polizisten direkt auf ihn zu und rissen ihm die Arme hoch.

»Zur Seite!«, riefen sie dabei Rieke zu.

Sie ließ sich das nicht zweimal sagen und machte einen Hechtsprung Richtung Sofa. Im selben Moment brachten die Polizisten Jadon zu Fall, rissen ihm die Arme nach hinten und drückten ihre Knie gegen seinen Rücken. Er heulte laut auf. Curie bellte wie verrückt. Viola schnappte sie sich und zog die Hündin an die Seite.

»Curie! Aus!«

Rieke spürte, wie ihre Kopfschmerzen den Nacken hinauf und langsam über die Kopfhaut krochen. Gleichzeitig drehte sich ihr Magen wild in eine Richtung, um dann blitzschnell in die andere zu kreisen. Bloß nicht jetzt noch aus den Latschen kippen. Konzentriert versuchte sie, das Gleichgewicht zu halten, schickte all ihre Kraft in die Füße und drückte die Knie fest durch.

»Hallo?« Mandy legte ihr ihre Hand auf die Schulter. »Sind Sie okay?«

Rieke lehnte sich gegen die Rückenlehne des Sofas.

»Ich glaube schon«, murmelte sie leise.

Jadon fluchte Zeter und Mordio und versuchte, in alle Richtungen zu treten, aber damit erreichte er nur, dass sich der Griff um seine Arme verstärkte. Er heulte lauter, krümmte sich und stemmte seine Beine in den Boden wie ein bockiger Esel. Aber gegen die kräftigen Polizisten hatte er keine Chance. Als er aus der Wohnung geschoben wurde, ging es Rieke schlagartig besser.

Mandy drehte sich zu ihr um.

»Brauchen Sie Hilfe?«, fragte sie.

Rieke schluckte. Dieser Fall brachte sie weit über ihre Grenzen.

»Soll ich jemanden anrufen, der Sie abholt? Sie sind ganz blass.«

»Nein, nein«, winkte Rieke ab. »Ich komme schon klar. Ich muss nur mal durchatmen. Schließlich hat man ja nicht jeden Tag ein Messer an der Kehle.«

Die Polizistin nickte verständnisvoll. Rieke streckte nun ihren Oberkörper durch und atmete tief ein und aus. Dann ließ sie sich auf das Sofa fallen. Mandy setzte sich neben sie.

»Der Fall scheint uns alle ganz schön mitzunehmen«, sagte sie mitfühlend. »Das ist ja auch kein Wunder. So eine schöne junge Frau. Sie war jünger als ich.«

»Das ist wirklich schrecklich«, bestätigte Rieke.

»Weißt man inzwischen schon mehr über ihren Tod?«, wollte Viola wissen. »Ist sie … ist sie ermordet worden.«

Die junge Polizistin zögerte einen Moment. Dann nickte sie.

»Das ist eindeutig«, erklärte sie dann. »Sie wurde erwürgt und dann in ein Moorloch geworfen.«

Rieke atmete tief durch. Also doch. Nun hatte sie es schwarz auf weiß aus dem Mund einer Polizistin. Silvana Steins war keines natürlichen Todes gestorben.

»Und dort am Moorloch wurde sie auch ermordet?«, wollte Rieke wissen.

Die junge Polizistin sah unsicher aus. Schließlich nickte sie.

»Davon gehen wir aus«, meinte sie. »Alle Spuren deuten darauf hin, dass Silvana Steins an der Stelle auf ihren Mörder getroffen ist.«

Rieke kroch die Gänsehaut den Rücken hinauf bis zu den Haarwurzeln. Sie dachte an ihren einsamen Spaziergang mit Curie. Die Tatsache, dass sich dort oben ein Mörder herumtrieb, dem sie genauso gut hätte begegnen können, verstärkte ihre Panik. Sie verspürte plötzlich den großen Wunsch, von hier wegzukommen, zurück in die Sicherheit des Campingplatzes, in ihre Dauercampersiedlung zu Vogelgezwitscher, Grill und Stiefmütterchen. Jetzt sehnte sie sich danach.

»Mir geht es schon besser«, behauptete sie. »Ich glaube, ich kann jetzt ganz gut allein nach Hause fahren.« Sie blickte zu Viola hinüber. »Kann ich Ihre Handynummer bekommen? Nur für den Fall, dass wir noch etwas besprechen müssen?«

Viola nickte. Die beiden verabredeten, in Kontakt zu bleiben, und tauschten Handynummern aus. Rieke würde sich melden, schon allein, um Curie mal wieder zu sehen. Dann verabschiedete sie sich hastig und ließ eine geschockte junge Frau und eine ratlose Polizistin zurück.

Als Rieke auf der Straße stand, atmete sie erneut tief durch und strich sich über ihr Gesicht. Plötzlich kam sie sich müde und alt vor. Sie fuhr die Falten in ihrem Gesicht nach. Ihre Lider fühlten sich schwer und entzündet an. Rieke legte ihre Hände einen Moment lang über beide Augen. Als sie sie wieder zurücknahm, hatten sich graue Haare zwischen den Fingern verfangen. Nachdenklich betrachtete Rieke sie. Definitiv, sie war zu alt für diese Detektivspielchen.

Schließlich überquerte sie die Straße und ging auf ihr Auto zu. Erst als sie nach dem Schlüssel in ihrer Handtasche greifen wollte, bemerkte sie, wie sehr ihre Hände zitterten. In diesem Zustand konnte sie unmöglich Auto fahren. Nachdenklich schaute sie zu dem großen Volkspark hinüber. Kinder spielten auf dem Spielplatz, Eltern saßen in der Sonne, Hunde wurden spazieren geführt. Rieke dachte an Curie. Ohne sie fühlte sie sich in diesem Moment noch einsamer als vorher.

Langsam durchquerte sie den Park, schlenderte am Springbrunnen vorbei und versuchte, sich auf andere Gedanken zu konzentrieren. Das fiel ihr schwer. Immer noch hatte sie Jadons Schreie im Ohr, spürte die stumpfe Seite des Messers an ihrer Kehle.

Was für ein verrückter Tag. Was für eine merkwürdige Zeit. Dass sie ausgerechnet in einem Augenblick der Trauer und Stille in so einem merkwürdigen Dschungel an Ereignissen gefangen war, konnte sie selbst kaum glauben. Es war, als wenn ihr das Leben eine neue Aufgabe zuschustern wollte, damit sie nicht in der Trauer verharrte. Das war ein netter Gedanke.

Allerdings fand Rieke, dass etwas weniger Aufregung auch gut gewesen wäre.

Es gab nicht viele Menschen, die allein spazieren gingen. Die meisten waren zu zweit oder als Gruppe unterwegs. Rieke bildete sich ein, von allen angestarrt zu werden. Als sie aber genauer hinschaute, merkte sie, dass niemand sie wirklich beachtete.

Sie war nun an der anderen Seite des Parks angekommen. »Müggelheimer Damm« zeigte das Straßenschild. Die Straße war breit. Straßenbahnschienen verliefen auf der einen Seite. Alles sah nicht sehr einladend aus. Dann aber entdeckte sie ein kleines Café. Die Eingangstür stand weit auf.

Rieke verspürte den Wunsch, sich den Tag mit einem Stück Kuchen zu versüßen. Vielleicht ging es ihr dann besser. Süßes hob ja bekanntlich die Stimmung. Sie trat ein und setzte sich an einen freien Tisch direkt hinter der Fensterscheibe. Als die Bedienung kam, bestellte sie ein Stück Frankfurter Kranz – den hatte sie seit Jahren nicht mehr gegessen – und einen Cappuccino.

Dann blickte sie aus dem Fenster, ohne wirklich etwas wahrzunehmen. Der Verkehr floss vor ihrer Nase vorbei, und das fühlte sich irgendwie tröstlich an. Das Leben ging weiter, auch wenn es vor ein paar Tagen für eine junge Frau gewaltsam beendet worden war und auch sie noch vor knapp einer Stunde selbst das Ende gespürt hatte. Ein Messer hatte sie noch nie an der Kehle gehabt.

Na ja, einmal war ja bekanntlich immer das erste Mal. Nur dass es manche Menschen gab, die nie in so eine Situation gekommen waren.

Als der Cappuccino und der Kuchen serviert wurden, wusste Rieke die Dinge noch einmal ganz neu zu genießen.

Ganz zufällig stoppte der Verkehr. Ein älteres Ehepaar spazierte Arm in Arm gedankenverloren über die Straße wie zwei Kinder und schaffte es so, die Autos anzuhalten. Einen kurzen Moment lang war der Blick frei für die Häuser auf der gegenüberliegenden Seite. Einkaufszentrum am Müggelheimer Damm hieß das größere Gebäude auf der anderen Seite, und darunter in großer Schrift eine Hausnummer. Es war die 33.

Diese Adresse kam Rieke bekannt vor. War unter dieser Adresse nicht die Galerie untergebracht, in der Jadon und die Tote ausgestellt hatten? Schnell kramte Rieke nach ihrem Portemonnaie, in das sie die Visitenkarte von Jadon gesteckt hatte. Tatsächlich. »Müggelheimer Damm 33« stand dort unter seiner Geschäftsadresse.

Riekes Müdigkeit war plötzlich wie weggeblasen. Sie verspürte den Wunsch, sich die Ausstellungsobjekte der Toten anzusehen. Auch Bilder von Jadon König könnten interessant sein. Vielleicht gelang es ihr ja, ihn auf die Weise besser zu verstehen. Und wenn sie ehrlich war, war sie auch auf den Galeristen Kunert gespannt. Vielleicht kam ja auch er als Täter in Frage.

Zögernd brach sie ein Stück vom Frankfurter Kranz ab und führte die Gabel nachdenklich zum Mund. Ihre Glieder fühlten sich immer noch bleischwer an. Auch ihr Kopf war kaum in der Lage, etwas Neues aufzunehmen. Der Weg über die breite Straße bis zum Einkaufszentrum schien ihr fast wie eine Weltreise zu sein. Vielleicht sollte sie den Besuch der Galerie auf einen anderen Tag verschieben. Besser, wenn sie sich erst mal über die Kunstsammlung im Internet informierte. Das ersparte ihr, sich wieder in Bewegung setzen zu müssen.

Sie zog ihr Handy aus der Tasche und gab »Galerie Kunert« in die Suchmaschine ein. Die Ausstellung hatte tatsächlich eine eigene Website. »Galerie Martin Kunert« leuchtete ihr in schwarzer Schrift auf weißem Grund entgegen. Unter der Schrift gab es ein Foto, auf dem ein Mann so um die fünfzig lässig gegen einen Pfeiler seiner Galerie lehnte. Links und rechts von ihm an den Wänden waren große Bilder platziert. Menschen mit anonymen Gesichtern in eigentümlichen kubischen Formen wurden darauf dargestellt. Es waren Bilder vom Typ »Seltsam«, Bilder, die man sich nicht ins Wohnzimmer hängte.

Jedenfalls nicht Rieke. Und Wilfried erst recht nicht.

»Die Galerie Kunert fördert und etabliert junge Künstler«, stand darunter. Und nun waren die Namen Silvana Steins und King Jadon aufgeführt und mit einem Link versehen. Auch weitere Namen waren dort zu finden.

Rieke klickte Silvanas Namen an und erschrak, als ihr das Gesicht der Toten entgegenstrahlte. Sie sah so unglaublich lebendig aus. Silvana stand neben einem riesigen Kunstwerk, einem See, in dem sich Strudel und Wellen zu Augen veränderten, die offensichtlich aus Fotos entwickelt worden waren. Es war ein geheimnisvolles Bild und unheimlich dazu.

»Kunert entdeckte das junge Ausnahmetalent an der Kunsthochschule und bot ihr Räumlichkeiten an, um ihr Schaffen kreativ umzusetzen«, las sie. »Mittlerweile ist die Künstlerin eine wichtige Repräsentantin seiner Galerie. Sie ist aber auch auf internationalen Kunstmessen präsent«, hieß es weiter.

Rieke musste schlucken. Diesen Satz würde er in Zukunft wohl umschreiben müssen.

Sie speicherte sich den Link zu der Homepage in ihrem digitalen Notizblock ab. Dann klickte sie Jadon König an, der unter dem Namen King Jadon ebenfalls Kunstwerke präsentierte. Farbmischungen und Spachtelarbeiten. Hauptsächlich groß und bunt.

Zuletzt klickte sie erneut auf die Landingpage und betrachtete Martin Kunert genauer, indem sie sein Gesicht zwischen ihren Fingern vergrößerte. Er hatte dunkle schwarze Augen und einen stechenden Blick. Sein schütteres Haar hatte er nach hinten gekämmt, was seine Geheimratsecken noch vergrößerte. Das wenige dunkle Haar fiel lockig bis über seinen Hemdkragen. Sympathisch sah er nicht aus. Eher wie jemand, der keinen Widerspruch duldete, der klare Ansagen traf und Gehorsam erwartete. Immerhin hatte Silvana in ihm einen Förderer gefunden, und das war bestimmt nicht leicht in Berlin, wo so viele Künstler am Existenzminimum lebten.

Jetzt fiel ihr Blick auf einen Newsticker, der unter der Homepage herlief. »Vernissage, Dienstag, 7. Juni, 16.00 Uhr.«

Erleichtert schob sich Rieke ein weiteres Stück des Kuchens in den Mund. Dieses Event war definitiv die bessere Gelegenheit, die Kunstgalerie zu besuchen. Damit hatte sie sich an diesem Tag erspart, die Straße zu überqueren und nach der Galerie zu suchen. Entspannt lehnte sie sich zurück und bestellte eine weitere Tasse Kaffee.

NEUN

Als sie schließlich auf dem Campingplatz ihren Chip gegen den Scanner der Schrankenanlage hielt und darauf wartete, dass sich die Schranke öffnete, war es Abend geworden. Menschen saßen im Restaurant und ließen den Tag ausklingen, auf der Bühne gab es eine Kinderdisco, und im Schwimmbad leuchteten die Unterwasserscheinwerfer in bunten Farben. Rieke fuhr im Schritttempo auf den Platz ein. Als sie an der Rehwiese vorbeikam, bemerkte sie einen Abschleppwagen des ADAC, der dabei war, Silvanas T3 auf seinen Hänger zu laden. Hastig hielt Rieke an und sprang aus ihrem Wagen.

»Was machen Sie denn mit dem Auto?«, rief sie erschrocken. Sie wollte auf den Wagen zulaufen, doch da stellte sich ihr ein Polizist in den Weg. Rieke erkannte Ronny Lehmann.

»Frau Riemann? Stören Sie unsere Ermittlungsarbeit nicht«, sagte der Polizist. »Der Wagen wird als Beweismaterial mitgenommen.«

Rieke fühlte sich mitten im Lauf gebremst.

»Was? Ja? Natürlich. Ist doch klar«, stammelte sie.

Sie schaute, wie der Wagen einen kurzen Moment in der Luft schwebte, erkannte auch die herunterhängende Plombe der Seitentür.

»Ich verstehe das«, rief sie. »Der Wagen ist hier nicht sicher, oder?«

»Das ist das eine«, erklärte Ronny Lehmann. »Zum anderen nimmt er hier ja auch einen Stellplatz weg. Es war der ausdrückliche Wunsch des Campchefs, dass wir den Wagen wegschaffen. Eine tote Camperin ist ja nicht unbedingt gut fürs Geschäft.«

Damit hatte offensichtlich alles seine Richtigkeit – und wenn Rieke ehrlich war, war sie auch froh, dass der Wagen wegkam. Je weniger sie an die Tote erinnert wurde, umso besser.

Nun stand der Bulli auf dem Hänger. Die Gardine des Heckfensters war so zur Seite gerutscht, dass Rieke in das Innere des Wagens schauen konnte. Dabei fiel ihr auf, dass die blaue Softshelljacke immer noch an der Garderobe hing. Der Fotoapparat dagegen war nicht mehr da. Offenbar hatte die Polizei ihn bereits als Beweismaterial sichergestellt.

Rieke überlegte einen Moment, ob sie noch einmal nachfragen sollte, ließ es dann aber. Sie hatte plötzlich das große Bedürfnis, so schnell wie möglich ins Schwalbennest zu kommen.

»Na, dann ist ja alles geklärt«, sagte sie. »Ich wünsche Ihnen noch einen schönen Dienstschluss.« Sie räusperte sich. »Und danke noch mal, dass Sie mich aus der Messerattacke gerettet haben«, fügte sie hinzu.

Lehmann gab einen Laut von sich, der darauf hindeutete, dass er längst noch keinen Feierabend hatte.

»Wir werden in der nächsten Zeit sicher mal bei Ihnen vorbeischauen müssen«, sagte er. »Halten Sie sich bitte zu weiteren Zeugenaussagen bereit.«

»Kein Problem«, versicherte Rieke. »Kommen Sie einfach rum. Ich bin ja da.«

Wie schön die gelben und violetten Stiefmütterchen in der Abendsonne leuchteten. Rieke spürte eine unglaubliche Erleichterung, wieder da zu sein. Sie parkte ihren Wagen auf der Waschbetonfläche neben ihrem Wohnwagen und stieg aus. Sofort tauchte Helgas Kopf hinter dem Zaun auf.

»Wo warst du so lange?«, wollte sie wissen.

»In Berlin«, erklärte Rieke. »Ich habe den Hund zurückgebracht.«

Und sie spürte einen Anflug von Wehmut, als sie das sagte.

»Hast du Lust, rüberzukommen? Wir grillen gleich«, schlug Helga vor.

Rieke winkte ab. »Lieb von euch. Ich esse ein Brot und mache mir einen Tee«, meinte sie. »Ich muss erst mal ein bisschen durchatmen.«

Helga zeigte Verständnis, obwohl Rieke ihr ansehen konnte, dass sie gerne mehr über den Ausflug erfahren hätte. Aber Rieke hatte keine Lust, jetzt darüber zu berichten. Sie wollte tatsächlich allein sein und ihre Gedanken ordnen.

Nachdenklich öffnete sie die Tür zu ihrem Vorzelt. Vor zwei Jahren hatten sie sich mit ihrem Wohnwagen an das Wassernetz des Campingplatzes angeschlossen, sodass es ihr erspart blieb, zum Sanitärhäuschen hinüberzugehen, um Wasser zu holen. Darüber war sie jetzt froh. Sie nahm den Wasserkocher, füllte ihn mit frischem Wasser und schaltete ihn an. Dann suchte sie im Kühlschrank nach Käse und Mettwurst, schnitt sich einige dicke Scheiben ab und belegte damit zwei Brote. Anschließend setzte sie sich mit dem Tee auf die Eckbank in der Küche und ließ es sich schmecken. Dabei bemühte sie sich, den Tag langsam an sich vorüberziehen zu lassen. Es war schwer, die Geschehnisse zu sortieren. Die Bilder der Toten und das Messer an der Kehle gewannen immer wieder die Oberhand.

Plötzlich blieb Riekes Blick an einem Heft hängen, das im Regal zwischen den Büchern stand. Es war ein ganz normales Schulheft, wie es ihre Enkelkinder für den Unterricht verwendeten. Wilfried hatte es gekauft, weil er beschlossen hatte, die Ausgaben, die im Laufe des Urlaubs bei ihnen anstanden, dort zu notieren. Rieke stand auf, zog das Heft heraus und schlug es auf. Wilfrieds Schrift zu sehen, weckte die Erinnerungen an ihn, und das tat ihr weh. Klein und krakelig waren seine Buchstaben immer gewesen, mit einem Strich unter dem t, der verwirrend und sinnlos gewesen war. Aber das hatte er sich nie abgewöhnt.

Mit dem Lineal hatte er Spalten gezogen, sie in »Stellplatzgebühr«, »Strom«, »Wasser«, »Lebensmittel« und »Sonderausgaben« unterteilt. Unter »Sonderausgaben« hatte er verschiedene Dinge verbucht, zum Beispiel die Eintrittsgelder für ein Museum in Lübben, aber auch den Besuch der Whiskeybrennerei in Schlepzig und das Abendessen im Terrassenrestaurant in Groß Leuthen. Dann aber hatten sie festgestellt, dass diese genaue Ausgabenaufstellung ihnen den Spaß am Urlaub genommen hatte, und Wilfried hatte die Liste wieder aufgegeben. Nun waren noch viele Seiten in dem Schulheft unbeschrieben.

Rieke schlug eine freie Seite des Heftes auf. Einen Moment überlegte sie.

»Der Fall Silvana Steins«, notierte sie dann. Akribisch, als wenn sie eine Bewerbung für eine Stellenanzeige schreiben würde, notierte sie nun alles, was sie über die Tat und die Tote in Erfahrung gebracht hatte.

Tote: Silvana Steins, 26 Jahre
Beruf: Kunststudentin der Akademie Berlin
Künstlerin der Galerie Kunert
Wohnhaft: Berlin, Pablo-Neruda-Str. 24b
Familienstand: ledig, Waise
Mutter tödlich verunglückt
Vater unbekannt
Todesursache: ermordet (erwürgt)
Tatort und Fundort: Teufelsluch Groß Leuthen, 4.6.22
Zeitpunkt: Samstag vor Pfingsten 2022

Sie kaute an ihrem Bleistift. Dann blätterte sie die Seite um.

»1. Riemann'sche Vermutung«, schrieb sie und musste lächeln.

Der berühmte Mathematiker Riemann und seine Vermutungen hatten Rieke schon in der Schule zur Verzweiflung gebracht. Damals wusste sie aber noch nicht, dass sie selbst mal so heißen würde. Auch Wilfried hatte die Riemann'schen Vermutungen in keiner guten Erinnerung. Aber sie waren für sie beide in ihrer Beziehung zu einem Running Gag geworden. Zu gerne erinnerte sie sich an das Geplänkel zwischen Wilfried und ihr.

»Fällt dir was an mir auf?«

»Erste Riemann'sche Vermutung: Du warst beim Friseur.«

»Falsch.«

»Zweite Riemann'sche Vermutung: Du hast neue Schuhe gekauft.«

Sie stöhnte bei so vielen Klischees. »Wieder falsch.«

»Was ist es dann?«

»Ich habe mir die Haare gefärbt.«

»Welche Farbe hattest du denn vorher?«

»Grau.«

»Und jetzt?«

»Silbergrau.«

Sie lächelte bei der Erinnerung an das Gespräch. Und dann wurde sie wieder traurig. Nachdenklich beugte sie sich über die »Riemann'schen Vermutungen« und versuchte, einen Verdächtigen herauszukristallisieren.

»Verdächtiger Jadon König. Er steht in einer Beziehung zu Silvana Steins – vielleicht eifersüchtiger Partner, vielleicht Künstler-Konkurrent. Er ist vermutlich in den Bulli eingebrochen, mit dem Silvana unterwegs war, weil er Beweismaterial vernichten wollte. Er ist aggressiv und unberechenbar. Er greift schnell zu einer Waffe.«

Das waren schon mal eine Menge Hinweise auf eine Tat. Und trotzdem passte das alles nicht wirklich zusammen. Seit wann und woher wusste dieser Jadon eigentlich, dass Silvana mit seinem Wagen auf dem Campingplatz stand? Warum hatte man ihn benachrichtigt, als Silvana tot war, wo er doch gar nicht mit ihr verwandt war? Aber vielleicht hatte die Kripo in Silvanas Wohnung vorbeigeschaut und die beiden Wohngemeinschaftsmitglieder angetroffen.

Rieke kaute wieder auf ihrem Stift herum. Dann beschloss sie, noch weitere Verdächtige zu sammeln, auch wenn es bis jetzt gar keine Hinweise zu ihnen gab.

»Martin Kunert – Betreiber der Galerie Kunert«, schrieb sie auf eine Seite. »Viola Kramer – Mitbewohnerin und Freundin«, vermerkte sie auf einer anderen. Und zuletzt schrieb sie auch noch den Gutsbesitzer Gregor Enker aus Groß Leuthen als Verdächtigen auf. Dabei lag eigentlich gar nichts gegen ihn vor, außer dass sie ihn nicht mochte und zwischen seinen Seerosen etwas gelegen hatte, das sie an eine Leiche erinnert hatte. Aber man wusste nie, wie sich solche Fälle noch entwickelten. Dieser Gutsherr hatte jedenfalls Potenzial.

Anschließend begann sie eine neue Seite, auf der sie nur die aufschreiben wollte, die sich als verdächtig herauskristallisieren würden. Da kam im Moment allerdings nur Jadon König in Frage. Die anderen würde sie auf ihrer Beobachtungsliste lassen und weiterhin im Blick behalten.

Jetzt klopfte es an der Holztür des Vorzeltes. Rieke zuckte zusammen.

»Ja?«, rief sie.

Dann schlug sie schnell das Heft zu und verstaute es unter dem Kissenbezug der Eckbank. Sie kam sich plötzlich so kindlich vor. Wie ein kleines Mädchen auf Mördersuche.

Michael steckte seinen Kopf in ihre Küche.

»Hallo«, sagte er. Seine Augen blitzten. Tiefe Lachfalten durchzogen das Gesicht. »Störe ich?«

»Aber nein!«, rief Rieke hastig. »Ich … ich … sitze hier nur rum.«

»Darf ich dich auf einen Wein einladen?«, fragte er.

Wein? Das klang gut. Dankbar stand Rieke auf.

»Gerne. Soll ich rüberkommen?«

»Das wäre toll«, sagte er.

Rieke griff zum Mückenspray und sprühte sich gründlich damit ein. In den Abendstunden war man im Spreewald ein gefundenes Fressen für die kleinen Blutsauger. Dann ging sie zu Michael hinüber. Er saß vor seinem Vorzelt und hatte bereits zwei Gläser auf den Gartentisch gestellt. Jetzt schob er Erdnüsse dazwischen und entkorkte die Flasche.

»Ein Barón de Ley reserva?«, fragte er dabei.

Rieke nickte. Sie verstand nichts von Wein. Wenn überhaupt, kaufte sie einen günstigen Rotwein aus dem Aldi.

»Klingt gut«, sagte sie.

Sie stießen miteinander an. Michael betrachtete sie aufmerksam. Seine braunen Augen wanderten wachsam über ihr Gesicht, blieben schließlich an ihrem Blick hängen.

»Und? Hast du etwas über die Tote herausgefunden?«

Rieke beschloss, sich zurückzuhalten. Sie wollte Michael nicht die ganze Story mit dem Messer an der Kehle erzählen. Das sollte hier unter den Dauercampern nicht die Runde machen, sonst war sie nachher schnell als Messeropfer abgestempelt. Allerdings gehörte Michael sicherlich nicht zu den Tratschtüten des Platzes.

»Ich war nicht deswegen da«, behauptete sie schnell. »Ich habe ja nur den Hund abgegeben. Sie heißt übrigens Curie und war froh, wieder da zu sein.« Rieke schluckte. »Sie ist gleich in das Zimmer der Toten gerannt. Na, die wird traurig sein, wenn sie merkt, dass die nicht mehr kommt.«

Sie hörte selbst, wie kratzig ihre Stimme klang. Auch Michael schien das bemerkt zu haben. Sein Blick wurde mitleidig.

»Schon ganz schön traurig«, sagte er. »Ich selbst muss oft an sie denken, obwohl ich sie ja eigentlich gar nicht kannte. Aber wenn ein Mord so direkt in der Nähe passiert … Es ist doch ein Mord, oder?«

»Das ist ziemlich sicher«, bestätigte Rieke. »Die Polizei verdächtigt wohl den Freund der Toten. Jadon König heißt er.«

»Verstehe. Deswegen haben sie wohl auch den Wagen mitgenommen.«

Rieke nickte. »Sie haben ihn als Beweismittel sichergestellt«, meinte sie. »Jemand hatte ja die Plombe gelöst. Da hatten sie Angst, dass er hier nicht mehr sicher ist.«

Nachdenklich strich sich Michael durch den Bart. »Ich hatte gleich den Verdacht, dass es ihr Freund gewesen ist«, sagte er. »So ein unangenehmer Typ mit diesen schaurigen Tattoos überall.«

»Ja, ich auch.« Sie räusperte sich. »Als ich bei der Toten …

ich meine, da in der Wohnung war, tauchte er auch auf. Und dann kam auch die Polizei und hat ihn festgenommen.«

Jetzt beugte sich Michael interessiert vor.

»Tatsächlich? Ehrlich, das traut man ihm zu. Er wirkt ziemlich aggressiv.« Er schüttelte den Kopf. »Wenn jemand schon ein Stacheldraht-Tattoo um den Hals hat, muss man sich nicht wundern, wenn der auch anderen Menschen den Hals umdreht.«

Er seufzte. »Na ja, ist nur so ein Klischee-Gedanke. Wahrscheinlich ist es gerade total angesagt in der Künstlerszene.« Dann lächelte er sie an. »Aber wenn du magst, können wir uns gerne gemeinsam auf Spurensuche machen. Ich wollte schon als Kind Detektiv werden.« Er lachte. »Ich habe alle Fünf-Freunde-Bücher gelesen.«

»Ich auch«, fiel Rieke ein. »Und kennst du auch diese Geheimnis-Bücher von Enid Blyton? ›Geheimnis um eine Tasse Tee‹? Oder ›Geheimnis um eine siamesische Katze‹?«

Jetzt lachte Michael laut. »Ich erinnere mich. Und diese Schwarze-Sieben-Reihe hat sie doch auch geschrieben, oder?«

Die Erinnerungen schafften Verbindungen. Rieke spürte, dass sie Michaels warmes Lachen mochte.

»Ich habe als Kind sogar ein Detektivheft geführt«, berichtete Michael.

»Hast du echt?«

Er nickte. »Bei uns in der Straße ist mal ein Einbruch passiert. Da habe ich den Schuhabdruck mit Gips ausgegossen und in einen Schuhkarton getan. Und dann habe ich alles über den Einbruch in mein Heft eingetragen.« Er lachte und strich sich durch das Gesicht. »Mein Gott. Wie lange ist das her! Das hatte ich ganz vergessen.«

Die halbe Flasche Rotwein war jetzt geleert.

Rieke beugte sich vor. »Soll ich dir etwas verraten?«, sagte sie. »Ich habe tatsächlich heute für Silvana ein Detektivheft angelegt.«

Michael riss einen Moment irritiert die Augen auf. Dann lachte er noch lauter.

»Wahnsinn. Das ist ja spannend. Wir sind uns ziemlich ähnlich, oder?«, sagte er leise.

Sein Blick war liebevoll, als er das sagte. Das löste ein leises Prickeln in Riekes Magengrube aus.

»Holst du das Heft mal?«, fragte er. »Vielleicht kann ich ja noch etwas ergänzen.«

Jetzt grinste Rieke und zwinkerte ihm zu.

Kurze Zeit später tauchte sie mit dem Heft wieder auf. Michael rückte mit seinem Stuhl an ihre Seite, und gemeinsam beugten sie sich über das Heft.

»Interessant, deine Aufstellung«, meinte er. »Ich mag es auch, wenn man mal alle Daten zu einer Tabelle zusammenfasst. Das macht die Situation übersichtlicher.«

Er rieb sich das Kinn.

»Dieser Jadon ist auch mein Täter-Favorit«, überlegte er dann. »Er ist aggressiv und hat dazu noch mehrere Motive.«

»Trotzdem passt einiges nicht zusammen«, überlegte Rieke weiter. »Man muss sich auch fragen, warum Silvana ausgerechnet diesen Campingplatz angesteuert hat.«

»Na, weil er schön ist und nicht weit von Berlin entfernt liegt.«

»Ja, aber …«

»Wir sind doch auch hier.«

»Ja klar, alles gut«, winkte Rieke ab. »Aber sie wollte hier eventuell Dauercamperin werden, und das schien nicht zu ihr zu passen. Also gab es vielleicht einen anderen Grund, dass sie sich dafür entschieden hatte.«

Michael sah nun nachdenklich aus.

»Du meinst, es gibt jemanden hier auf dem Platz, wegen dem sie hierbleiben wollte?«

»Oder in der Nachbarschaft.«

»Wie der Gutsherr?«

»Zum Beispiel.«

Wieder beugten sich beide über das Detektivheft und dachten nach.

»Es gibt tatsächlich ein paar ungeklärte Fragen«, gab Michael zu.

»Vielleicht magst du ja auch mein Partner werden«, schlug Rieke vor. »Einen Psychologen als Fachmann dabeizuhaben, ist keine so schlechte Entscheidung.«

»Es würde mich sehr stolz machen, dein Partner zu sein«, erwiderte er.

Rieke lächelte. Nach langer Zeit spürte sie endlich wieder einen Anflug von Glückgefühl. Michael griff erneut nach der Flasche und begann, die Gläser neu zu füllen.

»Um Himmels willen«, rief sie. »Ich trinke nichts mehr. Sonst kann ich gar nicht mehr klar denken.«

»Ein Glas noch auf unsere Partnerschaft«, erwiderte Michael.

Das war natürlich ein Argument. Sie stießen an und ließen die Gläser klingen. In dem Moment tauchte ein Kopf hinter der Hecke auf. Helga.

»Was macht ihr denn hier?«, rief sie.

Rieke war sich unsicher, ob Helga ernsthaft auf eine Antwort wartete. Das tat sie tatsächlich nicht, denn sie redete gleich weiter.

»In zehn Minuten geht der Bingoabend los!«

Rieke wollte schon absagen, aber das ließ Helga gar nicht zu.

»Es gibt wieder tolle Gewinne. Du weißt schon, Rieke!«

Sie zwinkerte. Rieke spürte, wie ihr Gesicht heiß wurde. Sie hatte einmal ein Candlelight-Dinner bei einer Tombola gewonnen: eine Tütensuppe, eine Kerze und Reizwäsche. Das wollte sie jetzt aber nicht Michael erzählen.

»Los! Kommt schon! Das wird lustig!«, rief Helga.

Und als danach auch Horsts Kopf hinter der Hecke auftauchte, wusste Rieke, dass sie sich den Herausforderungen des Lebens stellen musste.

1. RIEMANN'SCHE VERMUTUNG

Name	Beruf
Jadon König	Künstler

Beziehung zur Toten	Verdachtsmomente
Wohnte mit ihr zusammen in einer WG	Aggressiv
Verliebt in Silvana	Künstlerkonkurrent
Vielleicht eifersüchtig	Hin und wieder Camper

ZEHN

Es wurde genau so ein Bingoabend, wie Rieke ihn in Erinnerung hatte. Vorne auf der Bühne hatte man die Preise aufgebaut – diesmal war ein riesiges rosa Einhorn dabei –, in der Mitte stand eine große orangefarbene Mischmaschine, in der die Bingokugeln lagen, und im Hintergrund befand sich die Flipchart, auf der die Zahlen notiert wurden.

Margot und Dieter verkauften die Bingoscheine. Wie immer hatte sich eine lange Schlange von Campern bei ihnen aufgestellt. Auch Horst und Helga standen zwischen ihnen.

»Wie viele Scheine wollt ihr?«, rief Helga aus der Menge heraus. Sie stand bereits ganz vorne.

»Erst mal einen«, winkte Rieke ab. Sie hatte noch nie etwas beim Bingospielen gewonnen.

»Ich hole welche«, bot sich Michael an und stellte sich in die Schlange.

Rieke sah sich inzwischen nach einem freien Tisch um und belegte die Plätze um den Tisch herum mit Kleidungsstücken, um sie für ihre Freunde freizuhalten. Nach und nach setzten sich die Gäste. Rieke ließ ihre Blicke über die Camper streifen.

Es war der letzte Pfingstfeiertag. Viele Gäste waren bereits abgereist. Und doch – vielleicht war ja dieser eine noch unter ihnen da, dieser eine, wegen dem Silvana Steins mit Jadons T3 offenbar den Campingplatz angefahren hatte. Dieser eine, wegen dem sie überlegt hatte, auf dem Campingplatz Spreewaldtor Dauercamperin zu werden. Denn warum sonst hatte sie ausgerechnet diesen Platz ausgesucht? Es gab hier wahrscheinlich unter den Gästen jemanden, für den sie sich interessiert hatte.

An vielen Tischen saßen Touristen mit Kindern, andere hatten ihre Plätze auf der Terrasse des Restaurants gewählt und spielten von dort aus mit. Im hinteren Bereich des Marktplatzes unter dem Strohdach saßen weitere Dauercamper. Unter ihnen die Schierlings und Günther, aber auch einige, die Rieke nicht kannte. In dem einen Jahr, in dem sie nicht in Urlaub gefahren war, hatten einige neu als Dauercamper angefangen.

Wenn ich Silvana umgebracht hätte, wäre ich schnellstmöglich nach Hause gefahren, dachte Rieke. Es sei denn, ich bin Dauercamper, oder ich bin so schlau, mich geschickt zu tarnen.

Nachdenklich überblickte sie die Gruppe der Dauercamper.

»Na, wieder auf Mördersuche?«, raunte ihr Michael ins Ohr und lachte dabei.

Rieke sah zu ihm auf. »Ich bin überrascht, wie viele Dauercamper ich nicht kenne.«

Michael setzte sich nun neben sie – ein bisschen zu nah, wie Rieke feststellte – und schob ihr einen Bingozettel zu. »Hier. Damit du mal auf andere Gedanken kommst.«

Jetzt sahen sie einander lange an. Rieke versuchte, seinem Blick standzuhalten. Es gelang ihr eine Weile. Dann sah sie verlegen auf ihren Bingozettel. Dieser Psychologe hatte tatsächlich eine ziemlich intensive Ausstrahlung.

Leider war es ihr nicht möglich, sich von dem Mord abzulenken. Als Rieke nämlich Richtung Sonne schaute, entdeckte sie Ronny Lehmann an einem der Tische sitzen. Auch er ließ seinen Blick aufmerksam über die Camper streifen.

»Spielt die Polizei heute auch Bingo?«, fragte sie leise.

Helga und Horst, die sich gerade Rieke gegenüber niedergelassen hatten, drehten sich um. Helga schirmte ihre Augen gegen die tief stehende Sonne ab.

»Das ist doch der Lehmann, oder? Der kriegt aber nicht das Einhorn!«

»Nee, das gewinne ich«, erwiderte Michael.

Sie kicherten wie kleine Schulkinder.

Jetzt schloss die Kasse. Das Bingospiel begann pünktlich. Dieter und Margot begaben sich nun auf die Bühne. Eltern ermahnten ihre Kinder, ruhig zu sein, Hunde wurden unter die Bierbänke geschoben. Es ging los.

Dieter testete sein Mikrofon, und nach dem ersten schrillen Quietschen der Rückkopplung schrien alle. Dann wurde es leise.

»Eins – zwo – eins – zwo«, probierte Dieter noch einmal. Dann war er sich sicher, dass alles funktionierte. Die Musik wurde leiser gestellt, Dieter übernahm die Show.

»Ick hab ers ma wat zu saren«, begann er. »Ihr habt ja jehört. Es is 'ne Leiche jefunden wordn. Oben am Teufelsluch. Die wa hier ofm Platz. Nettes Mädl. So ne Jungsche. Jetz isse tot. Ermordet, sacht die Polizei.«

Er machte eine kurze Pause. Ein aufgeregtes Gespräch unter den Campern begann. Rieke schaute zu dem Dauercampertisch unter dem Strohdach hinüber. Da saß ein älterer Herr – durchaus gut aussehend. Ein selbstbewusster Typ. Braun gebrannt, helle Augen. Lässig paffte er Qualm in die Luft. Die Frau, die ihm gegenübersaß, schien seine Partnerin zu sein. Sie trug ihr schulterlanges Haar offen. Ihr Gesicht sah ein wenig verlebt aus, die Augen wachsam.

»Wenn euch wat ofjefallen is, jeht doch bitte nache Polizei. Die sin füa jedn Tipp dankbar«, fuhr Dieter fort.

Rieke kniff die Augen zusammen, um besser sehen zu können. Genau in diesem Moment fiel ihr auf, dass der Mann und die Frau einen langen Blick miteinander wechselten. Die Frau sah streng aus, der Mann geheimnisvoll. Dass sie sich in diesem Augenblick derartig intensiv anschauen mussten, war irgendwie seltsam. Als wenn sie sich gegenseitig beschwören würden, nichts dazu zu sagen.

Ich spinne, dachte Rieke. Jetzt sehe ich schon überall Verdächtige. Trotzdem konnte sie den Blick nicht von den beiden abwenden.

»Et jeht jetz los«, rief Dieter. »Ick wünsch euch tolle Jewinne.« Er drehte die Mischmaschine. »Bingo! Bingo! Bingo!«, rief er dabei.

»Hee, es geht los«, zischte Helga und schob Rieke einen Kugelschreiber rüber.

»Sag mal, wer ist eigentlich das schicke Pärchen, das da unter dem Strohdach sitzt?«, wollte Rieke wissen.

»Der mit den weißen Haaren?« Helga starrte auffällig in die Richtung.

»Guck da doch nicht so hin!«

Helga grinste. »Das ist ein süßer Typ, oder? Bauunternehmer aus Königs-Wusterhausen. Die Frau gegenüber gehört zu ihm.«

»Wer sieht hier gut aus?«, mischte sich Michael ein und folgte Riekes Blick.

»Und wenn die Kugel rollt, zeige ick euch schon ma die ersten Jewinne«, tönte Dieter. »Also wir fang ers ma kleen an. Ick setz ma det schicke Teelicht hier of 'n Preistisch. Und da kommt noch wat druff. 'n Teddy. Und ick will ja nich so sein. Och noch 'n Daualutscha.«

»Scherer heißen die beiden«, raunte Helga nun Rieke zu. »Die haben sich ein Mobilheim gekauft. Hinten an der Ringstraße.«

»Ah, verstehe«, meinte Rieke. »Dann ist das da hinten bestimmt der Tisch mit den Mobilheim-Dauercampern aus der Ringstraße.«

»Genau.«

Sie fing den Blick des Polizisten auf, der ebenfalls die Gesichter der Terrassenbesucher abscannte. Er betrachtete genau wie sie die Dauercamper der Ringstraße, um dann Riekes Nachbarn aufmerksamer zu mustern.

»Da ham wa die erste Kugel. Et is die Sechzehn.«

Ein Raunen ging durch die Bankreihen.

»Bingo!«, rief der Bauunternehmer nun laut und wedelte mit seinem Zettel. Dabei blitzte sein goldener Siegelring in der Sonne.

Die anderen stöhnten auf, einige genervt, andere belustigt. Schließlich brauchte man mindestens fünf Zahlen in einer Reihe, um zu gewinnen. Das wusste Mr. McCoolman sicherlich auch.

»Ach, dit hab ick verjessen zu saren«, meinte Dieter. »Wer Bingo ruft, aber et is nich, muss 'ne Runde schmeißn.«

Nun jubelten und klatschten alle. Mr. McCoolman konterte mit Anstand.

»Eine Runde auf mich!«, rief er, und jetzt hatte er den Applaus sicher.

Der Kellner des Restaurants verdrehte die Augen. Das bedeutete jetzt viel Arbeit für ihn. Aber er begann, die Bestellung aufzunehmen.

»Der Typ ist ja ätzend«, flüsterte Rieke Michael zu. »Den nehme ich mit auf meine Mörder-Liste. Einfach weil er so blöde ist.«

Michael lachte. »Verstehe«, meinte er. »Dem täten ein paar Jahre Knast ganz gut. Nur aus Gründen der Persönlichkeitsentwicklung.«

Wieder lachten sie. Rieke lehnte sich kurz gegen Michaels Arm, und der erwiderte den Druck liebevoll.

Das Spiel ging weiter. Immer wenn eine neue Zahl gezogen wurde, aber niemand ein »Bingo« hatte, kamen neue Preise dazu. Auch das rosafarbige Einhorn wanderte auf den Verlosungstisch. Ein Raunen ging durch die Gruppe. Das wollten alle gewinnen, besonders natürlich die Kinder. Jetzt blickten alle konzentriert auf ihre Zettel und verfolgten aufmerksam, wie die nächste Kugel gezogen wurde.

»Die nächste Zahl is die Achtundzwanzig.«

Rieke kreuzte die Zahl auf ihrem Zettel an.

»Nächste Zahl die Vierzig.«

Wieder konnte Rieke ein Kreuz machen. Sie merkte, wie sie allmählich in den Bann des Spiels gezogen wurde. Es fehlte ihr nur noch eine Zahl zum Bingo. Das war ihr noch nie passiert.

»Bei dir läuft es ja richtig gut«, stellte Helga mit einem hörbaren Anflug von Neid fest.

»Kein Wunder. Sie hat den Zettel ja auch von mir«, kommentierte Michael.

»Und nu hab ick noch 'nen besonderen Preis«, tönte Dieter.

»Aba da müssn die Kinda ma die Ogen zumachen. Dit is nur wat für achtzehn plus.«

Natürlich machten die Kinder die Augen nicht zu. Im Gegenteil. Rieke wusste, was jetzt kam. Je später der Abend, umso zotiger die Preise. Meist gab es jetzt Reizwäsche. Oder Lollis mit weiblichen oder männlichen Geschlechtsteilen. Diese Preise waren immer die Lacher des Abends.

Diesmal hielt Dieter eine Verpackung in die Höhe, die er genüsslich auspackte. »Dit is wat füa Männa zum Tragen un füa Fraun zum Knabbern«, meinte er.

Er riss die Verpackung auf und zog einen Slip für Männer heraus, der aus Liebesperlen bestand. Der Applaus war ihm sicher.

»Un nu wollt iha bestimmt bald jewinnen, wat? Et jeht weita. Die Spannung steicht. Bingo, Bingo – die Dreiunddreißig!«

Wow! Das war Riekes fehlende Zahl. Schnell setzte sie ein Kreuzchen auf der Dreiunddreißig.

»Bingo!«, hörte Rieke jemanden schreien, und sie sah, wie der Bauunternehmer seine siegelberingte Hand hob. Das gab es doch nicht!

»Ich hab auch Bingo«, rief sie und wedelte mit ihrem Bingoschein.

»Zwo mal Bingo, dit is ja wat«, meinte Dieter. »Denn kommt ma beede nach vorn.«

Unter großem Applaus bewegten sich Rieke und der Bauunternehmer zur Bühne. Margot übernahm es, die Bingoscheine noch mal genau unter die Lupe zu nehmen.

»Tatsächlich. Beede jewonnen«, stellte sie fest.

Der Bauunternehmer lachte und nahm Rieke in den Arm. Sein Aftershave roch gut.

»Dann herzlichen Glückwunsch«, sagte er.

»Ich gratuliere auch«, gab Rieke zurück und versuchte, sich aus seinen Armen zu befreien.

»Dann müssen wir uns den Gewinn teilen«, meinte der Mann.

»Kein Problem«, gab Rieke zurück. »Solange ich das rosa Einhorn bekomme.«

»Dann nehme ich den Slip mit den Liebesperlen«, gab er zurück. »Aber wenn du magst, kannst du gerne daran knabbern.«

»Ich überlege es mir«, schoss Rieke zurück.

Schallendes Gelächter, riesiger Applaus. Rieke bemühte sich, nicht die Augen zu verdrehen.

»Na, da bin ick froh, dit ihr euch einich seid«, meinte Dieter.

Die beiden teilten sich auch die anderen Gewinne. Inzwischen war auch die blonde Frau nach vorne gekommen.

»Gitta, mach doch mal ein Foto von uns beiden Hübschen«, rief der Mann ihr zu und legte seinen Arm um Rieke. »Ich bin übrigens Richard. Du bist Ulrike, oder?«

»Ja, genau«, erwiderte Rieke einigermaßen erstaunt. »Woher wissen Sie … weißt du das?«

»Hat sich rumgesprochen«, gab Richard zurück.

Wahrscheinlich kannten sie sie mittlerweile alle als die Frau, die die Tote gefunden hatte. Rieke schluckte. Sie rückte näher an diesen Richard heran und bemühte sich, fröhlich in die Kamera zu lächeln. Dann hielt sie plötzlich die Luft an.

Diese Gitta Scherer hatte eine Spiegelreflexkamera in der Hand, die Rieke bekannt vorkam. Es war eine Lumix Panasonic wie die, die in dem T3 an der Garderobe gehangen hatte. Aber das war sicherlich nur ein seltsamer Zufall. Viele Menschen hatten so eine Kamera, und dieser Richard machte nicht den Eindruck, als wenn er sich keine Kamera leisten könnte und sie deswegen einem anderen stehlen müsste.

Gitta baute sich nun vor Richard und Rieke auf und nestelte nervös an der Kamera herum.

»Ich weiß gar nicht, wo hier der Auslöser ist«, meinte sie.

Richard beugte sich von der Bühne aus zu ihr hinunter. Aber auch er musste eine Weile suchen. Das war tatsächlich verdächtig.

»Wir haben die noch ganz neu«, versuchte er sich zu entschuldigen. Dann aber hatten sie den Auslöser gefunden, und Gitta machte ein paar schöne Fotos mit Richard, Rieke, dem Einhorn und dem Liebesperlenslip.

Der Abend ging lustig weiter, auch wenn Rieke nicht mehr viel Spaß daran hatte, weiterzuspielen. Sie setzte ihr Einhorn neben sich auf den Tisch und fuhr fort, die Gäste zu beobachten. Insgesamt aber gehörte Richard Scherer zu den Hauptverdächtigen des Abends. Ihn würde sie später auf ihre Mörderliste setzen. Auch wenn sie nur gegen ihn vorzubringen hatte, dass er die gleiche Kamera besaß wie die Tote.

Ronny Lehmann wanderte im Laufe des Abends von Tisch zu Tisch und versuchte, Kontakt zu den Campern herzustellen. Rieke bemühte sich, einige Gesprächsfetzen aufzufangen. Als Lehmann bei Richard und Gitta Scherer saß, stellte sie sich mit ihrem Wein in die Nähe, um zu lauschen. Ja, die beiden hatten Silvana Steins einige Male gesehen, das jedenfalls berichteten sie Ronny Lehmann, der sich eifrig Notizen machte. Besonders Richard gab an, sich länger mit ihr unterhalten zu haben, weil er ihren T3 so toll gefunden hatte.

»Die hat mich sogar mit reingenommen«, berichtete er dem Polizisten. »Ich hab mich echt an meine Jugend erinnert. Der Innenausbau … wie mein alter Bulli. Genau so. Ich war damit auf 'nem Norwegen-Trip, weißt du noch, Gitta?«

Gitta verzog das Gesicht.

»Ach nee, ich war ja mit Tine unterwegs.«

Jetzt sah Gitta richtig sauer aus, Richard dagegen hatte ein ganz verzücktes Gesicht. Er war nicht gerade ein Schnäppchen in Sachen Taktgefühl, musste Rieke denken.

»Hatten Sie das Gefühl, dass die junge Frau vor etwas Angst hatte?«, wollte Ronny Lehmann wissen.

Ja, das hätte auch Riekes Frage sein können. Sie setzte sich jetzt mit ihrem Wein in Richards Nähe, starrte in eine andere Richtung und lauschte weiter.

»Angst? Nee, das kann ich nicht sagen«, meinte Richard.

»Die war total offen. Die hat mir sogar ein Bier angeboten.« Richard sah nun zu seiner Frau. »Aber dann kam Gitta vorbei, na ja, ich hatte ihr versprochen, noch mit ihr essen zu gehen.«

»Und dann sind Sie gegangen?«

»Genau«, erwiderte Richard, und es klang bedauernd.

Lehmann machte sich einige Notizen.

»Danke, das war's erst mal«, meinte er. Dann wanderte er zu anderen Campern weiter.

Als Rieke abends zum Sanitärhäuschen ging, um sich für die Nacht fertig zu machen, belegte jemand die Toilettenzelle neben ihr.

»Rieke, bist du da drüben?«, hörte sie Helgas Stimme.

»Ja, bin ich«, gab Rieke ein bisschen verlegen zurück.

Sie hatte sich extra die Toilettenzelle ganz am Ende ausgesucht, damit sie allein war. Aber Helga hatte wie immer keine Distanzprobleme. Rieke hörte, wie sie den Toilettendeckel öffnete und gegen die geflieste Wand bollerte.

»Weißt du, was ich glaube?«, sagte sie. »Ich glaube, der Michael ist ein bisschen verknallt in dich.«

Dann pinkelte sie geräuschvoll in die Kloschüssel.

ELF

Am nächsten Morgen, als sich Rieke auf den Weg machte, um ein Brötchen im Campingshop zu kaufen – seit sie allein war, aß sie morgens nur noch ein Brötchen und fand, dass sich das immer so seltsam anfühlte –, fiel ihr das Polizeiauto auf, das vor der Schranke stand.

Auf der Stelle erwachte ihr Detektivsinn wieder. Gespannt betrat sie den Laden. Kriminalkommissar Ronny Lehmann und seine Kollegin Mandy waren gerade im Begriff, das Geschäft zu verlassen. Sie grüßten einander, und Ronny Lehmann hielt ihr die Tür auf. Zuerst wollte Rieke fragen, ob die beiden noch bei ihr vorbeikommen wollten, dann hätte sie nämlich einige Brötchen mehr gekauft, aber die Polizisten schienen es eilig zu haben. Mit schnellen Schritten gingen sie über den Platz auf ihr Auto zu.

Rieke wandte sich nun Margot Gerke zu, die hinter der Brötchentheke stand.

»Ein Körnerbrötchen«, sagte sie und registrierte, wie sich Margots Gesicht mitleidig verzog. Ein Brötchen, das war ein klarer Beweis dafür, dass sie nun allein lebte.

»'ne Schrippe«, wiederholte Margot, schnappte sich die Brötchenzange und legte ein Körnerbrötchen in die Tüte.

Rieke sah sich um.

Der Campingshop war gleichzeitig die Rezeption. Neben der Brötchentheke befand sich der Check-in-Schalter, über den sich Dieter beugte, um in den Computer zu schauen. Dabei fluchte er leise vor sich hin.

»Wat jlobt der denn, wie viel Zeit ick hab? Der hatse doch nich mehr alle.«

Jetzt wurde Rieke neugierig. »Was ist denn?«, fragte sie interessiert.

Nun sah Dieter auf.

»Tach, Rieke«, sagte er. Dann kratzte er sich an seiner Schläfe, sodass das Käppi auf den Hinterkopf rutschte.

»Ick soll 'ne Liste machen, wer üba Pfingsten da war«, zischte er zwischen den Zähnen.

»Dit ham wa doch im Computer«, versuchte Margot ihren Mann zu trösten. »Und jetz wo der ganze Trubel wieder wech is, ham wa doch Zeit.«

»Zeit? Die ham wa nie«, gab Dieter zurück und verdrehte die Augen. »Der Bengel will och, dat ick die Überwachungskamera durchkieke. Ob mir wat ofjefallen ist. Am besten soll ick noch die Teile rausschnippen, wo die Ische drauf is.«

»Die Ische?«, wunderte sich Rieke.

»Na, diese Tote.«

»Ich wusste gar nicht, dass ihr eine Überwachungskamera habt. Wo ist die denn?«

»Oben aufm Storchennest«, erklärte Margot. »Man kiekt damit direkt übern Platz of die Schranke.«

Das Storchennest befand sich in der Mitte des Platzes, auf einer Art Kreisverkehr. Die Ein- und Ausfahrt des Campingplatzes führte direkt darauf zu, dann teilte sie sich in zwei Richtungen. Von hier aus hatte man sicherlich nicht nur die Schranke, sondern auch die Gartenstühle des Restaurants und den Eingangsbereich der Rezeption im Blick. In Riekes Ohren rauschte das Blut. Das klang nach einer verheißungsvollen Aufgabe.

»Ist das nicht eigentlich die Sache der Polizei?«, wunderte sich Rieke.

»Logo. Aber die ham auch viel zu tun. Der Lehmann würd sich freun, wenn ick schon ma – wie sachta? – vorsortiere. Dit janze Wochenende is ihm zu lang.« Dieter schnaubte verärgert. »Aber mir drückta das of.«

»Wenn du willst, kann ich das übernehmen«, rief Rieke. »Ich kenne mich damit aus. Wir hatten bei dem Anwalt, bei dem ich gearbeitet habe, auch so eine Kamera im Eingangsbereich. Ich habe häufig Filme angucken müssen und Teile ausschneiden müssen.«

Bevor Rieke Rentnerin wurde, hatte sie als Rechtsanwaltsgehilfin bei einem Anwalt gearbeitet, der für spektakuläre Prozesse bekannt war. Nachdem er einige Morddrohungen erhalten hatte, hatte er seinen Eingangsbereich überwachen lassen. Einige dieser Filmteile wurden auch für Fahndungsfotos verwendet, andere brauchte man für Zeugenaussagen.

Nun sah Dieter höchst interessiert aus.

»Echt? Kannste dit? Ick hab nämlich ehrlich jesacht keenen Schimmer, wie dit jeht.«

»Ich krieg das hin«, erklärte Rieke selbstsicher. »Du musst mir nur sagen, was du brauchst.«

»Na, allet, wo die Tote druf is«, erklärte Dieter. »Vielleicht hat se sich ja mit wem jetroffen. Vielleicht is se alleen. Musste kieken.«

»Das mache ich gerne«, bestätigte Rieke noch einmal. »Ich habe ja jetzt viel Zeit.«

»Wenn de dit machst – dit wär jut. Willste den Computer mitnehmen?«

»Ich brauche nur einen Stick. Aber den kann ich auch von mir holen«, bot sich Rieke an.

Vergessen war das einsame Ein-Brötchen-Frühstück. Ehe sich Rieke versah, saß sie mit einem Stick vor Dieters Computer und lud sich den Film der Überwachungskamera, angefangen von dem Tag, an dem Silvana angereist war, bis zu dem Tag, an dem ihre Leiche gefunden worden war, auf den Stick. Und ganz nebenbei erfuhr sie noch einmal, was sie bereits gehört hatte, dass nämlich der Fundort tatsächlich der Ort war, an dem der Mord geschehen war. Silvana Steins hatte keine vierundzwanzig Stunden im Teufelsluch gelegen. Rieke grauste, als sie das hörte. Beinahe wäre sie selbst auf den Mörder gestoßen.

Rieke nahm das Brötchen und den Kaffee mit an ihren Laptop und steckte den Stick hinein. Dann lud sie sich den Film auf ihre Festplatte. Es dauerte einen Moment, dann startete er. Rieke warf einen Blick auf die Zeitangabe, und plötzlich wusste sie, dass es mehr Zeit erforderte, diesen Film anzuschauen als die Suche auf den Überwachungskameras der Anwaltskanzlei, für die sie gearbeitet hatte.

Deren Kamera zeichnete nämlich normalerweise immer nur auf, wenn sich etwas auf dem Bild bewegte. In der Anwaltskanzlei waren vierundzwanzig Stunden schnell auf zwei Stunden zusammengeschrumpft. Auf dem Campingplatz Spreewaldtor war das aber anders, besonders an den Pfingstfeiertagen. Hier hatte sich ständig jemand vor der Kamera bewegt, sodass die vierundzwanzig Stunden Realzeit auch der Zeit entsprachen, die die Kamera abbildete. Sie würde also fast zweiundsiebzig Stunden benötigen, um den Film anzuschauen.

Das war eindeutig zu lange. Vielleicht gelang es ihr aber, den Film vorzuspulen und dabei die Menschen zu erkennen, die sich über das Bild bewegten. Doch dazu musste man erst mal ein Gefühl dafür bekommen, wie die Tote aussah. Immerhin, die neue Arbeit elektrisierte Rieke.

Sie startete den Film und betrachtete den Ausschnitt, der sich ihr bot. Es überraschte sie, wie gut man von hier aus den Platz überblicken konnte. Am Donnerstag war Silvana angereist. An diesem Tag waren noch wenige Gäste angekommen. Die Hauptanreisewelle für Pfingsten startete am Freitag, und auch da erst sehr langsam. Die meisten Menschen mussten ja noch bis nachmittags arbeiten. So war am Donnerstag noch wenig Betrieb gewesen.

Rieke wagte es nun, den Film schneller laufen zu lassen. Hin und wieder sah sie ein paar bekannte Gesichter. Helga und Horst begegneten ihr in dem Film. Auch Michael war zu sehen, wie er mit einer Badetasche unter dem Arm Richtung Schwimmbad ging.

Nachmittags wurden die Besucher zahlreicher. Immer häufiger öffnete sich die Schranke und spuckte den einen oder anderen Camper auf den Platz. Dazwischen ließen sich Menschen auf den Stühlen des Restaurants nieder.

Da! Rieke stoppte den Film und ließ ihn nun langsamer laufen. Ein weiß-gelber VW T3 fuhr an die Schranke heran. Jemand, den Rieke nicht erkennen konnte, parkte das Auto auf dem Seitenstreifen. Dann wurde die Fahrertür geöffnet, und Silvana Steins stieg aus dem Auto. Sie sprach jemanden an, und der zeigte nun zur Rezeption hinüber. Silvana antwortete mit einem strahlenden Lächeln. Dann marschierte sie auf die Rezeption zu. Sie trug einen weißen Pulli mit blauen Streifen, dazu einen langen Rock in Dunkelblau, der sich eng an ihren Körper schmiegte, aber an einer Seite bis zu den Oberschenkeln geschlitzt war. Silvana trug Flipflops und eine Sonnenbrille und sah unglaublich attraktiv aus. Jetzt schob sie die Sonnenbrille in ihre blonden Haare.

Selbst vom Endpunkt der Kamera aus bildete sich Rieke ein, nun ihre hellblauen Augen erkennen zu können. Sie markierte die Uhrzeit der Sequenz und ließ den Film dann weiterlaufen. Jetzt war zu sehen, wie Silvana über den Marktplatz zu der reetgedeckten Rezeption hinüberging. Kurze Zeit später kam sie wieder heraus. Sie hatte einen Chip an einem Bändchen um den Hals hängen. Außerdem hielt sie einen Lageplan für den Campingplatz in der Hand. Rieke kannte den Ablauf genau: Silvana war nun ein Stellplatz zugewiesen worden, zu dem sie jetzt fahren würde. Rieke wusste auch so, dass es der Platz auf der Rehwiese war.

Silvana hatte offenbar einen Moment lang Orientierungsprobleme. Sie drehte den Lageplan in verschiedene Richtungen. Schließlich schien sie sich für eine Perspektive entschieden zu haben. Sie stieg in ihren Wagen, startete den Motor und fuhr an die Schranke heran. Selbst von hier oben aus dem Storchennest heraus konnte Rieke sehen, dass sie nicht nah genug an den Scanner herangefahren war, damit sich die Schranke öffnete. Das ging vielen so. Silvana hielt nun ihren Arm aus dem Seitenfenster und streckte ihn weit aus, aber er reichte nicht bis zum Scannerpunkt.

Da kam jemand zu ihr gelaufen – ein älterer Mann –, redete

mit ihr und lachte. Silvana strahlte zurück, reichte ihm ihren Chip und ließ ihn für sich die Schranke öffnen. Dann fuhr sie hindurch. Sie wechselte noch ein paar Worte mit dem Mann, dann steuerte sie auf den Kreisverkehr zu, um nach rechts Richtung Rehwiese abzubiegen. Damit entschwand sie den Blicken der Kamera.

Rieke stoppte den Film, markierte das Ende, kopierte dann das kurze Stück und fügte es in eine eigene Datei ein. Die erste Sequenz war entstanden.

»Guten Morgen!« Michael steckte den Kopf in den Holzvorbau und klopfte gleichzeitig an die Tür.

Sie drehte sich nach ihm um.

»Na, Kollegin? Schon bei der Detektivarbeit?«, fragte er lächelnd und wedelte mit seiner Brötchentüte. »Wie wäre es mit einem gemeinsamen Frühstück? Ist immer so einsam alleine.«

Da konnte ihm Rieke nur zustimmen. Sie schob ihren Laptop zur Seite.

»Komm rein! Ich habe schon Kaffee gemacht. Setz dich doch!«

Eigentlich war das alles ziemlich privat. Sie kannten sich doch erst seit ein paar Tagen. Aber der Mord hatte sie irgendwie zusammengeschweißt, fand Rieke. Sie stand auf, stellte ein weiteres Gedeck hinzu und überließ Michael den Platz auf der Eckbank. Zusammen zu frühstücken war wirklich nett. Rieke erzählte von der Überwachungskamera und freute sich über Michaels aufmerksamen Blick.

»Das Blöde ist nur, dass es tatsächlich Stunden dauern wird, sich den Film anzugucken«, berichtete sie ihm. »Und heute Nachmittag habe ich keine Zeit dazu. Ich will zu einer Vernissage nach Berlin.«

»Okay? Ich wusste gar nicht, dass du dich für Kunst interessierst.«

Rieke winkte ab. »Tue ich auch nicht. Aber die Galerie, in der Silvana Steins ausgestellt hat, hat zu einer Vernissage eingeladen. Ich dachte, ich gucke mich da mal um. Vielleicht lerne ich ein paar Bekannte von ihr kennen. Und vielleicht verstehe ich sie auch besser, wenn ich mir ihre Bilder anschaue.«

Michael nickte. »Gute Idee.«

»Komm doch mit«, schlug Rieke vor.

Michael zögerte einen Moment. Dann schüttelte er den Kopf. »Kunst interessiert mich nicht so sehr«, meinte er. »Aber wenn du willst, kann ich die Arbeit mit dem Film für dich erledigen. Du musst mir nur zeigen, wie es geht.«

Rieke war begeistert. So würden sie es tatsächlich schaffen, das Material zu sichten. Sie frühstückten gemeinsam. Es war schön, dass sie sich so viel zu erzählen hatten. Und nicht nur über die Tote. Sie hatten auch neben der Detektivarbeit viel gemeinsam.

Michael liebte wie sie die Natur, ging gerne spazieren und war sogar schon mal den Jakobsweg gewandert. Rieke erzählte von ihrer Wanderreise auf dem Paul-Gerhard-Weg, der von Berlin bis nach Lübben in den Spreewald führte und den sie fast die ganze Zeit allein gegangen war. Wilfried hatte damals keine Lust gehabt, sie zu begleiten. Aber wahrscheinlich war er zu der Zeit auch schon zu schwach dazu gewesen. Sie hatte es nur nicht bemerkt.

»Ich habe vor einem halben Jahr gemerkt, wie anstrengend mir meine Arbeit wurde«, berichtete Michael. »Ich hatte einen richtigen Zusammenbruch. Und dann habe ich beschlossen, die Praxis aufzugeben.«

»Ach, echt? Ich dachte, die gibt es noch.«

»Tut es auch«, erklärte Michael. »Aber ich habe sie an zwei jüngere Psychologen verkauft. Die eine Psychologin war schon immer meine Kollegin, und die hat sich einen Compagnon dazugenommen. Jetzt führen sie die Praxis wieder zu zweit.«

»Und du vermisst nichts?«

»Überhaupt nichts«, gab Michael zurück. »Im Gegenteil. Ich genieße es, jetzt viel mehr in der Natur zu sein. Vielleicht gebe ich auch meine Berliner Wohnung auf und ziehe hier in den Spreewald. Mir gefällt es, morgens von Vogelgezwitscher geweckt zu werden.«

Rieke staunte. Das würde ihr nicht in den Sinn kommen.

»Ich glaube, mir wäre es zu einsam hier«, meinte sie.

Mit einer weiteren Tasse Kaffee machten sich die beiden dann gemeinsam daran, den Film zu sichten. Rieke zeigte Michael die erste Sequenz, die sie bereits geschnitten hatte, und Michael betrachtete die Tote interessiert.

»Wenn ich diesen Ausschnitt sehe, glaube ich doch, mich an diese Frau zu erinnern«, sagte er zögernd. »Sie hat ja tatsächlich eine tolle Ausstrahlung.«

Er hatte jetzt wieder diesen intensiven Blick.

»Hast du ihr Gesicht vor Augen?«, fragte Rieke.

Michael nickte.

»Dann kann ich den Film schneller laufen lassen.«

Sie spulte voran. Wieder war ein Kommen und Gehen der Gäste zu sehen. Menschen schlenderten über den Marktplatz, checkten ein, kauften etwas oder gingen schwimmen. Dann wurde es später Nachmittag. Der Kellner des Restaurants wischte die Tische auf seiner Terrasse ab. Dann öffnete er das Restaurant. Die ersten Gäste ließen sich auf den Gartenstühlen nieder.

Plötzlich stoppte Rieke den Film.

»Ach, guck mal!«, rief sie. »Da ist ja auch unser Herr McCoolman mit dem Liebesperlenslip!«

»Wer?«

Rieke ließ den Film jetzt in normalem Tempo laufen, und nun sahen beide, wie der Bauunternehmer Scherer mit seinem schwarzen SUV vor der Schranke stand. Neben ihm seine Frau. Er hielt den Chip gegen den Schrankenscanner und fuhr dann ein.

»Donnerstagabend gekommen«, bemerkte Rieke. »Den scannen wir auch mal ab, oder?«

»Warum nicht?«, meinte Michael. »Besser ist besser. Und so lerne ich gleich, wie es geht.«

Rieke zeigte ihm, wie man die Sequenz markierte, und speicherte sie in der Extra-Datei ab. Dann ließ sie den Film weiterlaufen.

»Hee, da bin ja ich!«, rief Michael nach einer Weile und lachte.

Rieke ließ den Film erneut langsamer laufen. Michael war zu sehen, wie er mit Horst, Helga und Günther zum Restaurant hinüberging und sich einen Platz auf der Terrasse suchte. Sie wählten einen Platz direkt am Eingang.

»Stimmt«, sagte Michael. »Wir waren zusammen essen. Ein lustiger Abend.«

Es war ein munteres Treiben auf der Terrasse. Gäste kamen und gingen. Auch die Scherers waren dabei. Rieke spulte wieder schneller vor. Erst in letzter Minute fiel ihr auf, dass sie etwas übersehen hatte. Sie spulte noch einmal zurück, und jetzt hatte sie plötzlich Silvana Steins groß im Bild.

»Guck mal, da ist sie ja. Was macht sie?«

Beide starrten gebannt auf den Monitor. Silvana ging langsam am Marktplatz vorbei, blieb am Pool stehen und schaute auf das Becken. Dann hob sie ihre Kamera hoch über den Doppelstabzaun, um die Badegäste zu fotografieren.

»Ach ja, ihre Freundin hat erzählt, dass sie gerne fotografiert und die Fotos in ihre Bilder einbaut«, berichtete Rieke. »Ich habe ein Bild von ihr gesehen mit einem See, aus dem viele Augen starren. Das sah ziemlich unheimlich aus.«

Michael sagte nichts dazu. Er starrte weiter auf die Szene. Silvana bewegte sich nun langsam auf die Schranke zu. Am Restaurant blieb sie erneut stehen, hob ihre Kamera und fotografierte wieder.

»Fotografiert sie den Marktplatz, oder hat sie es auf jemanden abgesehen?«, wollte Rieke wissen.

»Keine Ahnung.«

»Sie dreht den Zoom. Siehst du?«

Michael rutschte nun aufgeregt hin und her.

»Guck mal!«, rief er plötzlich. »Wer da hinten sitzt!«

Und dann zeigte er auf ein Paar, das am hinteren Tisch unter dem Strohdach saß. Rieke vergrößerte die Szene, und dann hatte sie die Scherers plötzlich groß im Bild.

»Meinst du, sie hat die beiden fotografiert?«

»Keine Ahnung. Aber die Richtung könnte es sein, oder?«

Rieke wurde nun sehr aufgeregt.

»Ihre Freundin hat erzählt, dass Silvana ein Vaterproblem hatte. Sie war immer auf der Suche nach ihm. Ganz oft hat sie sich an ältere Männer gehängt, von denen sie dachte, das könnten sie sein. Und dann hat sie eine Beziehung mit ihnen angefangen.«

»Das hört sich ziemlich gestört an«, stellte Michael fest.

»Hast du solche Menschen auch in deiner Praxis gehabt?«, wollte Rieke wissen.

»Jede Menge«, berichtete Michael. »Das sind oft schwere Identitätsprobleme.«

Er strich sich über den weißen Bart und sah plötzlich sehr traurig aus.

»Silvanas Freundin hat auch erzählt, dass Silvana die Männer richtig verfolgt hat, wenn sie sich von ihr trennen wollten. Sie meinte, sie wäre eine richtige Stalkerin gewesen.«

»Dann ist sie wirklich eine Psychopathin gewesen«, diagnostizierte Michael. »Stalker verlieren völlig den Bezug zur Realität. Sie glauben, jemanden zurückgewinnen zu können, indem sie immer und überall auftauchen und mit ihrer Zielperson in Kontakt treten. Das ist oft total grenzverletzend.«

»Ich finde das richtig unheimlich«, bestätigte Rieke.

»Die Menschen, die verfolgt werden, fühlen sich belästigt und in ihrer Sicherheit bedroht. Mittlerweile ist das ein Strafbestand. Der Stalker verhält sich wie ein Jäger.«

»Ich habe das mal in einem Film gesehen«, fiel Rieke ein. »Das war ein echter Horrorfilm. Ich konnte ihn gar nicht bis zum Schluss gucken.«

»Das kann ich gut verstehen«, stimmte Michael zu. »Also, wenn sie sich so verhalten hat, war sie auf alle Fälle ein Fall für einen guten Psychologen.«

»Sie war in Behandlung, sagt die Freundin.«

»Na Gott sei Dank. Wenigstens das«, seufzte Michael. »Dann hat sie wahrscheinlich selbst eingesehen, wie es um sie stand.«

Eine Weile schwiegen sie, ehe Rieke den Film weiterlaufen ließ, und sie sahen, wie die junge Frau weitere Szenen fotografierte. Dann verließ sie den Campingplatz.

Rieke markierte den Anfang und das Ende der Sequenz und speicherte sie ab. Dann ließ sie den Film wieder schneller laufen.

Jetzt gab es eine lange Zeit, in der nichts passierte. Die Gäste verließen das Restaurant, Dunkelheit legte sich über den Platz. Hin und wieder gingen noch einige Gestalten am Schwimmbad vorbei. Ein Pärchen küsste sich. Ein Skateboardfahrer düste über den Platz, ein Junge rauchte in einer Ecke vor dem Schwimmbad heimlich eine Zigarette.

»Ich glaube, mir reicht es erst mal«, meinte Rieke. »Das Wetter ist so schön, und ich will mich ja auch noch für die Vernissage umziehen.«

Michael nickte. »Ich habe auch erst mal genug«, meinte er. »Aber wenn du willst, schaue ich mir nachher den Film weiter an und schneide noch weitere Sequenzen raus, die mir auffallen.«

»Würdest du das tun?«, fragte Rieke erfreut.

»Klar. Wir sind doch Partner«, erwiderte Michael.

2. RIEMANN'SCHE VERMUTUNG

Name	Beruf
Jadon König	Künstler
Richard Scherer	Bauunternehmer
Gitta Scherer	unbekannt

Beziehung zur Toten	Verdachtsmomente
Wohnte mit ihr zusammen in einer WG Verliebt in Silvana Vielleicht eifersüchtig	Aggressiv Künstlerkonkurrent Hin und wieder Camper
Hat ein Gespräch mit Silvana über den T3 Trinkt ein Bier mit ihr Versteht sich gut mit ihr Wird von ihr wahrscheinlich fotografiert, als er im Restaurant sitzt	Dauercamper auf dem Spreewaldtor Besitzt eine Lumix Panasonic
Hat sie auf dem Campingplatz kennengelernt Wird von ihr wahrscheinlich fotografiert, als sie im Restaurant sitzt	Dauercamperin auf dem Spreewaldtor Besitzt eine Lumix Panasonic Ist vielleicht eifersüchtig, weil ihr Mann Silvana Steins mag

ZWÖLF

Campingurlaub war Campingurlaub. Kleider und Kostüme hatte man nur wenige im Schrank hängen. Wenn überhaupt. Das einzige Kleid, das Rieke zwischen ihren T-Shirts, Sweatshirts, Jeans und Shorts gefunden hatte, war ein hellblaues Sommerkleid mit kleinen Blümchen. Sie hatte es noch einmal übergebügelt und für gut befunden. Nun betrat sie damit die Galerie Kunert am Müggelheimer Damm.

Die Galerie lag im Hinterhof des Einkaufszentrums und hatte einen breiten Parkplatz. Schon als Rieke den großen Vorraum betrat, wusste sie, dass sie falsch angezogen war. Es war nicht so, dass sie *underdressed* war, das Kleid war nur einfach zu fröhlich. Alle anderen Gäste trugen gedeckte Farben, die meisten waren sogar schwarz angezogen.

Rieke verspürte den Wunsch, wieder zu verschwinden, schließlich fühlte sie sich sowieso völlig deplatziert auf einer Vernissage, doch da kam eine junge Frau – ebenfalls ganz in Schwarz – auf sie zu und überreichte ihr ein Glas Champagner.

»Willkommen«, sagte sie. »Schauen Sie sich gerne schon mal um. Die Ausstellung wird in zehn Minuten eröffnet.«

Rieke schluckte. Sie spürte, wie ihr Gesicht glühte, obwohl sie noch gar nichts von dem Champagner genommen hatte. Langsam ging sie an den Gemälden vorbei, die großformatig an der Wand hingen.

Ohne auf die Aufschriften zu schauen, erkannte sie Silvanas Bilder sofort. Sie enthielten mystische Naturmotive in Nebel gehüllt oder mit schwarzem Himmel, aus dem ein weißer Mond leuchtete, und überall waren diese Augen versteckt, die den Betrachter aus allen Richtungen anschauten. Manchmal waren auch Münder in die Landschaft eingearbeitet oder Organe wie Gehirne oder Herzen. Irgendwie gruselig war das.

Auch Jadons Stil erkannte sie. Seine Bilder waren großflächige Spachtelkunst, in die er Filtertüten, Schrauben oder verschiedene Stoffe eingearbeitet und überstrichen hatte. Es gab auch Bilder von dem Galeristen selbst zu sehen. Er malte Personen ohne Gesichter und in kubischen Formen. Auf einem Bild glaubte Rieke sogar, Silvana zu erkennen. Sie saß auf einem Barhocker, trug ein rotes Kleid, das sich eng an ihren schmalen Körper schmiegte, und hatte den Kopf gesenkt. Im Gesicht waren nur die Augen angedeutet. Auffällig an dem Bild war das tief ausgeschnittene Kleid, das die eine Brust freigab.

Nun war jemand neben Rieke getreten, der das Bild ebenfalls betrachtete. Rieke sah auf und brauchte einen Moment, bis sie Jadon erkannte. Er hatte seinen Bart auf einen Dreitagebart gestutzt, die Haare nach hinten gegelt und trug ein schwarzes kurzärmliges Hemd, das einen Blick auf seine Tattoos ermöglichte, und eine schwarze Hose. Kurz wandte er Rieke seinen Kopf zu. Sie grüßte ihn, aber er beachtete sie gar nicht.

Er hat mich nicht erkannt, dachte Rieke überrascht. Wie seltsam, wo er mich doch beinahe umgebracht hätte.

Jetzt stellte sich auch der Galerist Kunert neben Jadon. Rieke erkannte ihn sofort von dem Foto im Internet. Auch er war ganz in Schwarz.

Auf einmal zischte Jadon dem Galeristen etwas zu, doch Rieke stand nah genug bei ihm, um zu hören, was er sagte.

»Geschmacklos von dir, dieses Bild auszustellen.«

Kunert schnaubte nun verächtlich.

»Geschmacklos?«, giftete er zurück. »Es ist eine Hommage an sie.«

Das roch nach Streit. Rieke beschloss, sich unauffällig aus dem Staub zu machen, was ziemlich schwierig war in diesem hellen Sommerkleid. Langsam wanderte sie zum nächsten Bild weiter, hielt aber ihre Ohren gespitzt.

»Du bist doch nur geil auf das Geschäft«, war nun Jadon zu hören. »Hommage an sie? Du weißt genau, dass die Leute das hören wollen.«

Kunert gab jetzt einen Laut von sich, der ziemlich gefährlich klang.

»Wenn es dir nicht passt, was ich mache, kannst du noch heute deine Sachen packen!«, knurrte er zurück.

Das klang nicht besonders freundlich. Rieke trat einen Schritt zurück und sah, wie sich die beiden Männer Blicke zuwarfen, mit denen sie sich gut hätten erdolchen können. Da konnte sie nur hoffen, dass Jadon diesmal sein Messer nicht dabeihatte.

Leise trat Rieke zum Fenster und betrachtete Jadon nachdenklich. Er schien Silvana sehr gemocht zu haben, und sie konnte gut verstehen, dass ihn so ein privates halb nacktes Bild von seiner Freundin traurig und wütend machte. Offenbar malte er sich auch aus, unter welchen Umständen es entstanden war.

Es war möglich, dass sich Kunert und Silvana bei dieser Modellsitzung nähergekommen waren. Vielleicht waren sie sowieso ein Paar gewesen. Männer wie Kunert passten wahrscheinlich in ihr Beuteschema. Älterer Herr, gut situiert, zwar nicht unbedingt Vaterfigur, aber nicht unmöglich. Er gehörte darum unbedingt in ihre Sammlung der Verdächtigen.

Und noch etwas anderes wurde Rieke bewusst. Die Bilder von Künstlern, die tot waren, stiegen offensichtlich im Wert. Vielleicht war auch das ein Motiv für einen Kunstagenten, einen Menschen umzubringen. Nein, das war sicherlich Unsinn. So etwas Unmoralisches würde niemand machen. Andererseits kam es auf die Summe an.

Kunert durchschritt nun die Galerie bis zu einem Stehpult, das in der Mitte der Eingangshalle stand. Die anderen folgten ihm und bildeten einen Halbkreis. Rieke hielt sich im Hintergrund. Und trotzdem streifte Kunerts Blick für einen Moment ihr Gesicht und hielt sich kurz an ihren Augen fest.

»Als wir diese Vernissage planten, war sie noch mitten unter uns«, begann er, ohne sich mit Begrüßungsfloskeln aufzuhalten. »Sie lachte und redete, sie plante und verwarf auf ihre lebendige Weise, in der sie das immer machte.«

Totenstille hing plötzlich im Raum. Kunert redete ruhig weiter. In seiner Stimme war keine Regung zu hören. Kein Kratzen, kein Umschlagen, kein Räuspern. Er redete wie ein Politiker, der eine Wahlniederlage erlitten hatte und sich seine Enttäuschung nicht anmerken ließ.

»Wir wissen alle, was wir an ihr verloren haben.« Seine Stimme klang tief durch den Raum.

Rieke schluckte und ließ ihre Blicke kreisen. Eine junge Frau brach in Tränen aus. Andere ließen die Köpfe hängen. Auch Jadon sah aus, als wenn er jeden Moment anfangen würde zu weinen.

»Sie war eine von uns. Künstlerin mit Leib und Seele. Wenn sie malte, vergaß sie alles um sich. Sie war eine leidenschaftliche junge Frau. Hingebungsvoll und authentisch.« Es passte nicht zu seinen Worten, dass er so ruhig redete. Fast auswendig gelernt wirkte es. »Wir werden sie alle vermissen.«

Er machte eine kurze Pause, damit jeder die Möglichkeit hatte, sich wieder zu fangen. Als das Schluchzen leiser wurde, fuhr er fort: »Wir haben überlegt, diese Vernissage nicht stattfinden zu lassen. Doch dann haben wir uns umentschieden. Wir haben beschlossen, sie in unsere Mitte zu holen. Es soll damit auch eine Hommage an Silvana Steins werden.«

Jetzt endlich ein kurzes Räuspern. Wieder ein langer Blick zu Rieke. Die hielt sich an ihrem Glas fest und nahm nun hastig einen kleinen Schluck. Der Champagner prickelte im Hals, und sie verspürte den Wunsch, zu husten. Das wäre jetzt sehr unpassend gewesen. Darum versuchte sie, es zu unterdrücken, und atmete tief ein und aus. Tränen traten in ihre Augen … Doch bei dem Anlass hier war das vielleicht sogar passend.

»Silvanas Stil war unverkennbar und doch so verblüffend kreativ und einfach. Sie setzte Fotos zusammen, kombinierte sie mit Stilmitteln der Malerei und des Aquarells und fügte sie so auf einzigartige Weise zu neuen großformatigen Kunstformen zusammen. Damit zählte sie schon in ihren jungen Jahren zu den international gefragten Künstlerinnen. Ihre Werke regen auf magische Weise die Vorstellungskraft des Betrachters an. Beachten Sie bei dieser Vernissage besonders, wie ihre Bilder die Balance aus Farben und Fotostrukturen zu einem harmonischen Ganzen zusammengefügt haben. Genießen Sie die Ausstellung, und seien Sie mit Ihren Gedanken noch einmal ganz intensiv bei dieser einzigartigen Künstlerin.«

Die Rede verfehlte ihre Wirkung nicht. Die Besucher drängten nun über die Flure und scharten sich besonders um die großen Kunstwerke von Silvana.

Rieke fragte sich, wie hoch der Preis wohl für so ein Bild sein würde. Sie hatte keine Ahnung. Im Flur ihrer Berliner Wohnung hatte sie mal ein Poster von van Gogh mit den Sonnenblumen gehabt. Aber das hatten sie später entsorgt und gegen ein Familienfoto eingetauscht. Doch das sollte sie hier in diesem erlauchten Kunstkreis besser nicht erzählen.

Langsam ging Rieke weiter und blieb vor einem riesigen Bild stehen, das aus einem farbigen Mosaik bestand, aus dem ein Auge an einem Stiel aus der Mitte des Bildes herausragte. Spätestens bei diesem Bild musste allen bewusst sein, dass es sich bei Silvana um eine Stalkerin gehandelt hatte. Die Augen waren tatsächlich allgegenwärtig. Rieke trat näher und bemerkte erst jetzt, dass Martin Kunert direkt neben ihr stand.

»Hallo«, sagte er.

Rieke zuckte zusammen und spürte, wie ihr Kopf fast in ihren Schultern verschwand.

»Ich habe Sie hier noch nie gesehen. Sie scheinen sich sehr für moderne Kunst zu interessieren«, sagte er.

Seine Stimme war tief und angenehm, sein Blick aber hatte etwas Lauerndes.

»Ja. Ja, tatsächlich«, stotterte Rieke verwirrt.

»Silvana Steins war eine Schülerin von Louisa Amalia Rupert«, erklärte er. »Sie ließ sich von ihr inspirieren.« Er lächelte. »Ich finde, das sieht man, oder?«

»Ah ja«, kommentierte Rieke verlegen, und nach einer Weile fügte sie hinzu: »Ja, das sieht man wirklich.«

Dabei kam sie sich so blöd vor. Wieder betrachtete Kunert Rieke eine Weile.

Dann sagte er: »Sie kennen Louisa Amalia Rupert?«

»Ja. Nein. Ich weiß nicht«, gab Rieke verlegen zurück.

Wieder lächelte Kunert. Es war ein überlegenes Lächeln.

»Sie können sie gar nicht kennen«, sagte er nun. »Ich habe mir ihren Namen nämlich ausgedacht.«

Was sollte das? Wollte er sie über Kunst abfragen, wie ein Schulmädchen? Rieke fühlte sich plötzlich mehr als unwohl.

»Dann kenne ich sie wahrscheinlich nicht«, gab sie zurück und ging zu einem anderen Bild.

Doch Kunert hatte offenbar beschlossen, sie nicht aus seinen Fängen zu lassen. Er folgte ihr. Dann beugte er sich über sie. Seine Lippen waren nun nah an ihrem Ohr.

»Warum sind Sie hier?«, fragte er leise.

Rieke schnappte nach Luft. Was sollte sie antworten? Sollte sie ihm sagen, dass sie mehr über die Tote erfahren wollte, weil sie sich in den Kopf gesetzt hatte, ihren Mörder zu finden? Wahrscheinlich wäre er dann in lautes Gelächter ausgebrochen.

Jetzt kamen seine Lippen noch näher.

»Hatte Ihr Mann auch ein Verhältnis mit ihr?«, raunte er ihr nun zu. »Und wurde er auch von ihr gestalkt?«

Rieke glaubte, ihren Ohren nicht trauen zu können. Wie vielen Männern hatte diese Frau denn nachgestellt? Sie schien ja ihr halbes Leben darauf ausgerichtet zu haben.

»Was?«, rief sie irritiert. »Nein!«

Sie betrachteten einander nun mit lauernden Blicken. Die anwesenden Gäste schienen zu spüren, dass von den beiden ein Streit auszugehen drohte. Sie machten darum einen großen Bogen um sie.

»Was ist es dann?« Wieder dieser lange prüfende Blick, unter dem sie sich fast nackt vorkam.

Jetzt schien Jadon King auf sie aufmerksam geworden zu sein. Mit schnellen Schritten kam er auf sie zu.

»Was machen Sie denn hier?«, fragte er.

Nun umstanden sie Rieke zu zweit. In Martin Kunerts Blick war Überraschung zu lesen.

»Ihr kennt euch?«

Ja klar, dachte Rieke. Ich bin die Frau, der er ein Messer an die Kehle gehalten hat. Aber sie sagte nichts dazu.

»Die hat Silvanas Leiche gefunden«, erklärte Jadon nun. Er sprach dabei ziemlich laut.

Umstehende sahen auf und blickten zu Rieke. Die kam sich spätestens jetzt völlig deplatziert vor.

»Ulrike Riemann«, sagte sie und reichte Kunert die Hand.

Er sah sie nun nachdenklich an. Sein Blick war weicher geworden.

»Verstehe«, sagte er.

»Ich ... ich war ... Also, das hat mich alles ziemlich geschockt«, suchte sie nach einer Erklärung. »Und darum wollte ich sie gerne näher kennenlernen. Einfach, um das alles zu verarbeiten.«

Jetzt nickte Kunert.

»Verstehe«, wiederholte er. Und dann nach einer Weile: »Wenn Sie wollen, können wir uns nach der Ausstellung noch zusammensetzen.«

Das war endlich mal ein netter Vorschlag. Wenn er so weitermachte, würde sie ihn am Ende tatsächlich noch lieb haben.

»Das nehme ich gerne an.«

Die Ausstellung schien lukrativ zu sein, jedenfalls was die Bilder von Silvana betraf. Es gab viele Interessenten, die danach fragten und sich einen Katalog oder eine Visitenkarte mitnahmen. Rieke beschloss, sich ab jetzt noch mehr im Hintergrund zu halten und nur zu beobachten.

Das Bild, das Kunert von Silvana gemalt hatte mit den kubischen Formen, dem gesichtslosen Blick und dem einen entblößten Busen, schien ebenfalls auf große Resonanz zu stoßen. Rieke sah, wie viele davor stehen blieben, sich anschließend zu einem leisen Gespräch mit Kunert zurückzogen. Ganz sicher ging es dabei um den Preis. Über so etwas redete man ja nicht öffentlich. Vielleicht war es tatsächlich ein Mordmotiv, wenn man durch den Tod den Wert eines Bildes und die eigene Popularität steigerte.

Innerlich setzte Rieke Martin Kunert endgültig auf ihre Liste.

Endlich war der letzte Gast gegangen. Jadon hielt sich noch eine Weile in der Galerie auf. Wahrscheinlich hoffte er, bei dem Gespräch mit Kunert und Rieke dabei sein zu können, doch der machte eine unmissverständliche Geste.

»Lass uns allein!«, sagte er zu ihm, aber die Geste deutete darauf hin, dass er am liebsten »Zisch ab!« gesagt hätte. Jadon gehorchte widerspruchslos, wenn auch mit wütendem Gesicht.

Kunert zeigte nun auf die kleine Bar, die sich im Eingangsbereich befand.

»Setzen Sie sich doch!«

Er selbst ließ sich auf einem der Hocker nieder. Rieke setzte sich ihm gegenüber.

»Noch ein bisschen Sekt?«

»Danke. Ich muss noch Auto fahren. Ich nehme O-Saft«, erklärte Rieke.

Sie schwiegen eine Weile.

»Sie sind mir deutlich sympathischer als die Leute von der Kripo, die hier rumgeschnüffelt haben«, meinte er nach einer Weile und versuchte so etwas wie ein Lächeln. Das sollte wohl ein Kompliment sein.

Rieke atmete tief durch.

»Dieses Bild von der jungen Frau mit …« Sie suchte nach Worten.

»Mit diesem einen nackten Busen?« Er lachte nun. »Ja, das ist sie.«

»Das Bild stieß auf großes Interesse«, bemerkte Rieke. »Welchen Wert hat es wohl?«

Jetzt verschwand das Lächeln aus seinem Gesicht. Die Augenbrauen zogen sich zusammen.

»Ja, für die Polizei war das auch ein Tatmotiv«, sagte er, ohne die Frage zu beantworten.

»Was meinen Sie genau?«, fragte Rieke vorsichtig.

»Na, dass sich durch ihren Tod der Wert ihrer Bilder steigert. Und ich als Galerist bin natürlich an dem Gewinn beteiligt.« Sein Blick durchbohrte sie wieder. »Das meinen Sie doch mit Ihrer Frage, oder?«

Rieke beschloss, besser nicht darauf zu antworten, und so zuckte sie nur ein wenig hilflos die Schultern. Er nickte zum Zeichen, dass er verstanden hatte.

»Das ist lächerlich«, erklärte er nun mit verächtlicher Stimme. »Das habe ich nicht nötig. Ich kann schon lange gut von meiner Kunst leben.«

Er griff in seine Jackentasche und zog eine Schachtel Zigaretten heraus, schob sich eine mit der Schachtel in den Mund. Jetzt suchte er nach dem Feuerzeug. Alles langsame, ruhige Bewegungen, als wenn er sich eine Erklärung zurechtlegte. Das Feuerzeug klickte, die Zigarette glühte. Er inhalierte tief, blies dann den Rauch in eine andere Richtung.

Rieke war ihm dankbar dafür. Sie war schon seit Jahren Nichtraucherin und war es gar nicht mehr gewohnt, dass in geschlossenen Räumen geraucht wurde. Aber Kunert war hier zu Hause, und das demonstrierte er ihr damit auch.

»Silvana war … Sie war meine Muse«, fuhr er fort. »Es war schön, sie hier zu haben. Jedenfalls für eine Zeit.« Er seufzte und sah sie prüfend an. »Wenn Sie schon Sherlock Holmes spielen, haben Sie sicherlich mitgekriegt, dass sie schrecklich lästig werden konnte, wenn jemand versuchte, die Beziehung zu ihr zu beenden, oder?«

»Ja, ich habe gehört, dass sie die Menschen stalkte.«

Er nickte und stöhnte nun theatralisch. Wieder ein tiefer Zug aus der Zigarette.

»Das ist harmlos ausgedrückt«, meinte er. »Sie war richtig

penetrant. Ich meine – ich habe ihr echt den Weg zur Kunst eröffnet. Ich habe sie in Ausstellungen gebracht, in die sie nie gekommen wäre. Sie hat mir dafür Modell gesessen. Das war eine Win-win-Situation.«

Rieke verkniff sich zu fragen, ob die Beziehung über das Modellsitzen hinausgegangen war. Sie konnte sich das durchaus vorstellen.

»Aber es gibt auch andere Musen. Es gibt viele Frauen, die sich darum reißen, bei mir Modell zu sitzen. Da können Sie sich sicher sein.«

Er musterte sie nun kurz, wie jemand, der prüfte, ob sie vielleicht auch als Modell in Frage kam. Sein Blick fiel negativ aus. Kein Wunder, bei der Konkurrenz.

»Ja, glaube ich«, beeilte sich Rieke zu sagen. Ich würde das allerdings niemals machen, hätte sie beinahe hinzugefügt, sie schluckte die Bemerkung aber hinunter, weil sie ahnte, dass Kunert dann kontern würde: Ich würde Sie auch niemals fragen.

»Sie hatten also eines Tages ein anderes Modell, und dann begann Silvana damit, Sie zu verfolgen?«, fragte sie.

Ronny Lehmann hätte es sicherlich nicht anders formuliert.

Kunert nickte. »Das war wirklich die Hölle.« Er seufzte wieder. »Sie war ständig um mich herum, tauchte hinter meiner Haustür auf, kam abends in den Club, in dem ich immer bin, joggte, als ich joggte – das volle Programm. Und dann immer die Unterstellung, ich könnte ihr Vater sein. Auch ihre Mutter hätte sich für Kunst interessiert und wäre bestimmt in meiner Galerie aufgetaucht … Einfach lächerlich.«

Er fasste sich an den Kopf. Dann stand er auf und suchte nach einem Aschenbecher, stellte ihn auf den Tresen und schnippte die Asche hinein.

»Und dann?«, wollte Rieke wissen. »Hörte Sie damit auf, Sie zu stalken?«

»Selbstverständlich«, gab Kunert zurück. »Ich hatte sie ja in der Hand. Ich hab ihr klargemacht, dass sie ihre Sachen packen kann, wenn sie damit nicht aufhört. Da hat sie sich dann doch für ihre Karriere als Künstlerin entschieden.«

Rieke war sich nicht sicher, ob er die Wahrheit sagte. Aber die Strenge in seinem Gesicht sagte ihr, dass er sich tatsächlich gut gegen sie hatte durchsetzen können. Er schien am längeren Hebel zu sitzen, und er schien sich auch nichts gefallen zu lassen.

»Ich habe ihr auch geraten, sich dringend in Therapie zu begeben. Die hatte ja echt einen Schaden mit ihrem Vaterproblem.«

»Ja, das habe ich auch schon gehört«, sagte Rieke. »Eine Freundin von ihr sagte auch, dass sie tatsächlich eine Therapie begonnen hätte und dass es danach besser geworden sei.«

»Den Eindruck hatte ich auch.« Kunert drückte nun seine Zigarette aus, obwohl er sie noch gar nicht zu Ende geraucht hatte. »Aber man weiß nie, ob es wirklich zu Ende war oder ob sie sich nur ein anderes Opfer gesucht hatte. Sie schien durch das Stalking richtig lebendig zu werden. Es war, als wenn sie darin ihre Erfüllung gefunden hätte.«

»Ich glaube eher, dass sie sehr verzweifelt war, weil sie ihren Vater nicht fand«, vermutete Rieke. Sie spürte, dass sie den Wunsch hatte, die Tote zu verteidigen.

Sie redeten noch eine Weile miteinander. Kunert war nun zugänglicher geworden. Er erzählte, wie er Silvana kennengelernt hatte, als er eine Dozentenstelle an der Kunsthochschule hatte.

Jadon, der sein Student gewesen war, hatte Silvana irgendwann mitgebracht. Silvana hatte in seinen Vorlesungen gesessen und immer sehr interessiert zugehört. Dann war sie auch bei seinen Übungen aufgetaucht, und er hatte sie zeichnen sehen. Portraitzeichnen, Aktzeichnen, all die Klassik-Aufgaben hatte sie mühelos gemeistert. Anschließend hatte ihm Jadon von Silvanas Malereien und den Collagen erzählt. Er hatte sich das genauer angeschaut, war dazu sogar in ihrer WG gewesen und sofort von ihrer Arbeitsweise beeindruckt gewesen. Auch persönlich hatte sie ihn fasziniert. Er hatte ihr zuletzt einen Platz in seiner Galerie angeboten. Das war dann der Moment gewesen, als sich die beiden zunächst beruflich, dann auch privat nähergekommen waren. Auch von Jadon erzählte er. Ihn mochte er ebenfalls, selbst wenn er seine leicht reizbare Art kritisierte. Aber ihn schätzte er ebenfalls als großen Künstler.

Als Rieke nach einer Stunde die Galerie verließ, war sie sich nicht mehr so sicher, ob Kunert tatsächlich ein Mord zuzutrauen war. Aber was wusste man schon über die Seele eines Mörders? Auf der Liste der Riemann'schen Vermutungen landete er trotzdem.

3. RIEMANN'SCHE VERMUTUNG

Name	Beruf
Jadon König	Künstler
Richard Scherer	Bauunternehmer
Gitta Scherer	unbekannt
Martin Kunert	Galerist

Beziehung zur Toten	Verdachtsmomente
Wohnte mit ihr zusammen in einer WG Verliebt in Silvana Vielleicht eifersüchtig	Aggressiv Künstlerkonkurrent Hin und wieder Camper
Hat ein Gespräch mit Silvana über den T3 Trinkt ein Bier mit ihr Versteht sich gut mit ihr Wird von ihr wahrscheinlich fotografiert, als er im Restaurant sitzt	Dauercamper auf dem Spreewaldtor Besitzt eine Lumix Panasonic
Hat sie auf dem Campingplatz kennengelernt Wird von ihr wahrscheinlich fotografiert, als sie im Restaurant sitzt	Dauercamperin auf dem Spreewaldtor Besitzt eine Lumix Panasonic Ist vielleicht eifersüchtig, weil ihr Mann Silvana Steins mag
Kennt sie aus der Kunsthochschule War seine Muse	Ihre Kunstwerke stiegen nach ihrem Tod im Wert Seine Bekanntheit wurde größer Er wurde von ihr gestalkt und belästigt

DREIZEHN

Es war später Nachmittag, als Rieke die Galerie verließ. Noch schien die Sonne, doch die Schatten der Häuser und Bäume waren bereits länger geworden. Als Rieke den Stadtpark auf der anderen Straßenseite sah, überkam sie plötzlich der große Wunsch, Silvanas Hündin Curie wiederzusehen. Die Pablo-Neruda-Straße war von hier aus nicht weit. Man musste nur ein Stück die Straße entlanggehen, dann kam die Abzweigung. Rieke ging langsam in westliche Richtung und suchte nach einer Stelle, an der man diese vierspurige Straße mitsamt Straßenbahnschienen gefahrlos überqueren konnte.

Plötzlich blieb sie wie angewurzelt stehen. Ein Bild von Silvana Steins leuchtete ihr bunt durch das Fenster einer Wohnung entgegen. Es war das Gemälde dieser jungen Frau, die den Blick nach oben richtete und wo farbige Tropfen wie Tränen über ihr Gesicht gezogen waren. Rieke starrte fasziniert auf das Gemälde, dann auf das Haus, in dem das Bild hing. Es war eine psychologische Praxis.

»Jens Koslowski – Beate Lennert«, stand auf einem Hinweisschild, und in kleinerer Schrift: »Gesprächs- und Verhaltenstherapie«. Wahrscheinlich war das die Praxis, zu der Silvana gegangen war. Weit von ihrer Wohnung war sie nicht entfernt.

Rieke lugte durch das Fenster, konnte aber nur eine Sprechstundenhilfe erkennen, die hinter einem Tresen saß. Jetzt kam ein junger Mann mit einem Klemmbrett in der Hand durch den Raum, auf dem er einige Notizen zu haben schien. Er beugte sich über die Sprechstundenhilfe, um etwas mit ihr zu besprechen.

Nett sah er aus, jung und sportlich, und er trug keinen weißen Kittel, sondern Jeans, Hemd und Turnschuhe. Rieke konnte sich gut vorstellen, dass er sich mit Silvana verstanden hatte. Allerdings war sie unsicher, ob er ihr hatte helfen können. Immerhin war Silvana ja auf dem Campingplatz aufgetaucht, und es hatte den Eindruck gemacht, als wenn sie erneut als Stalkerin unterwegs gewesen war.

Aber vielleicht täuschten sie sich auch im Motiv. Vielleicht war Silvana ja vor jemandem auf der Flucht gewesen. Dazu würde der plötzliche Aufbruch passen und auch die Tatsache, dass sie den T3, ohne zu fragen, genommen hatte.

Jetzt sah der junge Psychologe auf und blickte in Riekes Richtung. Überrascht sah er aus. Sicherlich wunderte er sich, dass sie ihre Nase an seiner Fensterscheibe platt drückte. Das war Rieke ziemlich peinlich. Für einen kurzen Moment überlegte sie, dann gab sie sich einen Ruck und betrat die Praxis. Der junge Psychologe entschwand in ein Zimmer, Rieke stand nun allein vor der Sprechstundenhilfe. Die sah sie mit einem prüfenden Blick an.

»Hatten Sie einen Termin?«

»Nein«, erwiderte Rieke verwirrt.

Plötzlich überkamen sie Bedenken. Wahrscheinlich war es sinnlos, sich nach Silvana Steins zu erkundigen. Über Patienten würde die Sprechstundenhilfe sicherlich keine Antwort geben … Allenfalls im Notfall der Kripo.

Der Blick der jungen Frau ruhte fragend auf ihr.

»Möchten Sie einen Termin bekommen?«, erkundigte sie sich freundlich.

»Nein … äh ja, vielleicht doch«, stotterte Rieke und kam sich plötzlich so hilflos vor.

Nun sah die Sprechstundenhilfe noch viel verständnisvoller aus.

»Wahrscheinlich erst mal ein Erstgespräch, oder?«

Erstgespräch, das klang gut. Rieke nickte tapfer.

Die junge Frau sah auf ihren Monitor.

»Für eine längere Therapie hätten wir erst im September Zeit. Aber für einen Erstkontakt könnte ich Ihnen ein Gespräch am kommenden Freitag anbieten. Würde Ihnen das passen?«

Freitag? Das war in drei Tagen. Eigentlich war das viel zu

früh, um in Ruhe darüber nachzudenken, ob sie sich zu einer Gesprächstherapie anmelden wollte. Aber ein Erstgespräch über Silvana Steins konnte nicht früh genug geschehen.

Nachdenklich betrachtete Rieke das große Bild an der Wand, diese Frau mit dem traurigen, nach oben gerichteten Blick und den großen Augen, dazu die bunten Farben, die in Tränen darüberliefen.

»Ja, Freitag passt gut«, sagte sie.

Silvanas Freundin Viola Kramer war zu Hause und freute sich offenbar über Riekes Besuch. Curie war außer Rand und Band. Sie umsprang Rieke bellend und hüpfte an ihr hoch. Rieke streichelte ihren dicken lockigen Kopf.

»Ich vermisse dich auch«, sagte sie.

Wie sie danach im Gespräch erfuhr, hatte Viola einige Zeit damit verbracht, die Sachen ihrer Freundin in große Kisten zu packen. Das Zimmer war bereits wieder vermietet und sollte in wenigen Tagen bezogen werden. Nur wohin sie Silvanas Sachen geben sollte, wusste sie nicht. Sie hatte keine Angehörigen ausfindig gemacht, mit Ausnahme einer entfernten Cousine, die kein Interesse an riesigen Werken moderner Kunst hatte.

»Wahrscheinlich wird sich der Kunert das alles unter den Nagel reißen«, meinte Viola. »Der wird die Bilder nach und nach verkaufen. Fünfzig Prozent des Gewinns gehen sowieso an ihn, und dann wird er behaupten, dass Silvana ihm noch viel Miete schulde oder sonstige Verpflichtungen bei ihm hatte.«

»Wissen Sie eigentlich, wie teuer so ein Bild ist?«, wollte Rieke wissen.

»Keine Ahnung«, gab Viola zurück. »Ich glaube schon, dass es dabei um fünfstellige Summen geht.«

»Ehrlich?«, rief Rieke entsetzt. »Ich glaube, ich sollte auch anfangen zu malen.«

»Ich bin sicher, das reicht nicht«, entgegnete Viola und lächelte traurig. »Man muss auch einen Mäzen finden, der diese Kunst sponsert.«

»Und wer weiß, welche Verpflichtungen man damit eingeht«, sagte Rieke. »Das Kleingedruckte im Sponsoring-Vertrag ist oft übel.«

»Da bin ich mir auch sicher«, gab Viola zurück.

Plötzlich fiel Rieke noch etwas ein.

»Als Sie Silvanas private Sachen eingepackt haben, haben Sie da eigentlich die Tagebücher ihrer Mutter gefunden?«, wollte sie wissen.

Viola schüttelte den Kopf. »Nein, leider nicht. Die hätten mich auch interessiert.« Sie sah nachdenklich aus. »Auch nach dieser Excel-Tabelle habe ich gesucht, auf der sie angeblich die Männer notiert hatte, die als Väter in Frage kamen«, fuhr sie fort.

»Könnte … könnte Jadon sie genommen haben?«, wollte Rieke wissen.

»Natürlich könnte er das«, bestätigte Viola. »Ich bin ja nicht immer hier, und ihr Zimmer ist nicht abgeschlossen.« Sie dachte nach. »Aber die Kripo ist ebenfalls hier gewesen und hat eine Menge privater Sachen mitgenommen. Auch da konnte ich nicht überprüfen, was fehlte.«

Rieke spürte ein wenig Hoffnung in sich aufkeimen.

»Na, wenn sie die Sachen an sich genommen haben, sind sie vielleicht schon weit vorangekommen, um den Mörder zu ermitteln«, überlegte sie. »Das würde mich sehr erleichtern.«

»Mich auch«, erwiderte Viola.

Als Rieke auf dem Campingplatz eintraf, war es schon Abend. Michael schnitt die Hecke, obwohl sie recht ordentlich aussah, und warf dabei immer mal wieder einen Blick auf den Schwalbenweg. Es war, als wenn er auf sie wartete. Rieke freute sich darüber. Als er sie sah, strahlte er und winkte ihr zu. Rieke parkte ihren Wagen und stieg aus. Sie sah, wie seine Blicke über ihren Körper wanderten, von den ordentlich gekämmten Haaren über das schicke Sommerkleid bis zu den Pumps.

»Gut siehst du aus«, sagte er bewundernd.

»Ganz unpassend für einen Campingplatz, was?«, gab Rieke lachend zurück.

Michael war in Shorts, T-Shirt und Sandalen. Seine Hände waren schmutzig, und über der Augenbraue befand sich eine kleine grüne Grasspur. Verwegen sah er aus, und das gefiel Rieke.

»Bist du weitergekommen?«, wollte sie wissen.

Michael nickte. »Es gab allerdings Probleme – muss ich dir gleich mal in Ruhe erzählen. Hast du Lust auf einen Kaffee?«

»Hast du auch ein Bier?«

Er zog eine Augenbraue hoch und versuchte einen tadelnden Blick. »Schon wieder Alkohol?«

»Egal! Ich habe auch schon einen Sekt getrunken.«

»Na dann! In einer halben Stunde? Ich geh mich eben duschen.«

Auch Rieke hatte Lust, aus Pumps und Sommerkleid rauszukommen, und so trafen sich die beiden eine halbe Stunde später in Freizeitkleidung in Michaels Garten bei einem Bier. Natürlich ließ es sich Helga nicht nehmen, einen Blick über den Gartenzaun zu werfen.

»Geht ihr heute gar nicht zum Mitternachtsschwimmen?«, fragte sie. »Ich habe uns Plätze reservieren lassen.«

»Nachher bestimmt«, rief Rieke. »Wir trinken gerade noch ein Bier zusammen.«

»Ihr hängt doch schon die ganze Zeit miteinander rum«, maulte Helga. Sie fühlte sich eindeutig vernachlässigt, und das konnte Rieke gut verstehen.

»Gib uns eine halbe Stunde«, meinte sie.

»Aber keine Minute länger«, knurrte Helga. Das klang tatsächlich ein bisschen eifersüchtig.

Rieke setzte sich nun zu Michael. Der teilte sich mit ihr eine Flasche Bier. Dann schob er ihr den Laptop rüber. Dabei sah er ziemlich unglücklich aus.

»Hast du was gefunden?«, wollte Rieke wissen.

Michael zog seinen Kopf zwischen die Schultern.

»Es ist was Blödes passiert«, meinte er. »Die Kripo war da. Ich musste den Stick wieder abgeben und den Film löschen. Aus datenschutzrechtlichen Gründen, meinten sie.«

»Oh, echt?« Rieke überkam eine riesige Enttäuschung. »Das ist ja schade.«

»Ich fand es sogar richtig gemein. Wir hätten doch keinen Missbrauch mit dem Film getrieben.«

»Na ja, das konnten die ja nicht wissen«, meinte sie beschwichtigend.

»Ich habe ihnen auch gesagt, dass das gar nicht mein Laptop ist und dass ich darum gar nicht darüber verfügen darf. Aber sie waren da ganz streng«, fuhr er fort. Er strich sich über den Bart. »Dieser Ronny Lehmann kann ziemlich unerbittlich sein.«

Rieke seufzte. »Schade, schade. Wirklich schade«, meinte sie. »Ich hätte zu gerne ein bisschen Sherlock Holmes gespielt. Aber wenn es nicht möglich ist, überlassen wir es der Polizei, den Mörder zu finden.«

Es tat ihr leid, das sagen zu müssen. Die Suche nach dem Täter hatte ihr Leben aufregender gemacht.

»Ein bisschen was konnte ich aber retten«, erklärte Michael nun, und jetzt huschte ein verwegenes Lächeln über sein Gesicht. »Zwei Sequenzen habe ich noch neu abgespeichert, und die haben sie nicht gefunden. Die sind aber ziemlich aufschlussreich. Willst du sie sehen?«

»Natürlich«, rief Rieke erfreut.

Michael klappte den Laptop auf, und dabei blitzten seine Augen wieder unternehmungslustig.

»Dies hier ist die erste.«

Er rief einen Film auf – Rieke war ein bisschen irritiert, wie gut er sich in ihrem Laptop zurechtfand – und zeigte die erste Sequenz. Wieder war der Ausschnitt der Überwachungskamera vom Storchennest aus zu sehen. Menschen wanderten über den Marktplatz. Einige gingen ins Schwimmbad. Plötzlich war Silvana Steins im Bild. Sie war von rechts gekommen, war also vorher in der Nähe des Spielplatzes gewesen. Jetzt ging sie zum Schwimmbad hinüber. Sie trug einen kurzen Rock und ein T-Shirt, dazu wieder ihre schwarzen Flipflops. Ihre Kamera hatte sie über die Schulter gehängt. Jetzt blieb sie am Zaun des Schwimmbads stehen, hob die Kamera und fotografierte durch den Zaun hindurch. Es ging schnell. Dann drehte sie sich wieder um und ging den Weg zurück, den sie gekommen war.

Michael hielt den Film an. Rieke starrte auf den Monitor.

»Soll ich noch mal machen?«

Rieke nickte. Michael startete den Film erneut, und wieder war Silvana Steins zu sehen. Michael zoomte sie heran, sodass man ihr Gesicht von der Seite sehen konnte. Rieke bildete sich ein, etwas Lauerndes in ihrem Blick sehen zu können.

»Sie sieht aus, als wenn sie mit der Kamera auf die Jagd ginge«, stellte sie fest. »Wen sie wohl fotografiert hat?«

Doch leider gab der Filmausschnitt den Blick auf das Schwimmbad nicht frei.

»Kannst du dich erinnern, welche Menschen vorher ins Schwimmbad gegangen sind?«, wollte Rieke wissen.

Michael schüttelte den Kopf. »Das weiß ich leider nicht. Im Nachhinein habe ich mich das auch gefragt. Ich habe mich auch geärgert, dass ich die Sequenz nicht länger geschnitten habe. Dann hätten wir sehen können, wer um die Uhrzeit im Pool war.« Er zuckte die Achseln. »Ist aber leider so. Nicht zu ändern.«

»Vielleicht war ja dieser Bauunternehmer im Schwimmbad. Erinnerst du dich?«

Michael legte den Kopf schräg und dachte nach.

»Ja, vielleicht«, meinte er schließlich. »Aber beschwören könnte ich es nicht.«

Sie schwiegen einen Moment. Dann griff Michael erneut zu der Maus.

»Aber ich habe noch eine ganz andere Sequenz für dich«, fuhr er fort. »Und jetzt musst du dich echt hinsetzen.«

»Bin gespannt!«, meinte Rieke.

Er klickte eine weitere Sequenz an. Sie zeigte zunächst wieder das übliche Treiben. Rieke platzte fast vor Spannung.

»Du musst jetzt weiter nach hinten gucken. Richtung Schranke«, erklärte er.

Und tatsächlich tauchte nun Silvana an der Schranke auf. Sie schien einen Spaziergang gemacht zu haben und kam in dem Moment gerade wieder am Campingplatz an. Neben ihr ging ein Mann, der zunächst durch ein fahrendes Wohnmobil verdeckt wurde.

»Wer ist das neben ihr?«

»Wirst du gleich sehen.«

Das Wohnmobil passierte die Schranke und gab den Blick auf den Mann frei.

»Wer ist das?«, wollte Rieke wissen.

»Keine Ahnung«, gab Michael zurück, stoppte den Film und zoomte den Mann heran. Vor Verblüffung wäre Rieke beinahe vom Stuhl gefallen. Es war Gregor Enker.

»Au Mist, ich kenne den«, rief sie erschrocken. »Das ist der Typ, der in dem Gut neben dem Schloss wohnt. Der Mann, der mich zwischen den Seerosen erwischt hat, als ich nackt schwimmen war. Und der mich auch mit Curie an seinen Seerosen fotografiert hat.« Sie starrte auf das Bild. »Dann hat er Silvana also gekannt.« Sie seufzte. »Er kam mir sowieso von Anfang an so verdächtig vor.«

Eine Weile starrten die beiden schweigend auf den Monitor. Dann ließ Michael den Film weiterlaufen. Silvana und Gregor Enker gingen gemeinsam bis zur Schranke. Dort redeten sie miteinander. Enker lächelte dabei auf eine Weise, die Rieke an ihm nicht kennengelernt hatte. Auch Silvana strahlte. Sie schienen einige Freundlichkeiten auszutauschen. Dann reichte Silvana ihm die Hand, und sie verabschiedeten sich herzlich voneinander. Den Weg über den Campingplatz ging sie dann allein. Dabei presste sie die Kamera, die sie um die Schulter trug, wie einen Schatz an sich.

4. RIEMANN'SCHE VERMUTUNG

Name	Beruf
Jadon König	Künstler
Richard Scherer	Bauunternehmer
Gitta Scherer	unbekannt
Martin Kunert	Galerist
Gregor Enker	Gutsbesitzer

Beziehung zur Toten	Verdachtsmomente
Wohnte mit ihr zusammen in einer WG Verliebt in Silvana Vielleicht eifersüchtig	Aggressiv Künstlerkonkurrent Hin und wieder Camper
Hat ein Gespräch mit Silvana über den T3 Trinkt ein Bier mit ihr Versteht sich gut mit ihr Wird von ihr wahrscheinlich fotografiert, als er im Restaurant sitzt	Dauercamper auf dem Spreewaldtor Besitzt eine Lumix Panasonic
Hat sie auf dem Campingplatz kennengelernt Wird von ihr wahrscheinlich fotografiert, als sie im Restaurant sitzt	Dauercamperin auf dem Spreewaldtor Besitzt eine Lumix Panasonic Ist vielleicht eifersüchtig, weil ihr Mann Silvana Steins mag
Kennt sie aus der Kunsthochschule War seine Muse	Ihre Kunstwerke stiegen nach ihrem Tod im Wert Seine Bekanntheit wurde größer Er wurde von ihr gestalkt und belästigt
unbekannt	War mit ihr auf der Überwachungskamera zu sehen War mit ihr offenbar im Wald spazieren

VIERZEHN

Am nächsten Tag war Schwimmen angesagt. Aber auf Riekes ausdrücklichen Wunsch hatte man beschlossen, ins Schwimmbad zu gehen. Der See war für die nächsten Tage tabu. Rieke war immer noch traumatisiert von ihrem Erlebnis, und die anderen hatten Verständnis dafür.

Sie gingen zu fünft: Horst und Helga, Michael und sie, und zuletzt schloss sich auch noch Günther an. Es gab eine freie Ecke im Schwimmbad mit Liegestühlen und einer Picknickbank, die nahmen sie gleich in Beschlag. Rieke hatte ihren Badeanzug unter ihrer Kleidung angezogen. Das machte das Umziehen einfacher. Als sie sich ihr T-Shirt über den Kopf streifte, sah sie, wie Michael sie betrachtete. Das war ein merkwürdiges Gefühl. Ein schönes Gefühl.

Er zog sich neben ihr aus, auch er trug seine Badehose unter seiner Shorts. Wenn er mich so anguckt, kann ich das auch, dachte Rieke und musste innerlich grinsen, dass sie sich dafür offensichtlich die Genehmigung erteilen musste. Er sah gut aus, hatte einen sportlichen Körper mit einem kleinen Bauchansatz. Aber auch das passte zu ihm.

Jetzt lief er auf das Becken zu und sprang mit einem Hechtsprung hinein. Als er wieder auftauchte, warf er die weißen Haare nach hinten und kraulte durch das Becken.

»Vom Beckenrand springen ist verboten«, wies ihn ein Junge zurecht.

Michael machte ein verblüfftes Gesicht, und Rieke lachte laut.

»Typisch, diese Rentner!«, rief sie. »Die kennen kein Benehmen mehr!«

Michael kraulte auf den Jungen zu und schlug ihm auf die Schulter.

»'tschuldigung. Kommt nicht mehr vor.«

»Mir sagen sie das nämlich auch immer«, maulte der Junge.

Rieke beschloss, über die Treppe ins Schwimmbad zu gehen. Sie wusste, dass das Wasser manchmal ziemlich kalt sein konnte. Michael spritzte ihr Wasser entgegen, da ließ sie sich mit einem Bauchklatscher ins Becken fallen. Der Pool war nicht so tief. Bis zu den Schultern reichte das Wasser.

Sie paddelten ein bisschen herum, verlegen, weil die Situation plötzlich so privat war, und waren froh, als auch Helga, Horst und Günther im Wasser waren. Helga schwamm zum Beckenrand, machte dann ein paar undefinierte Bein-Paddel-Übungen und hielt ihr Gesicht in die Sonne. Rieke gesellte sich zu ihr.

Plötzlich sah sie die beiden Scherers am Drehtor zum Schwimmbad auftauchen. Sie hielten ihren Chip gegen den Scanner und betraten nach dem Pieps das Schwimmbad. Gitta warf ihre Badetasche über die Schulter und steuerte die Umkleidekabine an. Ihr Mann grüßte kurz in die Runde, dann folgte er ihr.

Rieke tauschte einen kurzen Blick mit Michael. Auch er hatte die beiden bemerkt und verfolgte sie aufmerksam. Richard Scherer war der Erste, der die Umkleidekabine verließ. Er suchte sich mit seinem Handtuch einen Platz auf der Wiese, ging dann zur Dusche. Kurze Zeit später folgte seine Frau. Sie sah sich um, blickte dann auf die Ecke mit den Liegestühlen.

»Ist der eine Liegestuhl noch frei?«, wollte sie wissen.

»Können Sie nehmen«, rief Michael ihr zu. »Ich bin ja im Wasser.«

Das ließ sie sich nicht zweimal sagen. Sie platzierte ihre Tasche auf den Picknicktisch und streckte sich dann auf dem Liegestuhl aus. Rieke beobachtete sie nachdenklich. Plötzlich öffnete diese Gitta ihre Strandtasche und zog den Fotoapparat heraus. Dann ging sie damit zum Wasserbecken und fotografierte ihren Mann, der ihr mit einem gewinnenden Lächeln entgegenstrahlte. Jetzt versuchte sich die Gitta an einem Selfie. Das aber entpuppte sich als schwierig, denn die Kamera war schwer. Außerdem befand sie sich außerhalb des Beckens, ihr Mann dagegen im Wasser. Blitzartig erkannte Rieke ihre Chance.

»Soll ich Sie mal fotografieren?«, schlug sie vor.

Ja, das gefiel den beiden Schönen. Rieke bedeutete Gitta mit einer Geste, ins Wasser zu kommen. Langsam ließ sie ihren schlanken Körper neben ihrem Mann ins Becken gleiten. Rieke dagegen rannte zur Treppe raus aus dem Wasser, flitzte so schnell wie möglich am Beckenrand entlang.

»Nicht rennen!«, rief der Junge.

Er hatte sich wohl den Job als Bademeister zu eigen gemacht. Da war Rieke auch schon bei dem Scherer-Ehepaar angekommen. Sie übernahm die Kamera.

»Sie müssen hier drücken«, versuchte Richard Scherer, sein Wissen an den Mann zu bringen.

»Weiß ich«, konterte Rieke. »Ich habe auch so eine.«

Die Scherers positionierten sich nun im Becken – Arm in Arm und mit Siegerlächeln und Sonnenbrillen in den Haaren. Unschlagbar.

Rieke machte verschiedene Fotos. Dann wechselte sie in den Betrachtermodus und zeigte den beiden die Aufnahmen. Die waren natürlich hochzufrieden. Rieke trug die Kamera zu den Liegestühlen zurück. Jetzt kam der Moment, auf den sie schon eine Weile hingearbeitet hatte. Sie legte sich ein Handtuch über die Schulter, trocknete sich das Gesicht ab, duckte sich hinter die Bambussträucher und drückte die Wiedergabetaste der Kamera. Im Schnelldurchgang sichtete sie alle Fotos, die es auf der Speicherkarte zu sehen gab. Fotos vom Schloss, vom See, sogar von den Seerosen waren zu sehen. Auch Bilder von einer Kahnfahrt hatten die beiden gemacht. Dann der Bingoabend, das Siegerfoto mit Rieke, das Einhorn, dieser Liebesperlenslip.

Und das war's schon mit dem Spreewald. Danach gab es Fotos von einer Reise ins Ausland. Vielleicht Marokko.

Palmen waren zu sehen. Auch mal ein Kamel. Stalkerfotos von Silvana Steins waren jedenfalls nicht dabei.

»Rieke? Wo bleibst du denn?«, hörte sie nun Helgas Stimme.

Erschrocken, als wenn sie sich verbrannt hätte, ließ sie die Kamera sinken und legte sie vorsichtig auf den Tisch neben den Liegestuhl. Es wäre sowieso unwahrscheinlich gewesen, dass Richard Scherer oder seine Frau als Mörder an Silvana Steins in Frage kamen. Nur weil sie sich einmal kurz angeschaut hatten, als der Name der Toten fiel, und nur weil sie auch eine Lumix Panasonic besaßen, würde sie das noch lange nicht zu Verbrechern machen. Also beschloss Rieke, ihnen innerlich Abbitte zu leisten und sie aus der Liste zu streichen.

»Ich komme«, rief sie. Dann ging sie zum Schwimmbecken und ließ sich mit einem Plumps ins Wasser fallen.

»Vom Seitenrand springen verboten«, riefen alle.

Rieke verbrachte nach dem Schwimmen erst mal gut eine halbe Stunde damit, sich um ihren Körper zu kümmern. Im Campingurlaub hatte man immer die Tendenz, zu verwahrlosen. Sie duschte lange, wusch sich die Haare, cremte sich dann von oben bis unten ein und föhnte die Haare. Sie war noch nicht ganz fertig, da sah sie Helga hinter sich im Spiegel auftauchen.

»Tach!«, sagte Helga. »Jetzt sind wir endlich mal wieder unter uns. Und, letzte Nacht gut und allein geschlafen?«

»Ja, danke, beides«, gab Rieke zurück. »Seit Wilfried tot ist …«

Helga sah nun ganz bestürzt aus.

»Och Mann, Rieke, daran habe ich gar nicht gedacht«, rief sie erschrocken. »Ich dachte doch nur, weil du und der Michael so gut miteinander auskommt.« Sie nagte verlegen an der Unterlippe. »Sollte ein Witz sein. Blöd von mir. Entschuldige.«

»Alles gut«, winkte Rieke ab. »Und es stimmt ja. Wir verstehen uns gut, der Michael und ich.«

Besser, sie gab es gleich zu. Helga wusste sowieso über alles Bescheid.

»Wir haben übrigens beschlossen, nachher zum Polenmarkt zu fahren. Wollt ihr mit?«

Man plante sie also schon als Pärchen ein.

Auf dem Polenmarkt war Rieke schon lange nicht mehr gewesen. Der große Markt hinter Frankfurt an der Oder bot tatsächlich eine große Zerstreuung.

»Okay. Ich bin dabei«, rief sie. »Aber ob wir Michael auch überreden können?«

»Das schaffe ich schon«, meinte Helga selbstbewusst.

Michael war tatsächlich zunächst nicht sonderlich begeistert.

»Was soll ich da?«, knurrte er. »Wollen wir den Polen nun auch noch die Sachen wegkaufen, nur weil sie billiger sind?«

»Der Polenmarkt ist doch extra für die Touristen da«, erklärte Rieke. »Da kriegst du zum Beispiel Gucci-Handtaschen.«

Sie zeigte mit ihren Fingern, dass sie das Wort »Gucci« in Anführungsstriche setzte. Michael verstand und lachte.

»Oder Adidas-Schuhe«, ergänzte Horst und setzte die Marke ebenfalls in Gänsefüßchen.

»Es gibt auch polnische Würstchen und Käse, man kann gut essen, man kann zum Friseur gehen …«

Sie redeten nun alle auf ihn ein.

»Du kannst dir auch ein Tattoo auf deinen Hintern stechen lassen«, schlug Rieke vor.

»Woher willst du wissen, dass ich noch keins habe?«, gab Michael zurück.

Sie lachten beide. Es machte Spaß, mit ihm zu flirten.

»Na gut«, sagte er schließlich. »Das Tattoo hat mich überzeugt. Ich komme mit!«

Sie nahmen die Autobahn, um Frankfurt an der Oder zu umfahren. Nachdem sie die polnische Grenze passiert hatten und in Richtung Slubice gefahren waren, kam der Markt schon in Sicht. Horst steuerte den großen Parkplatz an.

Ein Akkordeonspieler begrüßte sie mit einem Walzer. So ein Tag, so wunderschön wie heute … Dabei musterte er die Ankommenden aufmerksam. Sein Blick glitt abschätzend über Riekes Sommerkleid und landete schließlich bei Horsts Socken, die in braunen Sandalen steckten. Er wusste offenbar auf Anhieb, dass sie deutsche Touristen waren, die gutes Geld brachten.

Der Markt war überdacht und in kleine Gassen eingeteilt, in denen verschiedene Händler an Ständen ihre Waren anboten. Buntes Treiben herrschte hier. Rieke betrachtete die Stände für Tierprodukte wehmütig. Curie hätte sich bestimmt über eine neue Leine oder ein Körbchen gefreut. Horst schaute sich T-Shirts mit Aufschriften an. Dann hielt er Helga eines hin.

»Nimm mich, auch wenn ich stinke«, lautete die Aufschrift.

Helga winkte ab. »So schlimm ist es auch nicht mit dir.«

Rieke kaufte schließlich ein paar Schuhe, Helga eine weite Schlabberhose, Michael betrachtete die zahlreichen Alkoholangebote, kaufte aber nichts.

Vor einem Shop mit Waffen blieb Rieke stehen und betrachtete die Schreckschusspistolen, das Pfefferspray und die Schlagstöcke.

»Waffen unter achtzehn Jahre nicht erlaubt«, las Michael vor und grinste dann. »Aber das ist sicherlich Verhandlungssache.«

Riekes Blick blieb an den Elektroschockern hängen.

»Wie funktionieren die wohl?«, wollte sie wissen.

»Was willst du denn damit?«

»Man weiß ja nie.«

Rieke dachte an das Messer an ihrer Kehle. Dann betrachtete sie ein anderes Teil. Schwarz war es. Und es sah aus wie ein Schlüsselanhänger mit einer Spitze.

»Was ist das denn?«, fragte sie den jungen Verkäufer.

Der hatte ein desinteressiertes Gesicht aufgesetzt. Wahrscheinlich hatte er Angst, Rieke könnte von der Polizei sein. Jetzt schob er sich einen Kaugummi in den Mund. Das machte ihn noch lässiger.

»Kubotan«, sagte er kurz angebunden.

»Was ist das?« Rieke wurde aus dem Gerät nicht schlau.

»Ein Kubotan«, wiederholte Helga.

Dann nahm sie den vermeintlichen Schlüsselanhänger in die rechte Hand und ließ einen Gegenstand herausklappen, der wie ein langes Schraubgewinde aussah. Sie hob ihre Hand in die Luft und machte eine Bewegung, als ob sie zustechen wollte. Die anderen umstanden sie mit großen Augen. Auch einige andere Kunden blieben stehen und starrten sie verwundert an.

»Woher kennst du das denn?«, fragte Horst irritiert.

»Aus der Schule«, konterte Helga. Sie war Schulsekretärin gewesen.

Jetzt waren alle fasziniert.

»Ist es denn erlaubt, so was zu kaufen?«, wollte Michael wissen.

Der Mann schaute nun in eine andere Richtung und sagte nichts. Ob er sie tatsächlich nicht verstanden hatte oder ob er einfach nicht mit jedem Kunden redete … wer wusste das schon?

»Mensch, Michael, du bist hier auf dem Polenmarkt«, zischte Rieke ihm zu. »Hier gibt es alles Mögliche.«

»Legal, illegal, scheißegal«, zitierte Horst. »Du kriegst hier auch Viagra. Oder ’nen neuen Führerschein. Kapierst du?«

Michael nickte beeindruckt.

»Ich hätte gerne einen Elektroschocker«, entschied Rieke und wandte sich an den jungen Mann. »Können Sie mir zeigen, wie der funktioniert?«

Wieder ein desinteressierter abschätzender Blick. Wahrscheinlich dachte der Verkäufer, dass sie ihn auf den Arm nehmen wollte.

»Klar«, meinte er und schob den Kaugummi von einer Backe zur anderen. »Nur Knopf drücken. Ist alles.«

Er sprach mit diesem typischen polnischen Akzent.

Rieke nahm den Elektroschocker in die Hand. Die anderen betrachteten sie beeindruckt.

»Soll ich mal ausprobieren?«, fragte sie Michael und hielt ihn in die Richtung seines Armes.

»Du musst ihn aber erst einschalten«, grinste Michael.

Rieke entschied, ihn zwar nicht einzusetzen, aber sie wollte ihn auf alle Fälle ausprobieren, wenn sie zu Hause war. Sie hatte ja gesehen, wie schnell man in eine gefährliche Situation kommen konnte. Es war wichtig, auf alle Situationen des Lebens vorbereitet zu sein.

»Den kaufe ich«, sagte sie. »Wie teuer?«

»Fünfzig Euro. Gut Preis«, sagte der Verkäufer. Sein Interesse an ihr war gewachsen.

»Willst du den echt kaufen? Warum?«, wunderte sich Helga.

»Ich bin gerne im Wald unterwegs. Und hin und wieder laufen da ein paar Mörder rum«, erklärte Rieke.

Nun nahm der Verkäufer sie tatsächlich als Kundin wahr.

»Habe noch besser«, sagte er plötzlich und kramte unter seinem Tresen. Dann holte er einen pinkfarbenen Elektroschocker hervor.

Rieke lachte schallend.

»Okay. Den nehme ich. Der ist perfekt«, rief sie.

Um sie herum hatte sich nun eine Traube an Kunden gebildet, die ihren Kauf bewundernd beobachteten. Auch Michael sah ziemlich respektvoll aus.

»Dann muss ich ja richtig Angst vor dir haben«, meinte er.

»Das kann nicht schaden«, gab Rieke zurück.

Sie aßen in einer der kleinen Imbissbuden zu Mittag – alles supergünstig und ein kleines bisschen schmuddelig. Aber es gab Bier – warmes Exportbier mit Himbeersirup –, und danach waren alle vergnügt.

Am Ende des Flohmarktes saß eine ältere Bauersfrau und verkaufte Hundewelpen. Da wurde Rieke für einen kleinen Moment schwach.

»Sind die süß«, seufzte sie.

»Nee, nee, Rieke, jetzt krieg dich wieder ein!«, wies Helga sie zurecht. »Du weißt genau, dass das illegal ist. Die haben sie viel zu früh der Hündin weggenommen. Das darf man nicht unterstützen.«

»Du hast recht«, gab Rieke zurück.

Aber weh tat es trotzdem.

»Wie bediene ich einen Elektroschocker?«, gab Rieke abends bei YouTube ein.

Ein junger Mann, der offenbar einen Waffenhandel betrieb, stellte verschiedene Elektroschocker vor. Er demonstrierte ihre Handhabung, zeigte, welche Batterien man wo einsetzen musste, und erläuterte die Wirkungsweise in einem unerschrockenen Selbstversuch.

Bei diesem Produktvideo stellte Rieke zu ihrer Enttäuschung fest, dass sie sich in Nachteil gebracht hatte, weil sie sich durch die Farbe hatte beeinflussen lassen. Der in Pink war längst nicht so effektiv wie der schwarze. Immerhin hatte er zweihunderttausend Volt, und das klang auch schon ganz schön heftig.

Der Typ, der die Wirkungsweise des Gerätes nun demonstrierte, zuckte zwar kaum mit der Wimper, aber er hielt ja auch nur kurz seine Finger zwischen die Funken. Sicherlich würde das Gerät effektiver wirken, wenn man es länger einsetzte und dazu noch auf eine empfindliche Stelle hielt. Vor allem aber sollte es zur Abschreckung dienen, und dafür war es auf alle Fälle geeignet.

Rieke ging zum Fernsehschrank und suchte in der Schublade nach passenden Batterien. Dann schob sie den Elektroschocker in ihre kleine Rucksack-Handtasche. Falls ihr der Mörder über den Weg lief, war sie jedenfalls vorbereitet.

5. RIEMANN'SCHE VERMUTUNG

Name	Beruf
Jadon König	Künstler
~~Richard Scherer~~	~~Bauunternehmer~~
~~Gitta Scherer~~	~~unbekannt~~
Martin Kunert	Galerist
Gregor Enker	Gutsbesitzer

Beziehung zur Toten	Verdachtsmomente
Wohnte mit ihr zusammen in einer WG Verliebt in Silvana Vielleicht eifersüchtig	Aggressiv Künstlerkonkurrent Hin und wieder Camper
~~Hat ein Gespräch mit Silvana über den T3~~ ~~Trinkt ein Bier mit ihr~~ ~~Versteht sich gut mit ihr~~ ~~Wird von ihr wahrscheinlich fotografiert, als er im Restaurant sitzt~~	~~Dauercamper auf dem Spreewaldtor~~ ~~Besitzt eine Lumix Panasonic~~
~~Hat sie auf dem Campingplatz kennengelernt~~ ~~Wird von ihr wahrscheinlich fotografiert, als sie im Restaurant sitzt~~	~~Dauercamperin auf dem Spreewaldtor~~ ~~Besitzt eine Lumix Panasonic~~ ~~Ist vielleicht eifersüchtig, weil ihr Mann Silvana Steins mag~~
Kennt sie aus der Kunsthochschule War seine Muse	Ihre Kunstwerke stiegen nach ihrem Tod im Wert Seine Bekanntheit wurde größer Er wurde von ihr gestalkt und belästigt
unbekannt	War mit ihr auf der Überwachungskamera zu sehen War mit ihr offenbar im Wald spazieren

FÜNFZEHN

Riekes rosafarbiger Elektroschocker wurde ein fester Bestandteil ihrer Rucksack-Handtasche, und sie fühlte sich sicherer damit. In Berlin hatte sie sich sowieso oft unsicher gefühlt, besonders in den U-Bahn-Stationen und bei Einbruch der Dämmerung. Das war auch der Grund, warum sie immer seltener zu Kulturveranstaltungen aufbrach, die abends stattfanden. Mit Wilfrieds Krankheit waren die sowieso Vergangenheit geworden.

In der Natur hatte sich Rieke allerdings immer sicher gefühlt, sogar im Dunkeln. Aber das hatte sich seit der Leiche im Teufelsluch auch erledigt. Die Angst war seitdem ein latenter ständiger Begleiter. Mit dem Elektroschocker veränderte sich diese Furcht. Rieke fühlte sich plötzlich größer, stärker irgendwie. Sie wusste zwar, dass man sich mit so einer Waffe nicht unbesiegbar vorkommen sollte, denn immerhin musste man sich ja damit in die Reichweite des Täters begeben, aber es ging um das Selbstvertrauen, dass sie sich plötzlich in der Lage sah, einen Menschen besiegen zu können, obwohl er ihr körperlich überlegen war.

Endlich wagte sie, sich erneut an den Fundort der Leiche zu begeben. Es war schon seit Tagen ihr großer Wunsch gewesen, sich das Teufelsluch noch einmal anzuschauen. Auf die Weise hatte sie vielleicht die Chance, dieses grausige Geschehen irgendwie zu verarbeiten. Silvanas Tod verfolgte sie mittlerweile in ihre Träume. Vielleicht fand sie sogar noch Indizien, die die Polizei übersehen hatte.

Michael war an dem Morgen zum Einkaufen nach Neu Lübbenau gefahren. Horst und Helga kramten in ihrem Garten herum.

Rieke winkte ihnen zu, warf dann ihren kleinen Rucksack über die Schulter und stapfte los. Sie verließ den Campingplatz erneut durch das kleine Seitentörchen, durch das man sofort in den Wald gelangte, ging zum See hinunter und nahm den Wanderweg entlang des Ufers Richtung Klein Leuthen. Lehm- und Sandboden wechselten sich ab, zwischen Kiefern standen Birken, hin und wieder auch dicke Eichen. Eine kleine Holzbrücke führte über ein anderes Moorloch. Hinter Klein Leuthen ging es tiefer in den Wald hinein.

Rieke spürte, wie ihre Anspannung größer wurde. Sie dachte an den Tag, als sie hier mit Curie spazieren gegangen war. Damals war sie so ahnungslos gewesen. Vergnügt war sie hinter dem Hund hergelaufen, der die Wanderung so genossen hatte. Jetzt kam sie an der hohen Sanddüne vorbei. Danach wurde der Wanderweg schmaler, und da war es.

Schwarz leuchtete ihr das Moorloch entgegen.

Rieke trat näher heran und spürte, wie ihr Herz schneller schlug. Der Boden unter ihren Füßen waberte, wurde matschiger. Sie blieb stehen und versuchte, ihren Atem wieder ruhiger werden zu lassen. Genau an dieser Stelle hatte Curie angefangen zu bellen – ein paar Schritte weiter war dann die Hand sichtbar gewesen. Und danach der ganze Körper.

Rieke spürte, wie die Panik erneut an ihr hochkroch. Sie wünschte sich jetzt Curie an ihrer Seite, oder noch besser Michael. Er würde sicherlich beruhigend auf sie einreden und sie dabei mit seinen dunklen Augen besorgt und freundlich anschauen.

Michael! Rieke fiel auf, dass sie viel an ihn dachte. Dass sie gerne an ihn dachte. Er war ihr in so kurzer Zeit ein guter Freund geworden. Und vielleicht sogar mehr als das. Der Gedanke an Michael beruhigte sie ein wenig. Er wäre sicherlich beeindruckt, weil sie es geschafft hatte, den Tatort allein aufzusuchen und auf diese Weise das traumatische Erlebnis zu verarbeiten.

Plötzlich sog Rieke scharf die Luft ein. Zwischen den Bäumen seitlich des Moorloches bewegte sich etwas. Zuerst glaubte sie, ein Reh zu sehen. Allerdings war es ein kräftiges

Reh. Zu kräftig und zu klein für ein Reh. Und dann bellte das Reh, und Rieke erkannte den Rottweiler des Gutsherren Enker.

Er selbst trat nun ebenfalls hinter seinem Hund aus dem Wald. Der Rottweiler bellte und knurrte, und nun drehte auch Enker sich in Riekes Richtung um. Rieke sah, wie sich seine Augenbrauen hoben. Sie konnte aber nicht einordnen, ob er erfreut oder verärgert aussah. Auf alle Fälle wirkte er überrascht.

Sie selbst war jedenfalls zu Tode erschrocken und spürte, wie sich Gänsehaut auf ihren Schultern und Armen ausbreitete. Kurz holte sie Luft, dann begann ihr Verstand allmählich wieder zu arbeiten. Der Elektroschocker fiel ihr ein. Langsam ließ sie den Rucksack von ihren Schultern herunter, öffnete den Reißverschluss, fasste hinein und zog das rosafarbige Gerät heraus. Sie versteckte es in ihrer Hand und ließ es dann langsam in die Tasche ihrer Jacke gleiten.

Der Gutsbesitzer kam näher. Sein Hund bellte wie verrückt.

»Aus!«, fuhr er ihn an, und der Hund gehorchte.

Rieke überlegte einen Moment wegzulaufen, aber ihre Beine waren wie gelähmt. Wie ein Hase, der von einem Scheinwerfer geblendet wurde, starrte sie Enker entgegen.

»Hallo«, sagte er nun. »Wir kennen uns doch!«

Und wie wir uns kennen, dachte Rieke.

»Ja, hallo«, sagte sie.

»Was machen Sie denn hier in der einsamen Gegend?«

Das war eine ziemlich blöde Frage.

»Wahrscheinlich dasselbe wie Sie«, gab sie zurück. »Spazieren gehen, denke ich.«

Dabei war sie sich nicht so sicher, ob es das war, was er machte. Vielleicht hatte er gesehen, dass sie in diese Richtung gegangen war, und war ihr gefolgt. Eigentlich war sie sich sogar ziemlich sicher, dass er genau deswegen unterwegs war.

»Ich gehe gar nicht spazieren«, gab Enker zurück.

Genau das hatte Rieke auch befürchtet. Sie sog scharf die

Luft ein und dachte an Rotkäppchen und ihre naive Frage: »Großmutter, warum hast du denn so einen großen Mund?«

Wer fragte, kriegte Antworten, auch solche, die er nicht hören wollte.

Enker war nun fast neben ihr.

»Hier soll man eine Tote gefunden haben«, sagte er.

Rieke fasste in die Tasche ihrer Jacke und umklammerte den Elektroschocker.

»Ja, das weiß ich«, sagte sie leise. »Eine junge Frau.«

»Seitdem scheint sich dieses Teufelsluch zu einem Touristenmagneten zu entwickeln«, fuhr Enker fort. »Ich glaube, es gibt kaum jemanden aus der Umgebung, der noch nicht hier gewesen ist.«

»Wirklich?«, rief Rieke erschrocken. »Das wusste ich nicht.«

Enker war nun so nah, dass sie seinen Atem spüren konnte.

»Ich habe sie gekannt«, sagte er.

»Die Tote?« Rieke flüsterte fast.

Ihr stockte der Atem. Die Gänsehaut wanderte weiter über ihren Rücken, überzog dann ihren ganzen Körper. Sie dachte an den Film der Überwachungskamera.

»Hmm.«

»Waren … waren Sie miteinander befreundet?«, fragte sie leise.

Der Gutsherr schüttelte nun den Kopf. »Nein. Dazu kannte ich sie zu wenig. Sie war nur an meinem Grundstück aufgetaucht und fragte, ob sie die Seerosen fotografieren dürfte.« Er musterte Rieke nun von oben bis unten. »So wie Sie kürzlich.«

Sein Blick richtete sich nun auf den Boden. Er sah plötzlich sehr traurig aus.

»Sie war so jung. So fröhlich und so natürlich.«

Er lächelte bei der Erinnerung. Rieke spürte, wie sich ihre Anspannung löste. Dieser Mann schien wirklich traurig zu sein.

»Ich war es übrigens, die ihre Leiche gefunden hat«, berichtete sie. »Ich war hier spazieren, und plötzlich sah ich eine Hand aus dem Teufelsluch ragen. Das war so ein schauerlicher Anblick. Aber ich dachte erst, ich hätte mich getäuscht. Bis ich schließlich …«

Sie stockte. Jetzt spürte sie seine Blicke auf sich ruhen. Mitleidig sah er aus.

»Und dann haben Sie ihren Körper gefunden?«

Rieke nickte und schluckte. Er legte ganz kurz seinen Arm um ihre Schulter. Rieke zuckte bei der Berührung zusammen. Sie wich ihm aus. Ihre Hand umklammerte erneut den Elektroschocker.

»Das muss ein furchtbarer Schock gewesen sein.«

Jetzt nickte sie wieder. Die Panik stieg erneut in ihr auf. Ob durch die Erinnerung oder weil der Gutsherr viel zu nahe stand, konnte sie nicht sagen.

»Das tut mir schrecklich leid. Waren Sie ganz allein?«

»Ja, das war ich«, sagte Rieke, und ihre Stimme erschien ihr selbst fremd. »Ich habe dann die Polizei gerufen. Und Freunde von mir sind auch sofort gekommen.« Sie räusperte sich, doch der Frosch im Hals blieb. »Ich konnte gar nichts mehr machen. Ich habe hier nur gestanden und gezittert.«

Er hörte ihr zu, mit diesem aufmerksamen Blick, der sie an Michael erinnerte. Ernsthaft und warmherzig.

»Jetzt sind Sie wieder hier, um das alles zu verarbeiten«, fuhr er fort. »Und ausgerechnet in dem Moment tauche ich auf. Das muss Ihnen doch furchtbare Angst gemacht haben.«

Ob das ein Trick ist?, fragte sich Rieke. Vorsichtshalber hielt sie den Elektroschocker weiterhin fest umklammert.

»Ehrlich gesagt ja«, gab sie schließlich zu. »Es war ein richtiges Déjà-vu-Erlebnis.«

Er hatte so ein offenes Gesicht. Das kannte sie gar nicht von ihm.

»Ich kann Ihnen versichern, dass ich sie nicht umgebracht habe«, meinte er. »Aber das behaupten wahrscheinlich alle Mörder.«

»Ja, wahrscheinlich«, krächzte Rieke unsicher.

»Wollen wir zurückgehen?«, schlug er vor. »Ich glaube, hier zu sein tut uns beiden nicht gut, oder?«

Rieke räusperte sich. »Ich glaube, ich gehe lieber allein weiter«, sagte sie.

Er nickte und sah überhaupt nicht beleidigt aus.

»Das kann ich gut verstehen«, erwiderte er. »Wahrscheinlich haben Sie Angst, ich könnte der Mörder sein. Schließlich kehren Täter ja gerne an den Tatort zurück. Aber Sie können sich ganz sicher sein, dass ich es nicht war. Ich bin ihr nur kurz begegnet, und da mochte ich sie gerne.«

»Verstehe«, gab Rieke zurück. »Danke.«

Sie nickten einander zu. Dann ging Rieke in großen Schritten zum Campingplatz zurück. Zuerst bemühte sie sich um einen ruhigen Schritt, denn sie wusste, dass er ihr nachstarrte, und sie wollte nicht, dass er dachte, dass sie Angst hatte. Sobald sie aber das Gefühl hatte, außerhalb seiner Sichtweite zu sein, wurde sie schneller. Und zuletzt lief sie fast.

Unterwegs ließ sie sich die Begegnung noch einmal Wort für Wort durch den Kopf gehen. Gregor Enker hatte einen aufrichtigen Eindruck gemacht, und dass er und Silvana nicht mehr als eine kurze und freundliche Begegnung hatten, war ja auch auf dem Film zu sehen. Wenn sie ehrlich war, konnte sie Enker aus der Liste der Verdächtigen streichen. Sie war sich ziemlich sicher, dass er sich nicht verstellte. Und auch jetzt war er ihr nicht gefolgt, geschweige denn, dass er sie erwürgt und in das Moorloch geworfen hätte.

Nein, Gregor Enker war unschuldig, da war sie sich nun ganz sicher.

»Wer ist dir denn begegnet?«, wollte Michael wissen, als sie wieder auf dem Platz ankam. »Du bist ja käseweiß.«

Rieke schnaufte einmal tief durch.

»Der Geist in Form eines Gutsherrn«, berichtete sie dann. »Gregor Enker. Der Mann auf dem Film.«

Und dann berichtete sie Michael von ihrer Begegnung am Teufelsluch. Er sah jetzt ganz besorgt aus.

»So etwas solltest du nicht alleine machen«, rief er entsetzt. »Das ist ja fast so, als wenn du das Schicksal herausfordern wolltest. Und es ist ja eine Tatsache, dass es einen Täter wieder zum Tatort treibt.«

»Ich glaube aber nicht, dass er es war«, fiel Rieke ein. »Er hat offen zugegeben, dass er Silvana kannte. Und er hat mich auch bewundert, dass ich mich an das Moorloch traue, und mir versichert, ich müsste keine Angst vor ihm haben.«

Michael lachte nun laut. »Das sagen die Mörder alle«, behauptete er. »Und ehe man sich versieht, liegt man tot im Teufelsluch.«

»Ich lebe aber noch«, gab Rieke zurück und streckte ihm zum Beweis ihre Arme entgegen. Dabei verstärkte sich das Zittern ihrer Hände. »Wenn auch ein bisschen zittrig.«

Er schüttelte tadelnd den Kopf. »Diese Frauen. Die machen doch immer, was sie sich in den Kopf gesetzt haben.«

»Das musst du ja wissen als Single«, spottete Rieke.

»Das ist der Grund, warum ich Single geblieben bin«, konterte Michael.

Sie lachten beide. Rieke unterdrückte den Wunsch, ihn zu fragen, warum er wirklich Single geblieben war. Das hätte sie tatsächlich interessiert.

»Heute Abend ist übrigens Seefest«, sagte Michael. »Gehen wir hin?«

Rieke zögerte. Sie war schon oft zum Seefest gegangen. Eigentlich hatte sie sich auf einen ruhigen Abend gefreut. Aber Michael sah so unternehmungslustig aus, und so stimmte sie schließlich zu. Auch Helga und Horst schlossen sich ihnen an.

Beim Einbruch der Dunkelheit zogen sie los, ließen sich dann mit einem Glas Bier auf den Bänken am See nieder. Das Seefest stand in diesem Jahr unter dem Thema Wasser. Als es begann, zogen bunt geschmückte Ruderboote über den See.

Sie zeigten Meerjungfrauen, Seeungeheuer, den Wassermann und natürlich Neptun. Jedes Boot war individuell geschmückt, und man konnte sehen, wie viel Mühe sich jeder gemacht hatte.

»Wenn wir ein Boot geschmückt hätten, hätten wir eine Wasserleiche darstellen können«, brummte Horst.

Dafür kriegte er von Helga einen Piks in die Seite.

»Über Tote macht man keine Witze«, meinte sie.

Zuletzt gab es eine wilde Lasershow, die fast ein bisschen surreal gegen den Waldrand wirkte. Als sie beendet war, leuchtete nur noch der helle Vollmond über dem See, und das sah fast ein bisschen altmodisch aus. Rieke spürte Michaels Arm auf ihrer Schulter.

5. RIEMANN'SCHE VERMUTUNG

Name	Beruf
Jadon König	Künstler
~~Richard Scherer~~	~~Bauunternehmer~~
~~Gitta Scherer~~	~~unbekannt~~
Martin Kunert	Galerist
~~Gregor Enker~~	~~Gutsbesitzer~~

Beziehung zur Toten	Verdachtsmomente
Wohnte mit ihr zusammen in einer WG Verliebt in Silvana Vielleicht eifersüchtig	Aggressiv Künstlerkonkurrent Hin und wieder Camper
~~Hat ein Gespräch mit Silvana über den T3~~ ~~Trinkt ein Bier mit ihr~~ ~~Versteht sich gut mit ihr~~ ~~Wird von ihr wahrscheinlich fotografiert, als er im Restaurant sitzt~~	~~Dauercamper auf dem Spreewaldtor~~ ~~Besitzt eine Lumix Panasonic~~
~~Hat sie auf dem Campingplatz kennengelernt~~ ~~Wird von ihr wahrscheinlich fotografiert, als sie im Restaurant sitzt~~	~~Dauercamperin auf dem Spreewaldtor~~ ~~Besitzt eine Lumix Panasonic~~ ~~Ist vielleicht eifersüchtig, weil ihr Mann Silvana Steins mag~~
Kennt sie aus der Kunsthochschule War seine Muse	Ihre Kunstwerke stiegen nach ihrem Tod im Wert Seine Bekanntheit wurde größer Er wurde von ihr gestalkt und belästigt
~~unbekannt~~	~~War mit ihr auf der Überwachungskamera zu sehen~~ ~~War mit ihr offenbar im Wald spazieren~~

SECHZEHN

Als Rieke am Freitag aufwachte, spürte sie die Nervosität in allen Knochen. An diesem Tag war ihr »Erstkontakt«, wie die Sprechstundenhilfe der psychologischen Praxis es genannt hatte. Rieke hatte noch nie einen »Erstkontakt« gehabt. Der Gedanke, sich in bestimmten schwierigen Situationen psychologische Hilfe zu holen, war ihr noch nie gekommen. Sie hatte viele Dinge mit Wilfried besprechen können, und wenn sie mal die Sichtweise einer Frau gebraucht hatte, hatte sie ihre beiden besten Freundinnen um Rat gefragt.

Jetzt aber hatte sie den großen Wunsch, noch mehr über Silvana Steins zu erfahren und ihr auf diese Weise näher zu sein. Wie war es wohl für sie gewesen, ihre Mutter früh zu verlieren? Wie hatte sie es erlebt, als sie erfuhr, dass es zwar einen Vater gab, sie aber keine Möglichkeit mehr hatte, ihn zu finden? Was war in ihr vorgegangen, wenn sie sich in die älteren Männer verliebt und sie anschließend verfolgt hatte? Hatte sie sich ihnen überlegen gefühlt?

Stalker, so hatte Rieke inzwischen bei Wikipedia gelesen, hatten ein großes Bedürfnis, Macht und Kontrolle auszuüben. Viele Stalker hatten auch den Wunsch, wahrgenommen zu werden. Positive Gefühle für jemanden schlugen plötzlich in negative um. Aus Liebe wurde Hass. All diese Phänomene trafen bei Silvana offensichtlich zu. Musste sie deswegen sterben? Hatte sie jemanden zu sehr in die Enge gedrängt und hatte der zuletzt die Fassung verloren? Oder hatte der Mörder sich von finanziellen Motiven leiten lassen? Hatte ihm der Tod einen Gewinn gebracht?

Rieke erhoffte sich einige Antworten auf ihre Fragen.

»Heute schon wieder so schick?«, bemerkte Michael, als Rieke aus dem Wohnwagen kam.

Sie hatte an diesem Tag ihre Jeans angezogen, obwohl das

Thermometer schon wieder Richtung dreißig Grad kletterte. Aber das Sommerkleid wollte sie nicht schon wieder anziehen, und eine kurze Hose oder eine Leggins wären unpassend gewesen. Zu der Jeans trug sie ihre blau gepunktete Bluse und helle Turnschuhe. Eine Mischung aus schick und lässig, fand sie. Auch wenn ihre Haare grau waren, gehörte sie immer noch zu den flotten Oldies – vor allem seit ihr die Sonne zu einem braunen Teint verholfen hatte.

»Ja, heute ist noch was Amtliches«, log Rieke. »Ich muss darum nach Berlin.«

»Hast du Lust, heute Abend mit mir essen zu gehen?«, fragte Michael. »In Schlepzig soll es ein gutes Restaurant geben.«

»Oh, gerne«, erwiderte Rieke erfreut. »Ich freue mich.«

Bei dem Ausblick auf ein tolles Abendessen mit Michael – und wahrscheinlich sogar allein mit ihm – fühlte sich der Erstkontakt mit einem Psychologen gleich viel einfacher an.

Rieke winkte Michael kurz zu, dann stieg sie in ihr Auto. Im Rückspiegel sah sie, wie Michael an seinem Wohnwagenvorbau lehnte und ihr nachschaute.

Obwohl Rieke eine Viertelstunde zu früh war, ließ die Sprechstundenhilfe sie nicht warten. Wahrscheinlich ging ein kluger Psychologe davon aus, dass Klienten bei einem Erstkontakt entweder zu früh oder gar nicht kamen. So blieb Rieke keine Zeit, sich im Vorzimmer umzuschauen. Sie warf nur einen kurzen Blick auf das Gemälde der Frau mit den bunten Tränen im Gesicht, dann ging sie auf die Tür zu, die ihr die Sprechstundenhilfe zuwies.

»Sie können gleich durchgehen«, meinte sie.

Die Tür zum Therapiezimmer war nur angelehnt. Rieke klopfte trotzdem dagegen, trat dann in ein helles großes Zimmer. Der Mann, den sie bereits am Dienstag durch das Fenster der Praxis gesehen hatte, erhob sich von seinem Schreibtischstuhl und kam auf sie zu. Er war vielleicht Ende zwanzig und sah auch aus der Nähe nett aus, ein strahlendes Lächeln in einem rundlichen Gesicht, die Frisur zu Ponyfransen gekämmt. Ein wenig bäuerlich wirkte er, aber das machte ihn irgendwie zugänglich. Er trug ein hellblaues Hemd zu einer Jeans, ein graues Jackett hing über der Lehne des Schreibtischstuhls. Jetzt reichte er ihr die Hand.

»Jens Koslowski«, stellte er sich vor.

Rieke nannte ihren Namen, wollte sich dann auf den Stuhl setzen, der vor seinem Schreibtisch stand, doch er wies in die Ecke, in der ein kleines Tischchen, mehrere Stühle und einige Zimmerpflanzen standen. Sie suchte sich einen Stuhl aus und überlegte, ob das schon der Anfang war. Ob er sich jetzt schon Gedanken machte, warum sie ausgerechnet den Stuhl gewählt hatte, bei dem sie die Tür im Blick hatte. Sein Lächeln blieb, auch als er sich ihr gegenübersetzte und sie freundlich betrachtete.

Rieke spürte, dass ihre Kleidung schlecht gewählt war. Die Jeans war zu eng und zu warm, die Bluse würde schnell Schweißflecken aufweisen. Aber jetzt konnte sie das nicht mehr ändern. Einen Moment schwiegen sie und betrachteten einander.

»Was führt Sie zu mir?«, fragte er dann.

»Ich komme gar nicht meinetwegen«, begann Rieke ein wenig überhastet. »Ich habe eigentlich gar keine Probleme. Es ist nur …«

»Eigentlich«, sagte er, und sein Lächeln vertiefte sich.

Rieke wusste nicht, was sie mit der Bemerkung anfangen sollte. Schnell sprach sie weiter.

»Es gibt da so eine junge Frau. Also, ich kenne sie eigentlich gar nicht.«

Da war es wieder, dieses »eigentlich«. Jetzt fiel es sogar Rieke auf. Diesmal aber ging er nicht darauf ein. Er wartete ruhig.

»Jedenfalls ist sie jetzt tot, und ich habe ihre Leiche gefunden«, beendete Rieke den Satz.

Dann schaute sie den Psychologen ein wenig ängstlich an.

Sie sah, wie er die Stirn runzelte. Das Lächeln war aus seinem Gesicht verschwunden. Wahrscheinlich verstand er nur Bahnhof, aber er sah sehr ernst aus. Der Tod war ein Thema, bei dem man nicht lächelte.

»Eine Leiche gefunden«, wiederholte er, damit sie den Faden nicht verlor.

Rieke nickte tapfer. Dann erzählte sie von ihrem Spaziergang durch die Märkische Heide, mit diesem unbekannten Hund neben sich, berichtete von der winkenden Hand aus dem Teufelsluch und dem schwarzen Körper, der daran hing. Und während sie erzählte, hatte sie das Bild der jungen Frau noch einmal ganz detailliert vor Augen. Diese geschlossenen Augen, der geöffnete Mund.

»Sie sah aus, als wenn sie schreien wollte, aber es nicht konnte«, murmelte Rieke bedrückt.

Der Psychologe sah sie nachdenklich an. »Das muss traumatisch für Sie gewesen sein«, sagte er.

Rieke nickte. »Ich habe danach … Also, ich musste mich danach übergeben, ganz lange.«

Er nickte. Das schien er gut verstehen zu können.

»Die Polizei ist dann gleich gekommen. Und Freunde von mir auch«, fuhr Rieke fort.

»Wie gut, dass Sie nicht allein waren.«

Rieke nickte. »Die Frau ist ermordet worden. Und ihren Mörder haben sie noch nicht gefasst«, fuhr sie fort. Dann richtete sie ihren Blick aufmerksam auf den Psychologen. »Ihr Name war Silvana Steins«, sagte sie dann.

In seinem Gesicht veränderte sich nichts. Kein Gesichtsmuskel zuckte, weder zogen sich die Augenbrauen in die Höhe, noch bebten seine Nasenflügel. Seine braungrünen Augen waren weiterhin liebevoll und aufmerksam auf sie gerichtet.

»Ist das das erste Mal gewesen, dass Sie so nah mit dem Tod konfrontiert wurden?«, fragte er ruhig.

Rieke erschrak. Mit dieser persönlichen Frage hatte sie nicht gerechnet. »Nein, natürlich nicht«, sagte sie. »Ich bin ja schon zweiundsechzig. Ich habe erlebt, wie meine Eltern starben. Und meine Schwiegereltern leben auch nicht mehr.«

Sie machte eine kurze Pause und dachte nach. Wilfrieds Gesicht tauchte vor ihren Augen auf, als es zu Ende ging und er schon seit einigen Tagen im Bett lag.

»Ja«, holte der Psychologe sie in die Gegenwart zurück. Er hatte offenbar gemerkt, dass sie etwas beschäftigte.

»Na ja, und mein Mann ist auch gestorben«, sagte sie hastig. »Vor sechs Wochen. Er hatte Krebs.«

Sie versuchte, ihre Stimme so sachlich wie möglich klingen zu lassen. Schließlich war sie nicht gekommen, um über Wilfried zu reden. Aber das schien der Psychologe anders zu sehen. Vielleicht hatte er doch eine Veränderung in ihrem Gesicht oder in ihrer Stimme gemerkt. Vielleicht hatte er auch gesehen, dass sie kurz mit dem Fuß gewippt hatte. Gute Psychologen merken alles, hatte Michael mal zu ihr gesagt.

»Wie hieß er?«, fragte Jens Koslowski weiter.

Rieke räusperte sich. »Wilfried«, sagte sie.

Sie hörte selbst, wie unwillig ihre Stimme klang. Sie wollte etwas über Silvana Steins erfahren, und plötzlich hatte die Erinnerung an Wilfried alles überlagert.

»Wie war er, Ihr Wilfried?«

Seine Frage war eindringlich. Rieke spürte, wie ihr warm wurde, noch wärmer als vorher.

»Er war sehr ruhig«, sagte sie leise. »Er war niemand, der sich in den Mittelpunkt stellte. Er las gerne, und er machte sich viele Gedanken um alles.« Sie räusperte sich wieder. Ihre Stimme hörte sich plötzlich so zittrig an. »Um das Leben und so. Die Politik und die Gesellschaft. Und natürlich um unsere Familie.« Sie sah den Psychologen an. »Wir haben zwei Kinder«, berichtete sie. »Unsere Tochter lebt mit ihrer Familie in den USA, und unser Sohn studiert noch. Der ist jetzt gerade in Spanien in einem Erasmusprojekt.«

Jetzt bekam sie wieder Boden unter den Füßen. Doch das dauerte nicht lange.

»Und an Sie hat er auch gedacht?«, fragte der Psychologe weiter.

Jetzt konnte Rieke spüren, wie Tränen in ihr aufstiegen. Sie versuchte, sie wegzublinzeln.

»Ja, natürlich«, sagte sie. »Vor allem, als er wusste, dass seine Krankheit nicht mehr heilen würde. Da hat er sich große Sorgen um mich gemacht. Ob ich das alles schaffe …«

Ihre Stimme brach. Jetzt schwammen Tränen in ihren Augen.

»Entschuldigung«, flüsterte sie und wischte die Tränen mit dem Handrücken fort.

Er nickte freundlich. Wahrscheinlich war er gewohnt, dass seine Klienten weinten.

»… die Steuererklärung und so«, schniefte sie. »Die hat er doch immer gemacht. Und wenn was am Auto kaputt war, hat er es repariert, und wenn die Heizung nicht ging …«

Jetzt liefen die Tränen schneller. Auch darauf schien der Psychologe vorbereitet zu sein. Er schob ihr ein Päckchen Tempotücher zu, und sie griff sich mit zittrigen Händen ein Tuch heraus.

»Er hat sich immer nur Sorgen um die anderen gemacht«, schniefte sie aufgebracht. »Dabei war er doch selbst so krank.«

Jetzt weinte sie lauter, versuchte aber gleichzeitig, ihre Fassung zurückzugewinnen.

»Lass es zu, Ulrike«, sagte er leise. »Lass es zu.«

Nun kannten ihre Tränen kein Halten mehr. Sie stürzten wie Bäche aus ihren Augen. Sie schluchzte verzweifelt, nahm ein zweites Taschentuch und noch ein drittes. Das zerknüllte sie dann in ihrer Hand.

»Immer hat er nur an andere gedacht«, rief sie dann wütend. »Und dabei gar nicht gesehen, dass er auch mal auf sich achten muss.« Sie schniefte. »Als er endlich zum Arzt gegangen ist, war alles schon zu spät. Da hätte ein Wunder geschehen müssen, damit er wieder gesund wurde.«

Der Psychologe sah nun nachdenklich aus.

»Sodass hinter der Traurigkeit auch die Wut ist, oder?«, fragte er leise.

Rieke schnappte nach Luft. Die Wut? Daran hatte sie noch nie gedacht.

»Ja«, rief sie und warf das Taschentuch durchs Zimmer. »Ich bin echt wütend. Ich habe so oft zu ihm gesagt, dass er zur Vorsorge gehen soll. Gerade in unserem Alter … Aber er … er machte es einfach nicht. ›Nachher finden die noch was‹, hat er immer gesagt.« Sie wurde nun wieder ganz traurig. Jetzt schämte sie sich für ihren Wutausbruch. »Dann haben sie etwas gefunden«, fügte sie leise hinzu.

Nun schwiegen beide eine ganze Weile.

»Möchten Sie mal mit ihm reden?«, fragte der Psychologe nun.

Rieke spürte, wie ihr der Schweiß den Rücken hinunterlief. Sie schnäuzte sich die Nase, dann sah sie den Psychologen tapfer an.

»Ja klar. Gerne. Das habe ich schon so oft gedacht. Noch einmal einen Kaffee trinken. Nur noch ein Mal.«

»Sie können es hier machen«, schlug Jens Koslowski vor.

»Aber wie …«

»Alles ist möglich, wenn Sie möchten.«

Rieke nickte und schluckte. »Ja, das würde ich gerne«, sagte sie dann.

Er stand nun auf und schob einen leeren Stuhl ihr gegenüber. Dann rückte er mit seinem Stuhl ein wenig zur Seite, als wenn er einer neuen Person Platz machen würde.

»Stellen Sie sich vor, dass er dort auf dem Stuhl sitzt«, sagte er.

Rieke schaute ihn verwirrt an. »Wie jetzt? Da drüben?«

»Ja.« Er wartete, bis sie ihre Gedanken sortiert hatte. »Sitzt er da?«, fragte er.

Rieke starrte auf den leeren Stuhl. Sie hatte sofort wieder Wilfried vor Augen, das nachdenkliche Gesicht, die Augen in die Ferne gerichtet, den Arm aufgestützt.

»Ja«, sagte sie leise.

»Möchten Sie mit ihm reden?«, fragte er.

Rieke zögerte. Dann nickte sie. Der Kloß in ihrer Kehle war wieder da.

»Ich vermisse dich so«, sagte sie leise. Die Tränen liefen wieder. Sie überlegte, ob sie noch etwas hinzufügen sollte, aber im Grunde war alles gesagt, was wichtig war.

»Wechseln Sie mal«, schlug der Psychologe vor und zeigte auf den leeren Stuhl. Rieke zögerte einen Moment verwirrt, dann setzte sie sich auf Wilfrieds Platz.

»Wilfried, hast du gehört, was Ulrike gesagt hat?«, redete der Psychologe nun ruhig auf sie ein.

Rieke spürte, wie sie tatsächlich in Wilfrieds Rolle schlüpfte. Nachdenklich betrachtete sie aus einer anderen Perspektive den Stuhl, auf dem sie eben noch gesessen hatte, und versuchte dabei, Wilfrieds Perspektive einzunehmen. Sie war ganz überrascht, wie einfach das funktionierte. Ja, sie sah die Situation plötzlich aus seinen Augen.

»Ich vermisse dich auch«, sagte sie dann an seiner Stelle. Und nach einer Weile fügte sie hinzu: »Ich mache mir immer so Sorgen um euch. Kommt ihr klar?«

Jetzt saß sie ganz still da. Sie war überrascht, wie gut sie sich in Wilfrieds Rolle einfinden konnte. Tatsächlich spürte sie diese tiefe Ruhe, die immer von ihm ausgegangen war, und auch die Besorgnis, die er für die anderen hatte. Eine ganze Weile schwieg sie. Dann sah sie den Psychologen an.

»Willst du mal wechseln«, fragte der.

Rieke nickte, wechselte nun auf ihren Stuhl zurück und fand sofort in ihre Rolle. Sie schaute zu dem leeren Stuhl ihr gegenüber, auf dem immer noch der imaginäre Wilfried mit diesem mitleidig-besorgten Gesicht saß und sie liebevoll anschaute. Sie räusperte sich.

»Es ist einsamer ohne dich«, sagte sie leise. »Aber ich komme klar. Und die Kinder auch.«

Es fühlte sich gut an, das zu sagen.

»Hörst du deine Stimme, Ulrike?«, fragte der Psychologe.

Sie dachte nach. Schüttelte dann den Kopf.

»Dann wiederhole es noch mal.«

Sie holte tief Luft.

»Es ist einsamer ohne dich«, sagte sie erneut. »Aber ich komme klar.«

Unsicher schaute sie Jens Koslowski an. Der nickte ihr nun zu.

»Da ist noch was, oder?«

Rieke nickte und schaute zu Wilfrieds Stuhl.

»Ich wünsche mir, du hättest dir mehr Sorgen um dich gemacht«, brach es nun aus ihr heraus.

»Wechsel!«, sagte der Psychologe.

Wieder saß sie jetzt auf Wilfrieds Stuhl. Wieder fühlte sie diese große Ruhe. Frieden ging von seinem Stuhl aus.

»Ihr wart mir immer wichtiger«, sagte sie nach einer Weile an Wilfrieds Stelle.

Sie zögerte und spürte nach, ob es so stimmte, wie sie es gesagt hatte. Aber das war tatsächlich so. Wilfried hatte sich immer zurückgenommen, und genau das hatte sie an ihm so geliebt.

»Willst du Ulrike mal sagen, wie es dir jetzt geht, Wilfried?«, hörte sie plötzlich die Stimme des Psychologen an ihrem Ohr. Rieke dachte nach. Die Hitze war auf einmal verschwunden. Sie fühlte sich warm und geborgen.

»Es geht mir gut, da wo ich jetzt bin«, sagte sie schließlich an Wilfrieds Stelle. »Es tut mir leid, dass ich nicht mehr körperlich bei dir sein kann. Aber …« Ihre Stimme brach wieder. »… ich begleite dich«, sagte sie leise.

Kurz traten die Tränen noch mal in ihre Augen. Jetzt ließ sie sie laufen. Es war nicht peinlich, wenn man um einen Menschen trauerte. Dafür musste sie sich nicht schämen. Einen Moment saß sie ganz still da und horchte in sich hinein. Es gab nichts mehr, was sie sagen wollte. Darum setzte sie sich nun auf ihren eigenen Platz zurück. Auch an dieser Stelle fühlte sie eine große Ruhe.

Schweigen erfüllte den Raum. Der Psychologe gab ihr einige Zeit, damit sie in die Wirklichkeit zurückfinden konnte.

»Wie geht es dir jetzt, Ulrike?«, fragte er dann. Sie waren offensichtlich beim Du angekommen. Rieke war das nur recht. Sie fühlte sich auch mit ihm ganz neu verbunden.

»Mir geht es gut«, stellte sie überrascht fest. »Ich bin ein bisschen müde, aber bin irgendwie … erleichtert, glaube ich. So als wenn plötzlich ein Knoten geplatzt ist.«

Jens nickte. »Du hast auch ein ganz anderes Gesicht bekommen«, stellte er fest.

»Echt? Wie denn?«

»Du siehst entspannt aus. Fast sogar ein bisschen glücklich.«

Jetzt musste Rieke lächeln. »So fühle ich mich auch«, gab sie zu.

Sie redeten noch ein bisschen über dies und das, über den Tod und dass er nicht das Ende bedeutete, und über Situationen, die einen immer beschäftigen, wenn man sie nicht zu Ende brachte. Es tat gut, mit ihm zu reden.

Silvana Steins war vergessen.

Dann blickte sie auf die Uhr. Die Stunde war fast zu Ende. Sie war wie im Flug vergangen.

»Ich sehe, es wird Zeit zu gehen«, sagte sie. »Kann ich bald wiederkommen? Ich glaube, solche Gespräche tun mir gut.«

Er nickte. »Ich freue mich, dich wiederzusehen«, sagte er. »Lass uns zusammen nach einem neuen Termin schauen, ja?«

Gemeinsam gingen sie ins Vorzimmer hinüber, wo die Sekretärin immer noch am Bildschirm saß. Riekes Blick fiel plötzlich auf das Gemälde von Silvana Steins, und schlagartig wurde ihr wieder bewusst, warum sie eigentlich in diese Praxis gegangen war.

Jens Koslowski achtete nicht auf sie. Gemeinsam mit der Frau aus dem Vorzimmer blickte er auf den Bildschirm und schien mit der Maus durch den Terminkalender zu scrollen.

»Wir brauchen noch mal einen neuen Termin«, murmelte er dabei. »Vielleicht nächste Woche?«

»Da ist schon alles voll.«

»Oder die Woche danach …«

»Dieses Bild da vorne«, unterbrach Rieke ihn vorsichtig. »Wissen Sie, wer es gemalt hat? Es gefällt mir so gut.«

Nun starrten die Sekretärin und Jens Koslowski gemeinsam vom Bildschirm hoch, drehten sich dann um und blickten auf das Bild mit der jungen Frau und den bunten Tränen.

»Ich habe keine Ahnung«, erwiderte der Psychologe. »Ich habe die Praxis erst vor zwei Monaten übernommen. Da hing es schon da. Weißt du etwas, Helena?«

Die Sekretärin schüttelte den Kopf. »Ich bin ja auch noch nicht lange hier.«

»Ah, okay, danke«, entgegnete Rieke. »War nur so eine Frage.«

»Ja, das Bild ist wirklich faszinierend«, bestätigte der Psychologe. »Es war eines der wenigen Dinge, die ich übernommen habe.« Er lächelte Rieke zu. »Passt es in zwei Wochen? Dienstag um drei?«

Rieke nickte. Sie wusste, dass sie keine Termine hatte.

»Das passt wunderbar.« Dann nahm sie das Terminkärtchen entgegen und verabschiedete sich.

Als sie zu ihrem Auto ging, fühlte sie sich, als wenn sie Berge versetzen könnte.

SIEBZEHN

Rieke betrat ihren Wohnwagen und wusste sofort, dass etwas anders war als sonst. Jemand war hier gewesen. Im Holzvorbau war ihr das noch nicht aufgefallen, aber im Wohnwagen roch es anders als sonst. Jetzt spinne ich schon, dachte sie.

Ihr Blick fiel auf das Bild von Wilfried auf der Anrichte. War es vielleicht so, dass man die Anwesenheit eines anderen spürte, wenn man sich imaginär mit ihm unterhalten hatte? Bildete sie sich jetzt etwa ein, er wäre hier gewesen? Das wäre ja verrückt. Sie ging zu dem Bild und strich behutsam über den Rahmen.

»Hey, danke für alles«, flüsterte sie.

Und dann fuhr sie die Konturen seines Gesichtes mit dem Zeigefinger nach. Sie dachte daran, wie nahe sie sich heute gewesen waren, und eine warme Welle durchströmte ihren Körper. Es hatte gutgetan, mit ihm zu reden, und es beruhigte sie, dass sie so etwas jederzeit wieder erleben konnte. Während sie sich das Gespräch noch einmal vergegenwärtigte, ließ sie den Blick durch das Zimmer gleiten.

Ihre Augen blieben an der Tür des Fernsehschrankes hängen. Sie war ein kleines Stück geöffnet. Wieder richtete sich Riekes Aufmerksamkeit nach außen. War diese Tür vielleicht auch ein Indiz dafür, dass tatsächlich jemand in ihrem Wohnwagen gewesen war?

Wilfried war vielleicht geistig anwesend gewesen, eine Schranktür hatte er aber sicherlich nicht geöffnet. Rieke ging zu dem Schränkchen, öffnete die Tür und schaute hinein. Sie hatte hier Stifte, Briefumschläge und Briefe aufbewahrt. Auch ihr Fotoapparat lag hier. Doch befanden sich die Dinge alle so angeordnet, wie sie Rieke in Erinnerung hatte.

Wenn jemand in den Wohnwagen eines anderen einbrach, dann allerhöchstens, um Geld zu stehlen. Aber das war Riekes

Wissen nach auf diesem Campingplatz noch nie passiert. Da gab es einen Ehrenkodex unter Campern, dass man einander nicht bestahl, und daran hielten sich alle. Rieke kam noch nicht einmal auf die Idee, die Tür zu ihrem Vorbau abzuschließen, und sie wusste, dass Horst und Helga das ebenfalls nicht machten. Sie musste sich also täuschen – zwar merkwürdig, aber die einzige vernünftige Erklärung.

Trotzdem schaute Rieke nach draußen und sah sich um. Michael saß in seinem Gartenstuhl und tippte auf dem Display seines Handys herum. Jetzt sah er auf und strahlte sie an.

»Na, zurück?«

Rieke nickte. Sie hatte das Gefühl, dass sie Michael viel freier begegnen konnte, seit sie mit Wilfried geredet hatte.

»Willst du einen Kaffee?«, fragte er.

»Das wäre großartig«, gab Rieke zurück. »Ich ziehe mir nur schnell eine kurze Hose an. Sonst kriege ich einen Hitzschlag.«

Und sie verschwand wieder in ihrem Wohnwagen. Kaum hatte sie die Jeans und die Bluse ausgezogen, ertönte von draußen ein schrecklicher Schrei.

»Ahhh. Au, nein! Scheiße, Scheiße!« Es war Günther, der da rief.

Und kurz darauf Michael. »Mensch, Günther, bleib bloß liegen! Ich komme schon!«

So schnell wie möglich schlüpfte Rieke in ihre kurze Hose, stülpte sich das T-Shirt über den Kopf und rannte barfuß nach draußen.

»Was ist passiert?«, schrie sie.

Und da sah sie es auch schon. Günther war kopfüber auf die Waschbetonsteine gefallen, mit denen er seine Terrasse ausgelegt hatte. Er blutete an der Schläfe, und an seinem Kopf zeichnete sich eine dicke Beule ab. Michael hockte neben ihm und drehte ihn auf den Rücken. Günther stöhnte dabei wie ein Schwerverletzter. Offensichtlich war er damit beschäftigt gewesen, seine Satellitenschüssel neu auszurichten, und war dazu auf einen seiner Gartenstühle geklettert. Der Stuhl war dabei zusammengeklappt und hatte Günther einstweilen ins Jenseits katapultiert.

Jetzt aber schien er wieder bei Bewusstsein zu sein und versuchte, sich aufzurichten. Doch Michael drückte ihn energisch zurück auf die Platten.

»Liegen bleiben!«, kommandierte er. Dann drehte er sich zu Rieke um. »Bei mir im Wohnwagen liegt ein Verbandskasten. Im Kleiderschrank im Schlafzimmer, ganz unten rechts. Kannst du den schnell holen?«

»Natürlich«, entgegnete Rieke und rannte los.

»Und bring eine Decke mit«, hörte sie Michael hinter sich herrufen.

In der Zwischenzeit schienen auch Horst und Helga mit ihrem Auto zurückgekommen zu sein. Rieke hörte ihre Entsetzensschreie. Dann rief Helga den Rettungsdienst an.

Schrank im Wohnwagen ganz unten, fiel Rieke wieder ein. Sie war noch nie bis zu Michaels Wohnwagen vorgedrungen. Bisher hatten sie sich immer nur draußen oder im Holzanbau getroffen. Der Wohnwagen dagegen erschien Rieke sehr privat. Hier war Michaels Badezimmer, das Wohnzimmer und das Schlafzimmer. Das betrat sie nun, ging zum Schrank und öffnete ihn. Dann setzte sie sich in die Hocke, um nach dem Verbandskasten zu suchen. Sie fand ihn sofort, ein Kasten aus grünem Plastik, und zog ihn hervor.

Plötzlich stutzte sie. In der hinteren Ecke des Schrankes lag ein Fotoapparat. Es war eine schwarze Lumix Panasonic, wie Rieke mit einem Blick bemerkte.

»Ganz ruhig, Günther. Der Rettungsdienst kommt gleich«, hörte Rieke Helgas Stimme. Rieke erinnerte sich, dass sie schnell Hilfe leisten musste. Sie zog den Verbandskasten aus dem Schrank und lief damit nach draußen.

»Ah, danke!«

Michael öffnete den Kasten mit ruhigen und geschickten Griffen und zog einen Verband heraus. Rieke half ihm, Günther aufzusetzen, und sie hielt ihn fest, während Michael den

Verband anlegte. Inzwischen hatte Helga eine Decke geholt. Darauf betteten sie ihn nun – in stabiler Seitenlage, wie sie es gelernt hatten, damit er nicht auf dem harten Waschbeton liegen musste.

»Es wird eine Weile dauern, bis der Rettungswagen eintrifft«, sagte Helga bekümmert. Sie hatte das schon einmal erlebt.

»Braucht ihr den Verbandskasten noch?«, wollte Rieke wissen. »Sonst bringe ich ihn zurück und ziehe mir auch gleich Schuhe an.«

Die anderen waren einverstanden. Sie saßen inzwischen auf den Gartenstühlen neben Günther und warteten mit ihm gemeinsam. Sie wussten, dass das dauern konnte.

Rieke nutzte die Zeit. Sie flitzte barfuß in Michaels Wohnwagen, hockte sich erneut vor den Schrank und schob ihren Arm tief hinein. Dann hielt sie die Kamera in der Hand und zog sie vorsichtig heraus. Dabei lauschte sie nach draußen. Ihr Herz klopfte. Michael hatte ihr damals bei der Kahnfahrt erzählt, dass er nicht fotografiere. Was also hatte dann eine Kamera bei ihm zu suchen? Noch dazu genau so eine, wie sie bei der Toten an der Garderobe gehangen hatte.

Gleichzeitig schämte sich Rieke für ihren Verdacht. Michael war ein sympathischer, offener, hilfsbereiter Mensch. Ihn mit den Verdächtigen auf eine Stufe zu stellen war, als wenn man Mutter Teresa des Diebstahls bezichtigte. Doch war nicht inzwischen alles möglich? Bischöfe entwickelten sich zu Kinderschändern, und dass Politiker Lügen erzählten und Schmiergelder kassierten, wusste längst jedes Baby.

Auch lieben Menschen schaute man nur bis vor die Stirn. Andererseits konnte man Michael ja nicht gleich einen Mord unterschieben, nur weil er eine Lumix Panasonic besaß. Aus dem Grund hatte sie ja auch die Scherers wieder von ihrer Liste gestrichen. Und doch – Vertrauen war gut, Kontrolle ist besser, dachte Rieke und zog die Kamera zu sich. Dann öffnete sie das Fach, in dem sich die Speicherkarte befand. Sie war leer.

»Rieke?«, hörte sie nun Michaels Stimme hinter sich.

Rieke zuckte zusammen, schob den Fotoapparat in den Schrank zurück, den Verbandskasten hinterher und schloss die Schranktür wieder.

»Ja?«

»Der Rettungswagen ist da.«

Michael schaute nun zu ihr herein. Einen Moment bildete sie sich ein, Misstrauen in seinem Blick zu sehen. Hastig stand sie auf.

»Ich komme.«

»Du hast ja immer noch keine Schuhe an«, wunderte er sich.

»Gib mir zwei Minuten«, gab sie zurück.

Als der Rettungswagen ins Schwalbennest einfuhr, kam Dieter auf seinem Roller hinterhergesaust.

»Um Jottes willen, habta noch 'ne Leiche?«, rief er.

Horst winkte ab. »Nee, nur 'n Halbtoten«, meinte er.

Helga packte ein kleines Notköfferchen für Günther zusammen. Die anderen sahen zu, wie die Krankenpfleger ihn auf eine Trage betteten. Dann brachten sie ihn gemeinsam zum Rettungswagen.

»Mach es gut«, meinte Helga. »Lass dich ein bisschen pflegen. Wir mähen das Gras und bringen die Satellitenschüssel in Ordnung. Ich hab auch noch ein paar Stiefmütterchen. Und wenn wir dich wieder abholen sollen, sagst du einfach Bescheid.«

Später saß Rieke noch eine Weile über ihrem Detektivheft und las sich die Argumente für den einen oder anderen Täter noch einmal durch. Man konnte es hin und her drehen. Michael, auch wenn sie es eigentlich nicht glauben wollte, erfüllte einige Kriterien und gehörte damit ebenfalls auf die Liste. Sie verlängerte die Spalten und schrieb ihn dazu.

7. RIEMANN'SCHE VERMUTUNG

Name	Beruf
Jadon König	Künstler
~~Richard Scherer~~	~~Bauunternehmer~~
~~Gitta Scherer~~	~~unbekannt~~
Martin Kunert	Galerist
~~Gregor Enker~~	~~Gutsbesitzer~~
Michael Schnelle-Kolbert	Psychologe

Beziehung zur Toten	Verdachtsmomente
Wohnte mit ihr zusammen in einer WG Verliebt in Silvana Vielleicht eifersüchtig	Aggressiv Künstlerkonkurrent Hin und wieder Camper
~~Hat ein Gespräch mit Silvana über den T3~~ ~~Trinkt ein Bier mit ihr~~ ~~Versteht sich gut mit ihr~~ ~~Wird von ihr wahrscheinlich fotografiert, als er im Restaurant sitzt~~	~~Dauercamper auf dem Spreewaldtor~~ ~~Besitzt eine Lumix Panasonic~~
~~Hat sie auf dem Campingplatz kennengelernt~~ ~~Wird von ihr wahrscheinlich fotografiert, als sie im Restaurant sitzt~~	~~Dauercamperin auf dem Spreewaldtor~~ ~~Besitzt eine Lumix Panasonic~~ ~~Ist vielleicht eifersüchtig, weil ihr Mann Silvana Steins mag~~
Kennt sie aus der Kunsthochschule War seine Muse	Ihre Kunstwerke stiegen nach ihrem Tod im Wert Seine Bekanntheit wurde größer Er wurde von ihr gestalkt und belästigt
~~unbekannt~~	~~War mit ihr auf der Überwachungskamera zu sehen~~ ~~War mit ihr offenbar im Wald spazieren~~
unbekannt	Dauercamper Besitzt eine Lumix Panasonic ohne Speicherkarte

ACHTZEHN

Der Tag war so ereignisreich gewesen, dass Rieke fast das Abendessen mit Michael vergessen hätte. Erst als er sie fragte, wann sie wohl loswollten, fiel es ihr wieder ein.

»Ah, ja, wir wollten ja nach Schlepzig!«, rief sie und fasste sich an den Kopf. »Entschuldige. Das habe ich ganz vergessen.«

Er lächelte nachsichtig. »Kein Problem. Auch wenn du keine Lust mehr hast, ist es ganz in Ordnung.«

»Natürlich habe ich Lust«, gab Rieke hastig zurück.

Dabei stimmte das nicht wirklich. Sie war in der Tat ziemlich müde. Aber sie wollte Michael nicht enttäuschen, erst recht jetzt nicht, wo sie ihn auf die Liste der Verdächtigen gesetzt und deswegen ein schlechtes Gewissen hatte.

Michael bot ihr an, das Fahren zu übernehmen, und so genoss Rieke es, sich über die kurvenreiche Straße in den kleinen Spreewaldort bringen zu lassen. Sie fuhren durch das beschauliche Dörfchen Krugau. Am Storchennest neben der kleinen Bruchsteinkirche lugten drei Storchenkinder aus dem Nest. Die Storchenmutter flog im Steilflug auf sie zu, eine zappelnde Maus in ihrem Schnabel.

Michael blinkte nach rechts und bog ab. Weiter ging es durch die Felder an einem kleinen Teich vorbei. Hier entlang führte auch der bekannte Gurkenradweg, und so sah Rieke zahlreiche Touristen mit Rädern und E-Bikes. Vorsichtig fuhr Michael an ihnen vorbei, gab dann wieder Gas. Auf den Spargelfeldern lagen die Blätter und Spargelreste der letzten Ernte. Die Saison war vorbei. Die Pflanzen hatten nun Blüten gebildet und dienten den Bienen als wertvolle Nahrungsquelle. Noch eine Straßenecke, dann war das Ortseingangsschild von Schlepzig in Sicht. Hier gab es jetzt an jeder Straßenecke ein Storchennest.

»Selbst wenn man die Geschichte mit dem Klapperstorch und den Babys glaubt, hier im Spreewald hat man den Beweis dafür, dass sie nicht stimmt«, sagte Rieke. »So viele verlassene Dörfer, wie es hier gibt, mit überwiegend alten Menschen.«

Michael warf ihr einen kurzen Blick zu. »Ihr habt Kinder, oder?«, wollte er wissen.

Er hatte das nie gefragt. Rieke bejahte und erzählte von Tochter Mila, die mit ihrem Mann in Boston lebte und zwei Kinder hatte, und von Sohn Noah, dem Nachzügler, der sich so schwergetan hatte mit dem Abitur und nun Mediendesign studierte.

Einen Moment überlegte sie, ob sie ihn auch nach Kindern fragen sollte, aber es erschien ihr zu indiskret, da er ja immer betonte, Single zu sein. Stattdessen berichtete sie davon, dass sie ihre Enkelkinder viel zu wenig sehe. Manchmal trafen sie sich online, aber immer war die Sprache ein Problem.

»Es ist nicht einfach, wenn die Enkelkinder im Ausland aufwachsen«, sagte sie unglücklich. »Gerade jetzt wünsche ich mir oft, dass sie in der Nähe wohnen.«

Michael nickte verständnisvoll, obwohl er das sicherlich nicht so wirklich nachvollziehen konnte.

»Und warum bist du Single geblieben?«, wagte sie schließlich zu fragen.

Er zuckte mit den Schultern, und für einen Moment fiel ein Schatten über sein Gesicht.

»Es hat sich halt so ergeben«, sagte er ausweichend, und Rieke verzichtete darauf, weiter zu insistieren.

Das Brauhaus in Schlepzig war eine originell eingerichtete Gaststätte. Auf zwei Etagen verteilten sich gemütliche Tische und Stühle um einen Kamin, zahlreiche Metallschilder mit unterschiedlichen Biersorten hingen an den Wänden, Schilder mit Sprüchen wie »Zuhause ist da, wo es gutes Bier gibt« oder »Bier ist wie Urlaub im Glas«.

Sie suchten sich einen Tisch auf der Galerie und blickten

von hier aus durch die großen Fensterscheiben auf den kleinen Ort hinunter, über den sich allmählich die Dämmerung legte. Rieke betrachtete Michael verstohlen. Wieder dachte sie an die Kamera in seinem Schrank und auch daran, dass er nun auf ihrer Liste der Riemann'schen Vermutungen stand.

Gemeinsam bestellten sie das gegrillte Lachssteak mit Wildreis, dazu eine Karaffe Rotwein und redeten über dies und das. Rieke war erstaunt darüber, wie leicht es ihr fiel, offen zu ihm zu sein.

»Sei ehrlich«, sagte er plötzlich und sah sie dabei so durchdringend an, dass sie seinem Blick nicht ausweichen konnte.

»Womit?«

»Du hast mich auf die Liste der Verdächtigen gesetzt, nicht wahr?«, wollte er wissen.

Rieke spürte, wie ihr das Blut ins Gesicht schoss.

»Wie kommst du darauf?«

Er lächelte. »Du hast die Kamera gesehen, oder?«

Rieke schluckte. Sie mochte es nicht abstreiten.

»Na ja«, sagte sie verschämt. »Schon ein komischer Zufall. Aber das ist ja nicht wirklich ein Indiz. Nur der Gerechtigkeit wegen habe ich dich auf die Liste gesetzt. Weil ich den Scherer und seine Frau ja auch darauf geschrieben habe.«

Jetzt lachte er. »Ich muss dir etwas gestehen«, sagte er. »Ich habe dich nämlich auch auf meine Liste gesetzt.«

»Mich?«, fragte Rieke überrascht. »Das ist nicht dein Ernst, oder?«

Er grinste jetzt und strich sich durch den grauen Bart.

»Ich muss zugeben, dass ich in deinem Wohnwagen war. Ich wollte ... mir noch mal diese Sequenz anschauen, als Silvana Steins von Enker zum Campingplatz begleitet wurde.« Er sah nun sehr verlegen aus. »Ich weiß, das gehört sich nicht, aber du warst nicht da, und ich wollte unbedingt was überprüfen. Ich war mir sicher, dass du das verstehen würdest.«

Natürlich würde Rieke das verstehen. Trotzdem erschien es ihr übergriffig, fast ein wenig respektlos, dass er das gemacht hatte. Gerade ein Laptop war eine höchst persönliche Angelegenheit. Und ein Wohnwagen war es erst recht.

Jetzt fiel ihr wieder ein, dass sie sich nicht getäuscht hatte. Es war jemand in ihrem Wohnzimmer gewesen. Der fremde Geruch, die offene Schranktür – das hatte sie sich nicht eingebildet.

»Und warum bin ich auf deiner Liste gelandet?«, wollte sie wissen.

Wieder lachte er. »Aus dem gleichen Grund wie ich bei dir«, erklärte er. »Ich habe deine Kamera gesehen. Genau die Kamera, die bei Silvana verschwunden war.«

»Stimmt«, gab Rieke zu. »Das macht mich in der Tat ebenfalls verdächtig.«

Jetzt lachten sie beide. Das Essen wurde serviert. Es sah gut aus. Beide wünschten sich einen guten Appetit und begannen zu essen. Eine Weile schwiegen sie dabei.

»Was für eine irrwitzige Idee, jemanden dadurch zum Täter zu stilisieren, weil er eine bestimmte Marke eines Fotoapparats besitzt«, fiel Rieke schließlich ein. Sie dachte nach. »Ich glaube, bis jetzt haben wir nur willkürlich Verdächtige gesammelt, aber der eigentliche Täter ist nicht darunter, oder?«

Nachdenklich betrachtete er sie, nickte dann und schob sich eine Gabel von dem Wildreis in den Mund.

»Was den Täter betrifft«, sagte er ruhig. »Ich glaube auch, dass wir ganz vieles nicht beachtet haben.« Er kaute, trank dann einen Schluck Wein und ließ ihn langsam die Kehle hinuntergleiten. »Zum Beispiel haben wir gar nicht nach Alibis geschaut«, fuhr er fort. »Wo war der Verdächtige zur Tatzeit? Auch das Motiv bleibt oft im Unklaren. Findest du nicht?«

Rieke nickte. Michael wirkte offen und freundlich wie immer. Es war albern, ihn zu verdächtigen.

»Das liegt daran, dass wir die Menschen ja auch nicht einfach so ausquetschen konnten wie die Kripo«, stellte sie fest. »Und manchmal will man etwas klären, aber dann ist man plötzlich bei einem ganz anderen Thema angekommen.« Dabei dachte sie an ihre persönliche Sitzung bei dem Psychologen.

Michael wiegte nachdenklich den Kopf hin und her. Dann tupfte er sich den Mund mit einer Serviette ab und trank noch einen Schluck Wein.

»Wir sollten vielleicht noch einmal ganz von vorne anfangen«, schlug er schließlich vor.

Rieke schüttelte den Kopf. Sie merkte, wie sie dieses ganze Detektivspiel verwirrte.

»Nein, ich würde vorschlagen, dass wir die Liste vergessen«, meinte sie. »Ich meine, wenn wir uns jetzt schon gegenseitig verdächtigen – wie soll das enden?«

»Ja, vielleicht ist das wirklich das Beste«, stimmte er zu.

»Teilen wir uns noch eine Karaffe Rotwein?«, fragte Michael nach dem Essen und lächelte sie liebevoll an.

Rieke merkte bereits die erste Karaffe. So viel Alkohol war sie gar nicht mehr gewohnt. Aus Solidarität mit Wilfried und seiner Chemotherapie hatte sie bestimmt ein Jahr lang komplett auf Alkohol verzichtet. Das spürte sie nun.

Aber Michael lächelte so nett, und Rieke genoss es auch, dass der Alkohol sie einhüllte wie Nebel. Sie nickte. Er bestellte noch eine Karaffe. Als der Kellner den Wein serviert hatte, wandte sich Rieke Michael zu.

»Wir sind ein gutes … gutes Paar, oder?«, stellte sie fest.

Eigentlich hatte sie sagen wollen, dass sie gute Partner seien, doch sie hatte sich auf der Hälfte des Satzes verloren. Michael schien es aber zu gefallen. Er strahlte und hob sein Glas. Sie prosteten einander zu. Der Wein schmeckte herrlich fruchtig. Nun streckte Michael plötzlich seinen Arm über den Tisch und griff nach ihrer Hand.

»Ja, wir sind wirklich ein gutes Paar«, bestätigte er.

Seine Hand war warm. Sie fühlte sich gut an. Und trotzdem, Rieke verspürte eine Irritation – eine Unsicherheit. Das ging alles viel zu schnell. Sie war doch irgendwie noch mit Wilfried verbunden. Auch wenn Wilfried ihr gesagt hatte, dass es ihm dort gut ging, wo er jetzt war, hieß das nicht, dass sie gleich eine Beziehung zu einem anderen Mann eingehen sollte.

Jedenfalls nicht jetzt sofort.

Michael bemerkte ihr Zögern – und er verstand es. Behutsam strich er ihr noch einmal über den Handrücken, dann zog er seine Hand zurück. Sie tranken nun schweigend. Rieke sah aus dem Fenster. Draußen hatte sich die Dunkelheit über den Ort gelegt.

»Wollen wir noch ein Stück gehen?«, fragte Michael.

Rieke nickte.

Michael winkte den Kellner herbei und übernahm die Rechnung. Dann verschwand er noch einmal zur Toilette. Rieke griff sich in der Zwischenzeit das Stadtblatt Berlins, das auf dem Nachbartisch lag, und blätterte darin herum. Anzeigen boten Arbeitsplätze für Kraftfahrer, Gastronomie und Handwerker. Der Fachkräftemangel war auf jeder Seite zu spüren. Außerdem gab es einen langen Bericht über einen Brand in einem Industriegebiet, eine Weltkriegsgranate war mal wieder gefunden worden, und die offenen Ateliers feierten Geburtstag. Rieke überlegte, ob auch Kunerts Galerie dort zu finden war, und sie blätterte nachdenklich bis zu der entsprechenden Stelle.

Plötzlich zuckte sie zusammen. Auf einer der Seiten blickte ihr Michaels Porträt entgegen. Darüber befand sich die Überschrift: »Der Psychologe und Gesprächstherapeut Michael Schnelle-Kolbert übergibt seine Praxis in neue Hände.« Überrascht starrte Rieke auf den Artikel. Eigentlich war die Nachricht ja keine Neuigkeit. Das hatte er ihr ja erzählt. Irritierend war nur das Foto. Michael stand dort an einem Tisch mit diesem gewinnenden Lächeln. Er trug einen grauen Pullover mit V-Ausschnitt, der gut zu seinen weißen Haaren passte. Er hatte die Arme verschränkt und sah so lässig und vergnügt aus, wie sie ihn kannte. Im Hintergrund an der Wand hing das großformatige Bild von dieser Frau mit den großen Augen und dem nach oben gerichteten Blick. Bunte Farben flossen wie Tränen über das Gesicht. Es war das Bild, das in der psychologischen Praxis am Müggelheimer Damm gehangen hatte.

Michael – vor dem Bild von Silvana Steins? Warum? Und wieso stand er in dieser Praxis am Müggelheimer Damm?

Riekes Gedanken fuhren Achterbahn. Da sah sie Michael an der Tür zur Toilette auftauchen. Sie zuckte zusammen. Blitzschnell ließ sie die Zeitschrift auf dem Nebentisch verschwinden. Dann schaute sie ihm nervös entgegen. Gleichzeitig bildete sich ein klopfender Schmerz in ihrer Schläfe.

»Wir können gehen«, sagte er und strahlte sie an.

Rieke erwiderte das Lächeln automatisch. Langsam stand sie auf. Er half ihr in die Jacke, hielt ihr dann die Tür auf. Die Kellner wünschten ihnen noch einen schönen Abend.

Die Hauptstraße führte direkt am Brauhaus vorbei. Wenn man nach links einbog, kam man in den kleinen Dorfkern von Schlepzig. Ging man nach rechts, war man am Ortsausgang angekommen. Dahinter begannen die Fließe der Spree mit dem Naturschutzgebiet, das zum Biosphärenreservat Spreewald gehörte.

»Gehen wir noch an der Spree entlang?«, fragte er. Seine Stimme klang weich und zugewandt.

Nein, das durfte Rieke jetzt nicht zulassen. Michael war doch plötzlich … Etwas mit ihm war anders als sonst.

Er schob seinen Arm in ihren und führte sie nach rechts. Und Rieke ging mit ihm. Gleichzeitig dröhnten die Warnsirenen in ihrem Kopf in schrillen Tönen.

Sei vorsichtig, er ist nicht der, für den du ihn hältst!

Sie war verrückt geworden. Dieses ewige Detektivspiel hatte sie völlig verwirrt. Jetzt sah sie schon Mörder hinter jedem Baum. Und vor allem an ihrem Arm. Sie gingen nebeneinanderher wie ein altes Ehepaar. Ihre Beine hatten die gleiche Schrittlänge. Sie passten gut zueinander.

In Riekes Kopf fuhren die Gedanken weiterhin Achterbahn. Michael, die Praxis, das Gemälde der Toten, der Müggelheimer Damm. Wie hing das alles zusammen? Sie mochte diese Bilder einfach nicht ineinanderfügen, weil … weil es so wehtat, genau das zu tun. Sie mochte ihn so gerne. Vielleicht hatte sie sich ein bisschen in ihn verliebt. Vielleicht sogar ein bisschen mehr als ein bisschen. Vor allem hatte sie ihm vertraut.

Aber jetzt musste sie sich eingestehen, dass es Dinge gab, die er ihr nicht erzählt hatte. Sie hätte es sich denken können, wenn sie eins und eins zusammengezählt hätte. Doch sie hatte es nicht getan. Sie hatte sich von seinem Lächeln und seinen tiefen Lachfalten gefangen nehmen lassen.

Auf einmal leuchteten die Lichter in ihrem Kopf heller. Sie blinkten sogar wie Warnlampen. Ihm hatte die Praxis ursprünglich gehört, in der sie heute zum Erstkontakt gewesen war. Er war also Silvanas Psychologe gewesen und hatte ihr bestimmt geholfen, die Beziehung zu ihrem Vater zu klären. Vielleicht hatte er auf ähnliche Weise mit ihr gearbeitet, wie es heute auch Jens Koslowski mit ihr und Wilfried gemacht hatte.

Aber warum hatte er ihr das nicht erzählt? Sie hatten doch über Silvanas Vaterproblem geredet, und sie hatte auch gewusst, dass Silvana in psychologischer Behandlung gewesen war. Natürlich gab es nur eine Erklärung dafür. Ein Psychologe hatte Schweigepflicht. Genau wie die Ärzte. Aber Michael hatte ja sogar behauptet, die Tote nicht zu kennen. Dafür konnte Rieke keine Erklärung finden. Oder genau genommen lautete die Begründung, dass er sie angelogen hatte.

Wer log, hatte etwas zu verbergen. Das konnte sie sich nicht schönreden.

8. RIEMANN'SCHE VERMUTUNG

Name	Beruf
~~Jadon König~~	~~Künstler~~
~~Richard Scherer~~	~~Bauunternehmer~~
~~Gitta Scherer~~	~~unbekannt~~
~~Martin Kunert~~	~~Galerist~~
~~Gregor Enker~~	~~Gutsbesitzer~~
Michael Schnelle-Kolbert	Psychologe

Beziehung zur Toten	Verdachtsmomente
~~Wohnte mit ihr zusammen in einer WG~~ ~~Verliebt in Silvana~~ ~~Vielleicht eifersüchtig~~	~~Aggressiv~~ ~~Künstlerkonkurrent~~ ~~Hin und wieder Camper~~
~~Hat ein Gespräch mit Silvana über den T3~~ ~~Trinkt ein Bier mit ihr~~ ~~Versteht sich gut mit ihr~~ ~~Wird von ihr wahrscheinlich fotografiert, als er im Restaurant sitzt~~	~~Dauercamper auf dem Spreewaldtor~~ ~~Besitzt eine Lumix Panasonic~~
~~Hat sie auf dem Campingplatz kennengelernt~~ ~~Wird von ihr wahrscheinlich fotografiert, als sie im Restaurant sitzt~~	~~Dauercamperin auf dem Spreewaldtor~~ ~~Besitzt eine Lumix Panasonic~~ ~~Ist vielleicht eifersüchtig, weil ihr Mann Silvana Steins mag~~
~~Kennt sie aus der Kunsthochschule~~ ~~War seine Muse~~	~~Ihre Kunstwerke stiegen nach ihrem Tod im Wert~~ ~~Seine Bekanntheit wurde größer~~ ~~Er wurde von ihr gestalkt und belästigt~~
~~unbekannt~~	~~War mit ihr auf der Überwachungskamera zu sehen~~ ~~War mit ihr offenbar im Wald spazieren~~
~~unbekannt~~ War ihr Psychologe	Dauercamper Besitzt eine Lumix Panasonic ohne Speicherkarte Hat mich angelogen

NEUNZEHN

Michael und Rieke gingen an der Querspree entlang, bis sie an einen der Fließe kamen.

»Dieser Fließ heißt Zerniasfließ, wusstest du das?«, fragte Michael.

»Was?«, fragte Rieke irritiert.

Sie war viel zu sehr damit beschäftigt, ihre Gedanken zu ordnen. Er kannte sie, dachte sie immer wieder. Er war ihr Therapeut. Und vielleicht war er auch ... Nein, das konnte einfach nicht sein.

Michael ging nun auf eine alte Wehranlage zu. Unter dem Wehr rauschte ein anderer Fließ in einem wilden Wasserfall.

»Schiwanstrom«, las Michael auf dem Schild. »Das sind so esoterische Namen, findest du nicht? Oder ist das Sorbisch?«

»Es ist ziemlich unheimlich hier«, murmelte Rieke leise.

Michael drehte sich zu ihr um und reichte ihr seine Hand. Sie fühlte sich warm an. Seine Finger verwoben sich mit ihren.

»Komm«, sagte er. »Du weißt ja: Statistisch gesehen begegnet man Verbrechern eher in der Stadt als in einem einsamen Naturschutzgebiet.«

»Leider habe ich da andere Erfahrungen gemacht«, gab Rieke zurück.

Sie kicherte und kam sich plötzlich wie ein kleines Schulmädchen vor. Sie war nervös. Nein! Sie war panisch! Michael war nicht der, für den sie ihn gehalten hatte. Sie durfte sich jetzt nicht von ihm einwickeln lassen. Sie musste wachsam bleiben. Er streichelte ihre Hand mit seinem Daumen. Dann führte er sie weiter. Die kleinen Moorseen leuchteten im Mondschein.

Plötzlich blieb Michael stehen, und als sie ebenfalls stehen blieb, legte er seine Arme um ihre Schultern.

»Was für ein schöner Zufall, dass ausgerechnet du meine Dauercamper-Nachbarin geworden bist«, sagte er sanft.

Dauercamper, dachte Rieke. Silvana wollte auch Dauercamperin werden. Warum wollte sie das? Und warum wollte sie ausgerechnet auf den Campingplatz Spreewaldtor? Rieke ahnte den Grund, und sie fürchtete sich vor dieser Wahrheit. Aber sie musste es schaffen, den Tatsachen ins Gesicht zu sehen. Auch wenn es furchtbar schmerzte.

»Sie war deine Klientin, oder?«, fragte sie leise. »In deiner Praxis am Müggelheimer Damm?«

Sie konnte ihm ansehen, dass er mit dieser Frage gerechnet hatte. Er lachte leise. Dann strichen seine Daumen über ihr Gesicht.

»Du bist klug«, sagte er. Zärtlichkeit war in seine Augen getreten. »Das mag ich so besonders an dir.«

Jetzt streiften seine Lippen ihre Wangen. Riekes Herz schlug so laut, dass sie den Pulsschlag in ihren Ohren hören konnte. Er kam ihr viel zu nah, und das behinderte ihr Denkvermögen. Vorsichtig drehte sie sich aus seinen Armen und trat einen Schritt zurück. Immer noch schaute er sie an, als warte er auf weitere Fragen.

»Du hast mit ihr über ihr Vaterproblem gearbeitet, nicht wahr?«, fragte sie weiter. »Und dabei hast du dich in sie verliebt, oder?«

Er lächelte. »Ja, die Liebe steht über allem.«

In Riekes Ohren rauschte das Blut. Sie war hier mit einem Mann ganz allein, der vielleicht einen Mord begangen hatte. Würde er es wieder tun? War sie jetzt auch in Gefahr? Ihre Gefühle spielten verrückt. Sie musste sich konzentrieren.

Der Elektroschocker fiel ihr plötzlich wieder ein. Er war in ihrer kleinen Rucksack-Handtasche. Sie drückte die Riemen des Rucksacks enger an sich.

»Ich habe Silvana sehr geliebt«, sagte Michael leise. »Jedenfalls am Anfang.«

Rieke ließ den einen Riemen des Rucksacks langsam über ihren Arm gleiten, bis er an ihrem Unterarm angekommen war. Dann schob sie ihre Finger Richtung Reißverschluss. Der

Gedanke, dass sie sich im Notfall zu wehren wusste, gab ihr plötzlich Kraft.

»Aber dann … dann hat sich was verändert, oder?«, konfrontierte sie ihn nun. »Was war es? Wurde sie dir zu anhänglich?«

Sie sah ihm jetzt direkt in die Augen. Er wich ihrem Blick aus und seufzte leise.

»›Anhänglich‹ ist der falsche Ausdruck. Sie klebte an mir. Sie saugte mich aus. Das kann kein Mensch lange aushalten. Schon gar nicht jemand, der seine Freiheit liebt«, erklärte er.

Das war schon fast ein Geständnis. Rieke war überrascht, wie einfach es war, mit ihm darüber zu reden. Er schien fast erleichtert zu sein.

Rieke verstand ihn nur zu gut. »Du wolltest dich also von ihr trennen«, überlegte sie. »Da hat sie angefangen, dich zu stalken, stimmt es? So hat sie es mit allen gemacht.«

Er lächelte nicht mehr. Sein Blick war ernst geworden.

»Ja, das kann man sich denken, oder?«

»Womit hat sie dich erpresst?«, bedrängte Rieke ihn.

Sie hatte den Zipper des Reißverschlusses in der Hand, wagte aber nicht, daran zu ziehen.

Er wich ihrem Blick nicht aus.

»Sie hat mir gedroht«, sagte er. »Sie wollte dem Berufsverband mitteilen, dass ich mit ihr geschlafen habe. Das darf einem Psychologen nicht passieren.«

Es war mutig von ihm, das zu sagen. Rieke bewunderte ihn fast dafür.

»Musste sie deswegen sterben?«, wagte sie, noch einen Schritt weiterzugehen. »Sag es! Hast du sie umgebracht?«

Er trat wieder auf sie zu, und Rieke wich ihm jetzt nicht mehr aus. Auch nicht, als er sich über sie beugte und ihre Wangen erneut behutsam mit dem Zeigefinger streichelte.

»Ich bin kein kaltblütiger Mörder«, erwiderte er leise. Nun wurde sein Blick traurig. Er senkte den Kopf. »Sie hat mir überall aufgelauert. Ich habe alles versucht, um ihr zu entkommen. Aber wo immer ich war, tauchte sie wieder auf.«

Er sah jetzt so unglücklich aus, dass Riekes Herz vor Mitleid überfloss. Sie schob ihre Handtasche zurück auf den Rücken, hob nun ihre Hand und streichelte sein Gesicht behutsam. Er sah sie an. Sein Blick wirkte so hilflos.

»Du kannst dir nicht vorstellen, wie schrecklich das war. Sie fing sogar wieder mit dieser Vatertour an. Dass sie glaubte, ich sei ihr Vater.« Er schnaubte. »Sie behauptete sogar, sie habe es in einem Tagebuch ihrer Mutter gelesen.«

»Und? Bist du es?«, fragte Rieke.

»Ach Quatsch!«, zischte er. »Es war genauso ein wirres Zeug wie das, was sie all den anderen Männern unterstellte. Glaub mir, Rieke, sie war völlig verrückt, wenn das Thema Vater an der Reihe war.«

Rieke nickte. Viola fiel ihr wieder ein. Wenn es Tagebücher der Mutter gegeben hätte, hätte sie ihr sicherlich davon erzählt. Aber Silvana schien nichts über ihren Vater zu wissen. Sie behauptete es nur, damit sie die Männer in der Hand hatte.

»Und dann ist sie auf dem Campingplatz aufgetaucht, stimmt es? Da hast du rotgesehen, oder?«, wollte Rieke wissen.

»Völlig verrückt …«, murmelte Michael.

»Du hast sie ans Teufelsluch gelockt, und dann hast du ihr die Kehle zugedrückt«, rief Rieke. Sie war jetzt sehr aufgebracht.

»Ich wollte nur mit ihr spazieren gehen. Sie ist freiwillig mitgekommen«, rief er.

Er wirkte nun unruhiger. Seine Augen irrten umher, als scannten sie die Gegend ab.

»Und weiter«, versuchte Rieke, ihn zurückzuholen.

Er schnaubte verächtlich. »Aber dann fing sie wieder an. Dass ich mit ihr geschlafen hätte. Dass sie mich melden würde. Dass ich ihr Vater wäre. Sie konnte einfach nicht den Mund halten.« Er war jetzt sehr erregt. »Plötzlich ist es passiert.« Er schluckte. »Meine Hände waren an ihrem Hals. Und dann habe ich … Ich weiß nicht. Auf einmal lebte sie nicht mehr.«

Seine Stimme schlug um. Rieke hörte nicht auf, ihn zu streicheln.

»Du hast ja selbst gesagt, wie schlimm es ist, wenn man gestalkt wird«, sagte sie sanft. »Dass der Stalker immer wieder auftaucht. Sogar bei den privatesten Angelegenheiten.« Sie dachte nach. »Du hast gesagt, dass Stalker es genießen, jemandem zu zeigen, wie viel Macht sie über ihn haben.« Sie sah ihn weiter an. »Ich kann gut verstehen, wie verzweifelt und hilflos du warst.«

Michael nickte. Selbst in der Dunkelheit konnte sie erkennen, wie blass er war. Sie bemühte sich, ganz ruhig zu bleiben und ihm ein Stück ihrer Stärke zu vermitteln. Doch er blieb unruhig.

»Das war nicht alles«, rief er aufgebracht. »Sie fotografierte mich auch, baute meine Augen und die Hände in ihre Bilder ein. Sie war besessen von der Idee, mich zurückzugewinnen.« Seine Stimme schlug um. Rieke hatte das Gefühl, dass er gleich in Tränen ausbrechen würde. »Und dann tauchte sie auch noch auf dem Campingplatz auf. Mit dem Fotoapparat stand sie hinter der Hecke zu meinem Wohnwagen. Einmal war sie sogar im Sanitärhäuschen.«

Der Film fiel Rieke ein. Er hatte ihr gesagt, dass er ihn der Polizei zurückgeben musste. Aus datenschutzrechtlichen Gründen – angeblich. Aber vielleicht musste er ihn gar nicht zurückgeben. Vielleicht hatte er ihn nur verschwinden lassen, weil es Sequenzen gab, auf denen er und Silvana zu sehen waren.

»Und als sie dann auch noch mit Dieter darüber redete, Dauercamperin zu werden, bin ich fast verzweifelt«, fuhr Michael fort.

Rieke nickte. Sie hielt nun sein Gesicht ganz fest.

»Du musst dich der Polizei stellen«, sagte sie. »Sie werden verstehen, was du durchgemacht hast. Du kriegst ganz bestimmt nur eine geringe Strafe. Das war kein geplanter eiskalter Mord. Der Richter wird sicherlich auf Totschlag entscheiden.«

Ob es an der zärtlichen Geste lag, die ihm Angst machte? Sie hätte sein Gesicht nicht in ihre Hände nehmen sollen. Vielleicht fühlte er sich dadurch eingeengt. Es konnte aber auch daran liegen, dass sie ihn so direkt anschaute und er ihr nicht ausweichen konnte.

»Nein!«, rief er jetzt und schlug ihre Hände fort. »Ich geh nicht zur Polizei. Nie im Leben!«

Er machte einen Schritt zurück. Rieke glaubte zu sehen, dass er zitterte.

»Bitte, Michael, sei doch vernünftig«, redete sie auf ihn ein. »Sie werden dich doch sowieso kriegen. Früher oder später haben sie dich. Ich habe es doch auch herausgefunden.«

Er hob nun die Hände und kam wieder einen Schritt auf sie zu. Ängstlich sah er jetzt aus. Und wütend. Eine gefährliche Mischung von beidem.

»Sie kriegen mich nicht. Ich bin gut vorbereitet«, rief er. »In einer Stunde bin ich in Berlin, und von da geht mein Flieger.«

Sein Gesichtsausdruck hatte sich plötzlich verändert. Er war nicht mehr der ängstliche Michael, der im Affekt handelte. Eher wirkte er so, als wenn er einen Plan verfolgte. Er zog die Augen zu Schlitzen zusammen. Sein Blick wirkte kalt und misstrauisch. Jetzt lachte er leise.

»Wusstest du, dass die Dominikanische Republik nicht ausliefert? Auch Thailand nicht. Oder die Philippinen.« Er atmete tief ein. »Man kann überall neu anfangen.«

Rieke musterte ihn beunruhigt. Sie konnte es immer noch nicht glauben. Selbst wenn alle Indizien für ihn als Täter sprachen, gehörten sie einfach nicht in das Bild, das sie von ihm hatte. Michael ein Mörder? Das konnte nicht sein. Und doch, es passte alles zusammen. Ein Puzzlestück nach dem anderen fügte sich zu einem Ganzen.

Und plötzlich ordneten sich auch Riekes Gedanken. Sie war hier in der Einsamkeit des Biosphärenreservats zusammen mit einem Mörder. Einem Mörder, der sich offensichtlich etwas dabei gedacht hatte, als er sie zu einem Spaziergang durch diese moorige Gegend einlud. Sie musste auf der Hut bleiben. Aber sie durfte ihn jetzt auch nicht davonkommen lassen.

»Hast du schon mal darüber nachgedacht, was ich machen werde, wenn du abhaust?«, fragte sie. »Meinst du, dass ich dich einfach so laufen lasse? Du hast einen Menschen umgebracht, Michael!«

»Ich weiß«, antwortete er. »Aber du wirst mich laufen lassen müssen. Du kannst mich nicht aufhalten!«

Sein Blick war klar und streng.

Rieke holte tief Luft. Plötzlich sah sie alles glasklar, und sie wusste genau, was zu tun war. Sie musste ihn aufhalten und dann die Polizei rufen. Dazu brauchte sie ihren Elektroschocker. Damit konnte sie ihn lähmen, um anschließend die Polizei zu rufen. Langsam ließ sie ihren Rucksack von den Schultern gleiten und bemühte sich erneut möglichst unauffällig, den Reißverschluss aufzuziehen.

»Sei doch vernünftig«, versuchte sie ihn mit ihrem Gerede abzulenken.

Dann ließ sie ihre Hand langsam in den Rucksack gleiten und tastete sich durch ihre Utensilien. Da war ihr Portemonnaie, da die Haarbürste …

Michael ließ sie nicht aus den Augen. Fast spöttisch sah er dabei aus.

»Wenn du deinen Elektroschocker suchst – den habe ich vorhin rausgenommen«, sagte er ruhig.

»Was?«

Ein eiskalter Schauer lief ihr über den Rücken.

Er lachte schadenfroh. »Als du auf der Toilette warst.« Jetzt verzerrte sich sein Gesicht zu einer grinsenden Grimasse. »Dachtest du, ich riskiere es, von dir außer Gefecht gesetzt zu werden?«

Rieke schnappte nach Luft. Er hatte also von Anfang an mehr als einen Spaziergang geplant. Sie hätte es wissen müssen.

Er griff nun in seine Jackentasche und hielt das pinkfarbene Teil in der Hand. Rieke zuckte zusammen. Wie ein geblendeter

Hase starrte sie auf das Gerät. Er näherte sich damit nun ihrem Körper. Rieke war starr vor Angst.

»Bitte nicht«, murmelte sie.

Wieder lachte er. Dieses Lachen hatte sie so an ihm geliebt. In dieser Mondnacht hörte es sich gespenstig an.

»Jetzt hast du Angst, oder?«

Ja, sie hatte Angst. Und gleichzeitig war sie auch wahnsinnig wütend auf sich selbst. Sie hatte doch gewusst, dass er der Mörder von Silvana war. Warum hatte sie sich auf diesen einsamen Spaziergang eingelassen? Es war so leichtsinnig von ihr gewesen! Sie war so naiv und vertrauensselig, genau wie das Mordopfer.

Er kam nun einen Schritt näher. Dabei blickte er auf den Elektroschocker. Offensichtlich wusste er nicht damit umzugehen. Rieke konnte sehen, wie er sich konzentrierte.

»Gib dir keine Mühe«, tat sie lässig und staunte dabei selbst, wie überheblich ihre Stimme klang. »Das Ding funktioniert gar nicht. Ich hatte keine Batterien dafür.«

Sie war froh, dass ihr das eingefallen war. Jetzt sah sie seinen überraschten Gesichtsausdruck. Verwundert starrte er das Ding an.

»Das kannst du genauso gut wegwerfen«, tönte sie und hoffte, dass sie selbstbewusst genug klang.

Er gab einen zischenden Laut von sich. Dann warf er tatsächlich das pinkfarbene Plastikteil in den Matsch. Rieke atmete erleichtert auf. Doch sie hatte sich zu früh gefreut. Er fuhr herum und packte sie.

»Aber du bleibst hier!«, zischte er in ihr Ohr.

Dann schubste er sie vorwärts. Rieke war überrascht, wie stark er war. Die Wut schien ihm große Kräfte zu verleihen. Jetzt drängte er sie genau auf ein Moorloch zu.

»Nein!«, schrie Rieke.

Sie versuchte, sich gegen ihn zu wehren, doch er war stärker als sie. Der schwarze See glitzerte gefährlich im Mondschein.

»Lass mich los!«, schrie Rieke und versuchte, um sich zu

schlagen. Doch gegen ihn hatte sie keine Chance. Er drängte sie bis zum Rand des Sees.

»Hilfe!«, schrie Rieke, so laut sie konnte.

Da waren seine Hände schon an ihrem Hals.

»Halt die Klappe!«, zischte er ihr ins Ohr. »Sonst endest du genau wie Silvana.«

Rieke verstummte auf der Stelle. Sie wusste, dass sie ihn nicht in Panik bringen durfte. Sie musste sich jetzt kooperativ verhalten und ihn in Sicherheit wiegen. Vielleicht ließ er sie dann frei.

»Ich sag nichts«, flüsterte sie. »Warum auch? Wenn du in Thailand leben willst ... ist doch kein Problem.«

»Du sollst die Klappe halten!«, fluchte er.

Ja, das hatte Rieke nun verstanden. Ihr Verstand lief sowieso auf Hochtouren. Er würde sie ins Moorloch schubsen, das war ihr jetzt sonnenklar. Aber sie würde nicht darin ertrinken. Auch das wusste sie. Es war nur wichtig, dass er ihr nicht die Kehle zudrückte. Darum gab sie nun jeden Widerstand auf. Er drängte sie voran, und sie zeigte nur wenig Gegenwehr. Nur als sie am Wasser angekommen war, gab ihr Körper doch einen Lebensreflex von sich, den sie gar nicht unter Kontrolle hatte. Sie schlug um sich und versuchte, Michael zu umklammern. Doch er gab ihr einen Stoß in den Rücken.

»Keine Angst«, raunte Michael ihr ins Ohr. »Ich bringe dich nicht um. Du sollst hier nur ein bisschen ausharren, bis ich weg bin.«

Dann schubste er sie in die moorige Tiefe. Sie stolperte, fiel nach vorne und versuchte, sich mit den Händen abzustützen. Gleichzeitig schrie sie auf. Das Wasser war eiskalt. Es umschloss sie sofort, kroch dann nass und klebrig an ihrer Kleidung hoch. Rieke versuchte, wieder in die Senkrechte zu kommen. Dabei wurde ihr bewusst, dass sie keinen Boden unter den Füßen spürte. Unter ihren Schuhen entstand ein Sog, der sie immer weiter nach unten zog. Panik erfasste Rieke.

Stimmte diese Geschichte überhaupt, dass man im Moor

nicht mit Kopf und Haaren versank? Sie versuchte, mit den Füßen nach unten zu treten, doch das gelang ihr nicht. Sie fühlte sich wie festgeklebt. Nur kleine Bewegungen waren möglich, und die brachten sie eher dazu, dass sie tiefer sank.

»Hilfe!« Ihre Stimme überschlug sich fast.

Er stand ganz ruhig am Ufer des Sees und sah ihr zu. Seine dunklen Augen glitzerten.

»Du weißt ja, dass man in diesen Moorlöchern nicht umkommen kann«, sagte er ruhig. »Immer schön strampeln. Dann versinkt man nicht.«

Panisch versuchte sie erneut, ihre Füße zu bewegen. Alles an ihr klebte. Ihre Beine sackten tiefer und tiefer in dem Moorsee. Bis zum Bauch reichte das Wasser. Noch spürte sie keinen festen Boden unter den Füßen. Sie versuchte erneut zu strampeln.

Er nickte ihr zu. »Immer weiter so«, sagte er. Seine Stimme klang, als wenn er mit einem kleinen Kind spräche.

»Warum tust du das?«, schrie sie ihn an. »Das ist so gemein!«

Er seufzte, und das klang theatralisch. »Wir wären wirklich ein schönes Paar gewesen, Rieke«, sagte er nun. »Ich habe dich gerne gemocht. Pass gut auf dich auf. Und immer schön strampeln, hörst du? Vielleicht finden sie dich bald.«

Rieke stöhnte. Ihr liefen die Tränen. Wild trat sie gegen den moorigen Grund an. Er nickte ihr zu.

»Mach es gut!«

Dann drehte er sich um, und ging. Rieke stieß einen verzweifelten Laut aus.

»Hilfe! Hilfeee!«

Es half nichts. Hier in der Einsamkeit schien sie niemand zu hören. In der Ferne rief ein Waldkauz, Rieke bildete sich sogar ein, von ganz weit weg eine Nachtigall singen zu hören. Es war alles so surreal, so merkwürdig unrealistisch. Sie hätte beinahe einen Mörder geküsst, obwohl sie schon da geahnt hatte, dass er den Tod von Silvana Steins zu verantworten hatte. Und nun steckte auch sie in einem Moorloch fest, mit dem Unterschied allerdings, dass die junge Frau damals tot gewesen war, Rieke aber lebte. Noch jedenfalls. Denn die Kälte, die an ihr hochkroch, war unbeschreiblich. Wenn Rieke keine Hilfe erwarten konnte, war es gar nicht so unwahrscheinlich, an Unterkühlung zu sterben.

»Hilfe!«, schrie sie noch einmal. Aber sie wusste, dass diese Energie verschwendet war. Hier war niemand. Was sollte der auch hier?

Sie bemühte sich, die Verzweiflung nicht Herr über sie werden zu lassen. Sie brauchte alle Kraft, um hier herauszukommen. Wenn nur dieser schreckliche Sog unter ihren Füßen nicht wäre. Sie musste versuchen, ihre Arme freizubekommen, aber das gelang ihr nicht.

Einen Moment stand sie nun ganz ruhig und bemühte sich, ihre Gedanken zu ordnen. Bildete sie sich das ein, oder wurde sie tatsächlich ein bisschen weiter nach oben getrieben? Sie hatte zwar keinen Halt unter den Füßen, aber sie hatte das Gefühl, dass das Moor sie von den Seiten stützte.

In ihrer Not begann sie, ihren Oberkörper hin und her zu schwingen, genau wie es damals der Fährmann erklärt hatte, damit sie aus diesem Vakuum herauskam, das sie festsog. Und tatsächlich erreichte sie damit, dass mehr Luft an ihren Körper kam, und dann plötzlich hatte sie die Arme frei. Sie waren schlamm- und grasbedeckt, aber sie fühlte sich besser.

Erneut begann sie, hin und her zu schwingen, bis sie ihren ganzen Körper fast in die Waagerechte brachte. Auf diese Weise gelang es ihr sogar, die Beine zu befreien. Nur die Schuhe blieben im Moor stecken. Aber das war das kleinste Übel. Rieke lag nun mit ihrem ganzen Körper auf dem Moorschlamm. Vorsichtig rollte sie sich über die kalte, nasse Oberfläche, bis sie an eine Stelle kam, die sich fester anfühlte als der Rest.

Langsam gelangte sie auf Hände und Füße und krabbelte an Land. Eklig, nass, schlammig und kalt fühlte sie sich an. Doch sie war gerettet. Das allein zählte. Immer noch klebte ihr kleiner Handtaschenrucksack auf ihrem Rücken. Sie zog ihn ab und betrachtete ihn, doch auch er war von innen und außen mit Schlamm und Feuchtigkeit überzogen. Schließlich hatte sie den Reißverschluss ja geöffnet gehabt, als sie im Moorloch gelandet war.

Trotzdem tastete sie nach dem Handy. Es lag gut geschützt in seiner Hülle. Mit zittrigen Händen rieb sie über das Display und stellte erleichtert fest, dass es leuchtete. Hastig suchte sie die Nummer der Polizeistation heraus, die sie damals eingespeichert hatte. Offenbar in weiser Voraussicht, dass sie sie noch einmal nutzen würde.

»Polizeistation Lübben«, meldete sich eine Stimme, die ein bisschen verschlafen klang.

»Hier ist Ulrike Riemann«, brüllte Rieke in ihr Handy. »Ich habe den Mörder von Silvana Steins gefunden. Es ist Michael Schnelle-Kolbert. Er ist auf dem Parkplatz Brauhaus in Schlepzig und will flüchten!«

»Wie bitte?«, fragte die Stimme irritiert.

»Ach Scheiße!«, schrie Rieke. Dabei hatte sie das Wort noch nie benutzt. Schon gar nicht einer Dienststelle gegenüber.

Dann drückte sie das Gespräch weg. Es war jetzt keine Zeit für Erklärungen. Sie musste Michael aufhalten. Aber wie? Ihr blieb letztendlich nichts anderes übrig, als zu Fuß zu versuchen, zum Parkplatz des Restaurants zurückzukommen. Plötzlich sah sie etwas Pinkfarbenes durch die Farne leuchten. Ihr Elektroschocker lag dort auf dem Boden zwischen dem Efeu.

Rieke bückte sich danach, umklammerte dann das Teil so fest sie konnte. Heiße Wut stieg in ihr auf. Vielleicht gelang es ihr ja doch, Michael noch zu erwischen. Dann würde sie ihm das Ding an eine Hautfläche halten, die ihn verzweifelt zittern lassen würde. Der Gedanke tat ihr gut.

Sie schaltete das Gerät an und drückte auf den Auslöser. Funken blitzten auf. Er funktionierte noch, und das würde sie ihn spüren lassen. Jetzt, wo ihre Gedanken klar waren, fiel ihr auch ein, wie sie Michael auf dem Weg zu seinem Auto einholen konnte. Sie musste nur durch den Birkenwald laufen. Direkt dahinter erstreckte sich die Straße, und wenn sie die nahm, hatte sie bestimmt einen Vorsprung von zehn Minuten. Auf der Stelle rannte sie los. Dabei schnatterte sie vor Kälte wie eine Kanadagans beim Landeanflug.

Efeu umschlang ihre Fußknöchel, hin und wieder stolperte sie über eine Baumwurzel. Aber sie behielt die Richtung im Blick und hatte nach kurzer Zeit die Straße erreicht. Barfuß lief sie auf dem Asphalt entlang, so schnell sie konnte. Da war das Brauhaus schon in Sicht. Der kleine Parkplatz lag direkt davor.

Aus den Augenwinkeln sah Rieke eine Gestalt, die nun die Straße überquerte und auf ein Auto zuging. Das musste Michael sein. Rieke beschleunigte ihren Schritt. Dabei umklammerte sie den Elektroschocker, so fest sie konnte.

Michael hatte gerade den Motor gestartet, da tauchte Rieke neben seinem Auto auf. Seine Augen weiteten sich entsetzt, als er sie erkannte.

»Was willst du denn?«, formten seine Lippen.

Wirst du gleich sehen, dachte Rieke. Dann riss sie die Autotür auf. Michael legte den ersten Gang ein und gab Gas. Doch bevor er die Kupplung kommen lassen konnte, setzte Rieke den Elektroschocker an. Sie wählte die Hautpartie in seinem Nacken direkt vor dem Hemdkragen. Dann drückte sie ab. Lange Funken stoben. Michael gab einen Schrei von sich und zuckte zusammen. Sein Fuß drückte gegen das Gaspedal. Sein Wagen machte einen gewaltigen Satz und landete in einer schlammigen großen Pfütze, die sich am Rand des Parkplatzes befand. Die Räder drehten durch. Schlamm spritzte zu beiden Seiten.

»Pech gehabt!«, zischte Rieke.

Er saß wie gelähmt hinter dem Steuer, obwohl sie den Elektroschocker gar nicht mehr betätigte. Aber er schien völlig unter Schock zu stehen.

»Frau Riemann?«, hörte Rieke plötzlich eine Stimme hinter sich.

Sie fuhr herum. Ronny Lehmann, Mandy Rehberg und zwei weitere Polizisten standen hinter ihr. Lehmann hielt eine Waffe in der Hand. Wo kamen die denn her?

»Hilfe!«, schrie Rieke laut. »Helfen Sie mir! Dieser Mann ist ein Mörder. Er hat Silvana Steins erwürgt.«

»Darum sind wir hier«, entgegnete Ronny Lehmann ruhig. »Aber wie man sieht, haben Sie ihn schon schachmatt gesetzt.«

»Herr Schnelle-Kolbert, nehmen Sie die Hände hoch!«, schrie Mandy Rehberg.

»Das kann er nicht«, entgegnete Rieke. »Ich habe ihn mit meinem Elektroschocker gelähmt.«

ZWANZIG

An diesem Abend ließen sie sie nicht allein. Mandy und ein Kollege brachten sie fürsorglich zum Campingplatz zurück.

Natürlich blickten alle Dauercamper des Schwalbennestes und des Milanweges auf, als der Polizeiwagen mit Rieke auf den Weg einbog. Rieke hatte die Jacke der Polizistin übergelegt bekommen. Außerdem war sie in eine Decke gehüllt worden. Sie kam sich schrecklich vor. Alles an ihr klebte, und sie fror erbärmlich.

Jetzt parkte der Polizeiwagen, und sofort bildete sich eine Traube an Campern darum. Auch Dieter und Margot kamen angelaufen.

Rieke schämte sich ein wenig, aus dem Auto zu steigen. Sie fühlte sich so schmutzig, dazu in dieser Decke. Das war total peinlich.

Ronny Lehmann baute sich vor der Gruppe von Gaffern auf.

»Machen Sie Platz!«, rief er.

Aber Dauercamper waren nun mal neugierig, und solche Sensationen hatte es noch nie auf diesem Platz gegeben.

Rieke öffnete die Tür und stieg aus.

»Was hast du denn gemacht?«

Rieke konnte Helgas Stimme sofort heraushören.

»Bist du ins Teufelsluch gefallen?«, rief jemand anderes.

Mandy war nun neben Rieke getreten und hüllte sie fester in die Decke.

»Ich muss mich mal duschen«, flüsterte Rieke leise.

»Ick kümmer mich ma um sie«, ertönte nun Margots Stimme. »Macht ma Platz. Die hat ja 'n Schock!«

Und dann legte sie ihren Arm um Rieke und führte sie zum Sanitärhäuschen hinüber. Rieke spürte die Blicke der anderen in ihrem Rücken.

Was für ein verrückter Abend. Verrückt, gefährlich, unheimlich und traurig. Eigentlich konnte Rieke immer noch nicht fassen, was gerade passiert war. Dass sie beinahe in einem Moorsee ertrunken wäre. Und dass Michael ein Mörder war.

Margot half ihr, die klebrigen Sachen auszuziehen.

»Die Polizistin bewacht die Tür«, raunte sie ihr zu. »Wat is denn passiert? Ham die Angst um dich?«

Rieke wusste nicht, was sie antworten sollte. Sie suchte verzweifelt nach Worten.

»Is ja auch schnuppe«, winkte Margot ab. »Dusch erst ma schön heiß. Du bis ja fix und fettich. Ick bring een paar Sachen zum Anziehen.«

Und dann verschwand sie wieder. Rieke ließ das heiße Duschwasser auf ihren Kopf prasseln. Es lief über ihre Schultern und ihren Rücken, und sie bildete sich ein, dabei alle ihre schrecklichen Erlebnisse am Körper entlang abzuwaschen und in den Abfluss zu spülen. All die Angst, die Enttäuschung und besonders die Traurigkeit. Immer noch konnte sie nicht glauben, dass dieser schöne Abend so zu Ende gegangen war. Alles war so romantisch gewesen. Und dann hatte sie plötzlich um ihr Leben kämpfen müssen. Nicht daran denken. Bloß nicht daran denken.

Eine halbe Stunde später saß Rieke zwischen Ronny Lehmann und Mandy Rehberg. Horst, Helga, Dieter, Margot, die Schierlings aus dem Rosenweg und Martha und Volker aus dem Anemonenweg waren bei ihr. Alle hatten ihre Gartenstühle mitgebracht. Der Spreewaldbitter machte die Runde, und Rieke trank zum zweiten Mal in einer Woche einen Schnaps. Wenn das so weiterging, würde sie noch Alkoholikerin werden.

»Wo ist Michael eigentlich?«, fragte Helga plötzlich.

Jetzt wurde es Zeit, die Wahrheit ans Licht zu bringen. Rieke erzählte, und alle hörten mit gespannten und entsetzten

Blicken zu. Michael war der Mörder vom Teufelsluch, das hatte ihm niemand zugetraut.

»Wussten Sie eigentlich auch, dass er es war?«, fragte Rieke den Polizisten.

Der strich sich über die rappelkurzen Haare, richtete sich dann auf, sodass sein beeindruckender muskulöser Oberkörper besonders zur Geltung kam.

»Sie waren uns ein paar Minuten voraus«, gab er zu, und das schien ihm ein bisschen unangenehm zu sein. »Wir hatten uns gerade das Video angeguckt, das uns Herr Gerke zur Verfügung gestellt hat, als Sie anriefen. Auf dem Video kann man sehen, wie Silvana Steins am Samstagmorgen versucht, ein Foto von dem Marktplatz zu machen. Dann ist Michael Schnelle-Kolbert auf dem Film zu sehen. Man hat den Eindruck, dass die beiden sich streiten. Da wussten wir, dass sie sich kannten.«

»Wir haben auch den Wohnwagen durchsucht und eine Kamera gefunden«, meldete sich Mandy Rehberg zu Wort. »Die Speicherkarte dazu steckte in Kolbergs Laptop. Darauf waren viele Fotos der beiden zu sehen. Sie schienen ein Liebespaar gewesen zu sein.«

»Ein Liebespaar. Das ist ja verrückt!«, rief Helga. »Die war doch bestimmt dreißig Jahre jünger. Das kann ja gar nicht gut gehen.«

Und sie strich ihrem Horst über den Arm.

»Nee, das denke ich auch«, erwiderte Horst und sah trotzdem ein wenig wehmütig aus.

»Ich danke euch allen für eure Hilfe«, sagte Rieke zu Mandy. »Ich weiß nicht, was passiert wäre, wenn Sie nicht gekommen wären.«

»Das ist doch selbstverständlich«, gab Mandy zurück.

Dieter schaute nachdenklich von einem zum anderen.

»Dit sieht so aus, als wenn wa wieda 'n Dauerstellplatz frei haben«, sagte er. »Wenn ihr eenen kennt, der eenen kennt – der soll sich bei mich meldn.«

Die Beerdigung von Silvana Steins fand an einem Freitag statt. Rieke hatte sich mit ihrem Psychologen dazu ausgetauscht, und er hatte ihr geraten, dorthin zu gehen, einfach um mit diesem schrecklichen Vorfall irgendwie abzuschließen. Das war auch in Riekes Sinne. Trotzdem kam sie sich seltsam deplatziert vor, als sie in schwarzen Sachen aus dem Holzvorbau trat. Helga sah sie bewundernd an.

»Ich würde es nicht schaffen, dahin zu gehen«, meinte sie. »Ich geh lieber zur Wassergymnastik.«

»Ich komme später bestimmt auch noch ins Schwimmbad«, sagte Rieke. »Aber erst mal will ich diese Sache abschließen.«

»Meinst du, sie bringen Michael auch dahin?«, bohrte Helga weiter. »Mit Polizeischutz und in Handschellen?«

Daran hatte Rieke auch schon gedacht, und sie wusste nicht genau, ob sie sich davor fürchtete oder es hoffte.

»Ich glaube nicht, dass er dahin darf«, mutmaßte Horst. »Der ist doch bestimmt in Untersuchungshaft. Das ist da ganz streng.«

Als Rieke die kleine Kapelle betrat, blieb sie einen Moment an der Tür stehen und holte tief Luft. Vorne im Altarbereich stand das große Gemälde von Silvana Steins, die Frau mit den großen Augen und den bunten Tropfen. Die psychologische Praxis musste es wohl für den Zweck zur Verfügung gestellt haben. Neben dem Bild auf einer weiteren Staffelei befand sich ein Porträt von Silvana. Es war ein Foto von ihr am Meer, wie sie im Sand saß, dem Fotografen ihr Gesicht zuwandte und lächelte. Der Wind verfing sich in ihren Haaren. Sie sah so lebendig aus auf dem Bild, so neugierig auf die Zukunft.

Rieke schluckte und musste wieder zur Urne schauen. Unglaublich, wie wenig von einem Menschenleben übrig blieb.

Jetzt sah sie Viola auf sich zukommen. Sie war ganz in Schwarz, ihr Gesicht war weiß, und ihre Augen waren gerötet.

»Wie nett, dass Sie gekommen sind«, raunte sie ihr zu.

»Das habe ich gerne getan«, gab Rieke leise zurück.

Sie trat nun nach vorne zur Urne, nahm eine Kerze, zündete sie an und stellte sie vor das Bild der Toten in einen Kerzenständer. Dann nickte sie Silvana zu. Wenigstens deinen Mörder haben wir gefasst, dachte sie dabei.

Als sie sich umdrehte, um sich einen Platz zu suchen, sah sie, dass Jadon König neben Martin Kunert in einer der vorderen Bankreihen saß. Rieke nickte den beiden zu. Kunert erwiderte ihren Gruß. Jadon starrte bedrückt vor sich hin. Er sah aus, als wenn er nahe davor wäre, zu weinen.

Die Trauerfeier war gut besucht. Viele junge Leute waren gekommen, offenbar Kunstkommilitonen von Silvana. Aber auch ältere Leute waren dabei. Rieke bildete sich ein, einige Menschen aus der Vernissage wiederzuerkennen.

Es war eine weltliche Beerdigung ohne Gebete und christliche Lieder. Dafür sang eine junge Frau Schuberts Wiegenlied. Sie hatte den Text so verändert, dass er zu Silvana passte. Anschließend waren alle den Tränen nahe.

Ein Mann ging nach vorne, um eine Abschiedsrede zu halten. Er betonte immer wieder Silvanas positive Sichtweise auf die Dinge, er erzählte von ihrem herzlichen Wesen, dass sie Fremde zum Lächeln brachte und dunkle Räume mit Licht füllte.

Rieke dachte an Wilfried, danach an Michael und auch daran, wie schnell sich manchmal das Leben änderte. Sie nahm sich wieder einmal vor, von nun an jeden Tag intensiver zu erleben.

»Ihr Leben lang ist sie auf der Suche nach ihrem Vater gewesen«, berichtete der Trauerredner nun. »Umso tragischer, dass sie ihm nie begegnet ist und auch er sich immer fragen wird, wie sie wohl gewesen ist. Manchmal hat man erst im Jenseits die Möglichkeit, einander zu begegnen.«

Als die Urne zum Grab getragen wurde und der Trauerzug ihr folgte, war Viola plötzlich an Riekes Seite.

»Haben Sie schon gehört, dass sich die Suche nach Silvanas Vater geklärt hat?«, flüsterte sie ihr zu.

»Was? Nein. Keine Ahnung«, erwiderte Rieke verblüfft.

»Es ist der Mann gewesen, der die Grabrede gehalten hat«, erklärte sie.

»Woher wissen Sie das?«, fragte Rieke.

»Ich wusste es nicht«, antwortete Viola. »Aber er wusste das. Er hat sich gemeldet, als er von ihrem Tod erfahren hat.«

»Wie schade«, seufzte Rieke. »Er hätte sie so glücklich gemacht, wenn er sich eher gemeldet hätte.« Sie dachte nach. »Und vielleicht wäre das dann alles nicht so geschehen, wie es gekommen ist.«

»Vielleicht«, gab Viola zurück.

Als sie auf dem Campingplatz einfuhr, fühlte sich Rieke ähnlich einsam wie an dem Tag nach Wilfrieds Tod. Sie merkte schon jetzt, wie sehr Michael ihr fehlen würde.

Helga schien bereits auf sie zu warten. Sie warf einen prüfenden Blick auf ihre schwarze Kleidung.

»Wenn du Lust hast, noch schwimmen zu gehen, komme ich mit«, rief sie ihr zu.

Rieke unterdrückte ein Seufzen. Eigentlich wäre sie gerne einen Moment allein gewesen und hätte über alles noch einmal in Ruhe nachgedacht. Andererseits – das Wetter war schön, und die schwarzen Sachen waren viel zu warm.

»Lieb von dir«, antwortete sie. »Ich ziehe mir mal den Badeanzug an.«

Dabei warf sie einen kurzen Blick auf Michaels Wohnwagen. Was wurde jetzt aus ihm? Und überhaupt, wie ging es wohl mit Michael weiter? Sicherlich würde er eine lange Haftstrafe bekommen. Vielleicht würde sie ihn besuchen. Sie hatte ja Zeit genug, und er würde sich bestimmt freuen.

Sie betrat ihren Wohnwagen und blickte auf das Foto von Wilfried. Er sah irgendwie noch nachdenklicher aus als sonst. Rieke ging zu ihm und streichelte die Konturen seines Gesichts.

»Ich komm schon klar«, meinte sie.

Dann beeilte sie sich, den Badeanzug anzuziehen und sich ein Handtuch herauszusuchen. Helga wartete schon auf sie. Man sah ihr an, dass sie eine Neuigkeit zu berichten hatte.

»Übrigens war heute jemand da, der sich Michaels Wohnwagen angeschaut hat«, berichtete sie. »Vielleicht will er ihn übernehmen. Er sagte, er wäre ein Freund von Michael.«

»Das geht aber schnell«, stellte Rieke überrascht fest.

»Na ja, Wohnwagen sind halt begehrt«, wusste Helga zu berichten. Sie ging jetzt neben Rieke her.

»Das war übrigens ein ziemlich attraktiver Mann«, sagte sie. »In unserem Alter war er. Und er war Single.«

»Oh«, erwiderte Rieke verwirrt. »Bitte sei mir nicht böse, Helga. Aber ich glaube, von dauercampenden Singles habe ich erst mal die Nase voll.«

Helga schnaubte. »Na ja, irgendwann hast du das sicher verarbeitet. Dann denkst du vielleicht anders darüber«, behauptete sie.

»Aber erst mal genießen wir unsere Freiheit«, gab Rieke zurück.

Danksagung

So ein Buch entsteht nicht von allein. Zunächst braucht man eine Idee, die sich bei mir vor allem dann entwickelt, wenn ganz viel um mich herum passiert. Unser Familiencampingplatz mit den vielen Touristen, Dauercampern und Mitarbeitern ist eine Quelle der Inspiration, und darüber bin ich total glücklich. Trotzdem braucht man dann irgendwann ein schönes Arbeitszimmer, eine funktionierende Technik und Ruhe, und da genieße ich die Unterstützung meiner Familie, besonders meines Mannes, der bei jedem Problem beratend zur Seite steht.

Und dann ist es wichtig, jemanden zu wissen, der das Schreiben begleitet und sich schließlich auf die Suche nach einem Verlag macht, um das Manuskript unterzubringen. An dieser Stelle gilt mein großer Dank meinem Agenten Carsten Polzín, der meine Ideen begeistert aufnahm, mein Schreiben kompetent unterstützte und dafür sorgte, dass aus meinem Manuskript ein gedrucktes Buch wird.

Zuletzt danke ich auch noch dem Emons-Verlag, dass sie meiner Idee eine Chance gaben und mich in ihr Autorenteam aufnahmen. Meinen Lektorinnen Marion Heister und Sophie Olk verdanke ich schließlich den letzten Schliff.

Zu danken habe ich aber auch allen Campern dieser Welt, die dafür sorgen, dass ein Campingplatz zu einem spannenden Ort der Begegnung wird, der viele Möglichkeiten bietet, Geschichten entstehen zu lassen.